PHILIP ROTH
菲利普·罗斯全集

Exit Ghost

退场的鬼魂

[美] 菲利普·罗斯 著
姜向明 译

上海译文出版社

philip
Roth

献给 B. T.

在死亡带走你之前，哦，请把这一切收回。

——狄兰·托马斯[1]《骨上寻肉》

1 Dylan Thomas (1914—1953)，英国著名诗人。

第一章

此时此刻

我离开纽约已经有十一个年头。除了去波士顿动了次前列腺癌切除手术外，这十一年来我基本没有离开过这条位于伯克希尔山的山间小道，更有甚者，自三年前的九·一一以来我就几乎再也没看过报纸，也没听过广播；我不再定居在这个世界上，也不存在于当下的时代，但我不觉得这是种损失——仅仅在开始的时候，我觉得内心里有一种荒芜之感。我早就扼杀了那种想要扎根在这个世界、扎根在这个时代的冲动。

不过现在我已经往南开了一百三十英里，前往曼哈顿的西奈山医院去看一个泌尿科医生，他专门实施一种治疗，来帮助成千上万像我这样因前列腺手术而造成小便失禁的人。通过在尿道里插入的一根导尿管，在膀胱颈和尿道的汇合处注入一种凝胶状的胶原质，他的这种方法使大约一半的病人有效地改善了症状。这并非什么了不起的成就，尤其是因为“有效地改善”不过意味着症状的局部缓和——将“重度的失禁”缓解为“中度”，或将“中度”缓解为“轻度”。然而，由于他的治疗效果确实要比其他一些大致采用相同技术的泌尿科医生好一些（当然，对于因激进的前列腺切除手术——我，就像其他成千上万的人一样，未能有幸逃过此劫——所造成神经系统损伤而导致的性无能，这样的治疗是无能为力的），在我自认为已经很好地适应了因这种毛病带来的尴尬处境的多年之后，我还是决定去纽约咨询一下。

手术后的多年以来，我甚至以为我已经克服了尿裤子的羞耻感，战胜了那种在最初的一年半时间里让我特别难受的没有方向、惊慌失措的感觉。术后的几个月里，手术的成功让我点燃起希望，我相信随着岁月的推移，失禁的状况会逐步消失，这种事情在极少数幸运的患者身上也确实发生过。尽管保持身体的洁净和祛除身上的尿臭已成为我每天必须要做的功课，我依然命中注定永远也无法真正地适应穿特制内裤、换尿垫、不时要处理“紧急状况”的生活，就像我没有真正地控制住内心的耻辱一般，因此我在七十一岁的高龄，又回到了曼哈顿的上东区，这里离我生龙活虎、身强力壮的青年时代曾住过的地方才几步之遥。我现在在西奈山医院泌尿科的前台接待处，正等着医生来向我做出保证，通过在膀胱颈上永恒地粘着一种胶原质，将使我有机会比一个婴儿更好地控制住自己的排尿量。我等在那里，脑海里想象着治疗的场景。我坐在那里，随手翻阅起堆在那里的许多《人物》和

《纽约》杂志[1]，心里想，简直是牛头不对马嘴。调头，回家。

过去的十一年里，我一个人住在内地的一条土路边的一所小房子里，就在我被诊断出得了癌症的两年多前，我还决心要一辈子像这样离群索居下去呢。我很少与别人会面。自从一年前，我的邻居和朋友拉里·霍利斯去世以来，除了每个礼拜来做清洁工作的女管家和她的丈夫——他是照料我生活起居的人——我会一连两三天跟谁都不说一句话。我不参加晚宴，我不看电影，我不看电视，我没有手机，也没有录像机、DVD、电脑之类的。我依然活在打字机的时代里，搞不懂万维网[2]是啥玩意。我不再费工夫去为竞选投票。白天的大部分时间我都在写作，有时会一直写到晚上。我看书，大多是我在学生时代就已看过的书，那些文学杰作对我的影响力丝毫不减当年，有时候甚至会更强于我当年初次与之邂逅时所感觉到的兴奋。最近，在时隔五十年之后我再次阅读起了约瑟夫·康拉德[3]，现在在读的是《阴影线》[4]，我把这本书带到了纽约，尽管我在前两天晚上刚一口气读完了一遍，我还要仔仔细细地再把它读上一遍。我听音乐，我在林中漫步，天气

1　都是美国的时尚类杂志。

2　即我们通常所说的 www。

3　Joseph Conrad (1857—1924)，波兰裔英国作家，代表作有《黑暗的心》、《吉姆爷》等。

4　出版于 1917 年的康拉德的小说，是康拉德晚年的经典作品。

暖和时我会在自家的池塘里游泳，那里的水温即使在夏天也从来不会超过七十度[1]。我光着身子游泳，因为周围没有一个人，那样哪怕我内急在池子里撒上一小泡尿，哪怕微微翻腾的尿液明目张胆地污染了清澈的池水，我也不会感到有任何的不安，也不会有那种屈辱感，如果我是在一个公共游泳池里游泳，我的膀胱在不知不觉间排空了尿液，那么我一定会觉得丢脸的。有一种专门为小便失禁者设计的弹力内裤，裤边是用强弹性材料做的，广告上说它还能防水，在斟酌再三之后，我终于鼓起勇气从游泳用品的广告目录里选择了一条来订购。可是，当我穿上它去池塘游泳，我发现尽管在泳衣下面穿上这么件肥大的白色底裤可以解决部分问题，但还不足以使我那尴尬的自我意识销声匿迹。我可不愿再有窘迫之感，也不愿再去冒犯别人，我放弃了一年中大部分时间都可以定期去大学游泳池的主意（在泳衣下面还要穿那种内裤），继续把自己限制在伯克希尔山天气暖和的寥寥数月里偶尔去玷污一下我自家的池塘。在那样的季节里，不管刮风下雨，我每天都会花上半小时游几个来回。

我每周要下山几次去八英里外的阿西纳，去买点杂货，去洗衣房洗洗衣服，偶尔也去吃顿饭、买双袜子、买瓶老酒、在阿西纳学院的图

1　指华氏七十度，约合摄氏二十一度。

书馆里看看书什么的。坦格尔伍德离这儿也不算远，今年夏天我有十多次开车去那里听音乐会。我不开作品朗读会，也不开讲座，也不在大学里授课，也不上电视。我的书出版后，我也不赠书给任何人。我每天都坚持写作——换句话说，我每天都沉默寡言。我常常忍不住会想干吗要出版我的书——写作，写作的过程，难道不就是我全部的需要吗？对一个小便失禁、性功能丧失的人来说，出版一本自己的作品究竟有多大的意义呢？

自拉里从哈特福德的一家保险公司的终身律师职位上退下来后，他就和玛丽莲·霍利斯从西哈特福德搬家至伯克希尔山。拉里比我小两岁，是个谨小慎微、拘泥细节的人，他似乎相信只有一切都在井井有条的计划中，生活才会有安全感。在他刚开始尝试要把我拉进他的生活的那几个月里，我都尽量避开他。可我最终还是屈服了，不仅因为他想要改变我的孤独人生的想法是那么固执，更因为我从没遇见过像他这样的人，他那悲惨的童年决定了他成年后照他自己的想法所做出的每一个抉择。就在他父亲去世后的第四个年头，他的母亲又死于癌症，那时他只有十岁。他父亲在哈特福德开了一家油毛毡商店，天可怜见的，他死于和拉里的母亲同样的毛病。拉里成了一个孤儿，被送往住在哈特福德西南部的诺格塔克河一带的亲戚家里，这个地方就在荒凉的康涅狄格州沃特伯里工业区的外围。在那里，在他那本名为《人生规划》的日记里，他为自己设计好了未来，而他的整个一辈子都是照此一丝不苟地执行的。从那时起，他生活里发生的所有事情都有了明显的因果关系。他在学校里的成绩只要不是A，他就不会满意。对任何一位老师，只要是没能正确地对他的成绩做出预测，他都会提出强烈的抗议，尽管他还只是个未成年的孩子。为了提前从高中毕业，他参加夏季提高班。就这样，他未满十七就进了大学；在康涅狄格大学放暑假的时候他又“故伎重演”。在大学里他获得了全额奖学金，并且靠整年在图书馆的一个锅炉房打工的收入来支付膳宿费用。大学毕业后，他把自己的名字从欧文·戈卢布改为拉里·霍利斯（在他只有十岁的时候就已经这么计划好了），然后去参加了空军，成为一名大名鼎鼎的战斗机飞行员，人们称他为霍利斯中尉，并获得了士兵福利津贴。刚一离开部队，他就成为福特汉姆大学的注册学生，作为对他在空军服役三年的回报，政府为他接下来三年的法学院学习全额买单。当他的空军部队驻扎在西雅图的时候，他大胆地追求一位刚刚高中毕业的漂亮姑娘，姑娘的名字叫柯林斯。她完全符合他的择偶标准，譬如说，她是爱尔兰血统的，有着和他本人一样的卷曲的乌发和冰蓝的眼眸。“我不要娶一个犹太姑娘，我不要我的孩子在信仰犹太教的教育下成长，我也不要我的孩子和犹太人有任何关系。”“为什么呢？”我问他。他的回答就是“因为我对我的孩子的期望不是那样的”。每当我问起他在经历了如激流勇进般的童年并对未来的生活做好了全盘规划之后，为什么现在又要按这种彻底传统的方式来生活时，“我想要我想要的，我不想要我不想要的”，这就是他对我的每一个问题的千篇一律的回答方式。当他第一次毛遂自荐来敲我的门——就在他和玛丽莲搬到离我家很近的地方后没过几天，从那条土路往下走半英里左右就是他们家——他就立刻决定他不想再看见我每天晚上一个人吃饭了，至少每周一次，我必须上他家去和他及他的妻子会餐。他不希望我每个礼拜天都是独自一人地过活——他无法忍受有人过着像他曾经历过的那种孤儿一般的生活，想当年，每个礼拜天他都和他的叔叔一起在诺格塔克河钓鱼，他叔叔是州里的乳品检验员——他坚持每个礼拜天早晨要和我一起做徒步漫游，如果天气不好，就打乒乓球。打乒乓是我极为讨厌的一种消遣方式，但我还是要谢谢他，因为那样我就不用和他一起讨论关于写作的问题了。关于写作，他会问出许多可怕的问题，而且不依不饶，直到我的回答令他完全满意为止。“你的构思是从哪里来的？”“你怎么知道这个构思是好还是坏？”“你怎么知道哪里该用对话，哪里该用平铺直叙的讲述而不是用对话？”“你怎么知道这本书写完了？”“你怎么写开头的第一句？你怎么考虑书名？你怎么写末尾的最后一句？”“你最喜欢自己的哪一本书？”“你最不满意的书是哪一本？”“你喜欢书里的人物吗？”“你有没有写到一半把某个人物抹掉过？”“我在电视上听到有位作家这么说，书里的人物会喧宾夺主，会自发地写起来。这是真的吗？”他曾经期待自己有一双儿女，而玛丽莲在一连生下四个女儿之后终于提出了抗议，她拒绝继续尝试为他生个男性继承人，虽然早在他十岁的计划里就有这么一条。他的儿子应该是个高大、方脸的男子，浅黄的头发，狂野的眼睛，冰蓝而狂野，不像玛丽莲的眼睛，冰蓝而秀丽。他的四个漂亮女儿也都有一双冰蓝的眼睛，她们全都去上了卫尔斯利学院，因为他在空军里的一位密友有个妹妹在那里念书，拉里遇见他妹妹的时候，觉得她端庄优雅、举止得体，简直就是女性的典范，他希望自己的女儿也能像她那样。如果我们一起去饭店（我们隔周的礼拜六晚上都会去饭店——那也是他希望的，所以别无选择），那他总免不了会和侍者来上一场口角。对于端上来的面包，他永远有发不完的牢骚。这面包不新鲜。这不是我想要的面包。这面包不够我们大家分的。

有天晚上吃完饭后，他不期而至地来到了我这里，给我带来了两只橘色的小猫咪，一只毛长一只毛短，才八周多一点大。我没有向他要过猫咪，他也没有事先关照过要送我这样的礼物。他说他那天早上去做眼科检查，在前台接待员的桌子上看见有块牌子，说有几只小猫要转让。当天下午他就去了那位接待员家，在她家的六只猫咪中为我挑选了两只最漂亮的。他还说，看见那块牌子，他头一个就想到了我。

他把小猫放在地板上。“这不是你应该过的生活，”他说。“那是谁应该过的生活呢？”“呃，我应该过这样的生活，像我这样的人。我拥有了我曾希望过的一切。我不能再让你过这种形影相吊的生活。这样的生活你他妈的已经过到头了。你太极端了，内森。”“你也一样。”“见你的鬼，我才不是呢！我没有过这样的生活。我对你的所有要求不过是过正常一点的生活。这样的生活方式，无论对谁来说，都太寂寞了。至少，你可以有两只猫咪来陪伴你。小猫咪需要的全部家当都在我车上。”

他走到外面去，回来时把几只超市里的大袋子倒空在地板上，里面有半打让它们逗来耍去的小玩具，一打猫食罐头，一大袋猫砂[1]和一只塑料的猫砂盒，放猫食的两只塑料盘，盛水的两只塑料碗。

“这就是你需要的一切，”他说。“你看呀，它们多漂亮。它们会给你带来无穷的乐趣。”

对于这一切，他的态度异常坚定，我也无话可说了，除了说句：“你想得真周到，拉里。”

1　用来遮盖猫屎防止散味的一种材料。

“那你准备怎么叫它们呢？”

“A 和 B。”

“不行，它们需要有名字。你整天都活在字母堆里。你可以把毛短的那只叫‘短毛’，毛长的就叫‘长毛’。”

“那么好吧。”

在我这个如此紧密的关系网中，我只得乖乖地扮演着拉里为我设计好的角色。我基本上服从了拉里的命令，他生活里的每个人也都和我差不多。你想，他有四个女儿，可没有一个女儿说：“可我想去巴纳德学院，我想去欧柏林学院。”尽管我从来也没觉得他是一个恐怖的暴君式家长，可是多么奇怪呀，当我和他及他的家庭成员们在一起的时候，我就会这么想，因为迄今为止我还没有看见有任何一位家庭成员曾经起来反对过他，他只要说一句你得去卫尔斯利上学，就把一切都摆平了。可是想想我自己对拉里的服从，她们心甘情愿地做没有主见的人，当拉里的乖女儿这一点也就没什么好奇怪的了。拉里的权力之路就是他生命里的每一个亲人都对他表示出完全的认可，而我的权力之路则是我生命里没有一个亲人会对我表示认可。

他是在一个礼拜四把猫带来的，我一直把它们养到礼拜天。在那几天里，我几乎没有写一个字。我的时间都花在了陪它们玩耍，爱抚它们，让它们轮流或一起坐到我的大腿上，或只是坐在那里看它们进食、嬉戏、抓痒、睡觉。白天，我把猫砂盒摆在厨房的一个旮旯里，到了晚上，我把它放到客厅里，然后才会关上卧室房门睡觉。我早晨醒来后的头一件事就是冲到门口去看它们。它们会待在那里，就在门旁边，等着我把门打开。

到了礼拜一早上，我给拉里去电话说：“请你过来把猫拿走。”

“你讨厌它们。”

“刚好相反。如果它们再待下去，我就别想再写一个字了。我不能让这两只猫和我住在同一幢房子里。”

“干吗不能？你他妈的想什么呢？”

“它们太讨人喜欢了。”

“好啊，棒极了，要的就是这效果。”

“来把它们带走，拉里。如果你嫌麻烦，我可以自己把它们还回到眼科前台接待员手里。但我不能再让它们待在我这里了。”

“你什么意思？你是想惹我生气呢，还是在虚张声势？我做人也是讲原则的，可你让我觉得脸红。天晓得，我又不是带两个人去要你和他们同住。只是两只猫呀。只是两只小猫咪。”

“我感激地收下了，不是吗？我也努力过了，不是吗？请把它们带走吧。”

“我不干。”

“你知道的，我从没要求过你给我两只猫。”

“那说明不了什么问题，因为你从来也不要求什么。”

“把那位眼科前台接待员的电话号码告诉我。”

“不行。”

“好吧，我自己会想办法的。”

“你疯了，”他说。

“拉里，我不可能因为两只小猫而洗心革面的。”

“可事实是你会的。而你就是不愿意让这样的事发生。我无法理解，一个像你这么高智商的人怎么会变成这种样子的。我被你搞糊涂了。”

“生活中有许多解释不清楚的事。你不必因为我的一点点晦涩难懂而烦恼。”

“好吧，你赢了。我会过去把猫带走的。可我们之间的事还没有完呢，祖克曼先生。”

“我有理由相信你是不会善罢甘休的，或者说你是不可能善罢甘休的。你知道吗，你也有点疯狂。”

“我他妈的才不是呢！”

“霍利斯，拜托你了，我已经年纪一大把，怎么可能再从头开始呢。来把猫拿走吧。”

就在他最小的一个女儿即将嫁到纽约去之前——她要嫁给一个爱尔兰血统的美国律师，这个小伙子也和拉里一样，毕业于福特汉姆法学院——他被诊断出得了癌症。就在一家子去纽约参加婚礼的同一天，拉里的肿瘤医师让他住进了康涅狄格州法明顿的大学医院。他住院的第一天晚上，在护士给他做完常规检查[1]并给了他一片安眠药之后，他把藏在洗漱用品包内的一百来片安眠药都拿了出来，就着床边玻璃杯里的水，在这个昏暗的单人病房里把它们全部吞了下去。第二天一清早，玛丽莲接到医院来电，得知她的丈夫已自杀身亡。数小时后，在玛丽莲的一再坚持下——她这么多年来做他的老婆到底不是白做的——一家子还是照样去出席了婚礼，直等到用过了婚礼午宴，这才返回伯克希尔山安排他的丧礼。

后来我才得知拉里事先就和医生商量好了要在那天入院，而不是在翌周的礼拜一，那样他就能走得从容一些。这样的安排使他全家在得知他死亡的消息时能聚在同一个地方，而且，在医院里自杀，就会有专业的医生来处理他的尸体，这样就为玛丽莲和孩子们节省掉无数善后处理的麻烦事。

他去世的时候享年六十八岁，他在日记《人生规划》里记录下来

1　指量体温、测脉搏、量血压之类。

的事只有一件未能实现（就是有一天要有一个叫小拉里·霍利斯的儿子），除此之外，他令人惊异地实现了他早在十岁的孤儿时期就为自己定好的所有目标。他早就设想好要一直拖到看见最小的女儿走进婚姻的殿堂、开始崭新的生活，而且还必须设法避免掉他最为害怕的一桩事情——绝不能让他的孩子亲眼目睹垂死的老爸在死前的种种惨状，因为他曾经目睹过患上癌症的父母那缓慢而痛苦的死亡过程。他甚至还为我留下了一份信息。甚至到了那种时刻，他都还在惦记着我。我听到他的死讯是在一个礼拜天，接下来的礼拜一，我在信箱里收到了这么一封信："内森，我的老伙伴，我不想就这样离开你。在这个广漠无边的世界里，你不能一个人生活。你不能同一切都失去了联系。你必须向我保证不会倒退回我遇见你时的生活状态。你忠实的朋友，拉里。"

那就是为什么我会待在泌尿科医师的等候室里没有走的缘故吗——因为在一年前，几乎就在同一天，拉里给我寄了那封短信，然后自杀了？我不知道，即使知道我也无所谓。我坐在那里仅仅因为我坐在那里，浏览着我已经多年未见的那种杂志——看着知名影星、知名模特、知名时装设计师、知名厨师和商界大亨的彩照，知道了我可以在哪里买到最贵的、最便宜的、最新潮的、最紧的、最软的、最滑稽的、最美味的、最庸俗的一切（为美国的消费者生产出来的几乎所有的一切)，等待着我预约的医生。

我是在前一天下午到达的。我在希尔顿预订了一间房间，收拾完行李后，我走到外面的第六大道上，去饱览一下这座都市的风情。可我该从何处着手呢？去重访我曾住过的街区？我过去常在那里吃午饭的那一片？我买报纸的小报亭？我过去常在那里看书的书店？还是该去重温一下我过去在周末时走的那条漫长的散步路线？或者因为我长期未与他们联系，我该去拜访一下和我同一圈子里的那些人吗？在我离开的这些年里，也收到过一些电话和书信，可我在伯克希尔山的住房很小，我没有勇气邀请别人来我家做客，就这样，渐渐地，私人联系变得越来越少了。曾与我合作多年的编辑不是离开了出版社就是退休了。我认识的许多作家也像我一样，搬离了市区。我认识的女人不是换了工作就是结了婚，或者是搬了家。我最想去拜访的两个人已经去世了。我知道他们已去世，他们那充满个性的脸庞和熟稔的声音已一去不返——然而，站在宾馆前面的大街上，琢磨着如何和从哪里开始重新进入被我丢在后面的生活，哪怕只有短短的一到两个小时，思忖着有什么最简单的方法能让我的一只脚走回到过去，我感觉此刻的我和瑞普·凡·温克尔[1]颇有些类似，温克尔在山中沉睡了二十年之后，

1　美国作家华盛顿·欧文（1783—1859）的同名短篇小说中的主人公。

走下山回到了他的村子里，还以为自己不过是在山里睡了一晚上。当他意外地碰触到下巴底下斑白的长胡子，他才恍然大悟过去了多少时间，后来又知道他已经不再是英属殖民地的臣民，而成为了一个新成立的合众国的公民。当我走到第六大道和西五十四街的街角，手里拿着温克尔那生锈的猎枪，身上穿着他的古代的服装，好奇的人流如军队般把我包围，大家都要好好地看看我，这个行走在他们中间被阉割了的陌生人，这个置身在高楼大厦、车水马龙、上班族的一片喧嚣中的远古时代的老古董，我的感觉和温克尔简直如出一辙。

我向地铁站走去，准备坐市内电车去看零爆点[1]。就从那里开始我的短暂旅程吧，因为最最重大的事件在那里发生；可是因为事件发生时我已离开纽约，既不是受害者也不是目击者，所以我最终打消了这个念头。如果我真的去了，那对我这样的人来说将是完全不合时宜的。因此，穿过中央公园后，我来到了熟悉的大都会博物馆，像个无所事事的人一般，在那里打发掉一个下午。

第二天，在我离开医生的诊所时，我已经预约好了翌日一早去做胶原质注射。刚巧有人取消了一个预约，医生就把我填了进去。护士

1 原意为核弹的爆炸地点，九·一一后专指世贸大厦遗址。

告诉我说，医生建议我在做完治疗后，最好再在宾馆里住一个晚上，不要马上回伯克希尔山——虽说这种治疗结束后很少会发生不良反应，可是为了预防万一，最好还是待到第二天早晨。如果没有什么意外，到时候我就可以回家去继续我的日常活动了。医生自己也期待治疗会达到很好的效果，他认为植入胶原质还是有可能使膀胱的控制力得到彻底恢复的。万一胶原质“流失”了，他解释说，他就必须给我做第二或第三次治疗，直到它被永恒地粘着在膀胱颈上；当然啰，一次注射就取得成功的例子也不少。

好极了，我说，我迫不及待地做出了那个本应该回家去好好想一想再做出的决定，我不可思议地把眼睛直接瞄准了医生预约单上的空当。甚至在我还未离开诊所这个振奋人心的环境，还在下楼去大厅的电梯里的时候，我就已经无法约束我自己，无法抑制住那种枯木逢春之感。我在电梯里闭上眼睛，想象着自己在一天结束后在大学的公共泳池里游泳，那么的自由自在，再也不用担心丢人现眼。

感觉这么得意实在是荒唐得很，也许是因为治疗将带来可喜的变化，也许更因为它将改变我与世隔绝的生活方式，将改变我除了写作之外剪断生活里的一切联系的决心——直到那时我才明白过来为此我付出了多么沉重的代价，而以前我都选择了忘却（有意的忘却正是这种生活准则的最为重要的内容）。在乡下，没有东西来诱惑我捡起希望。我已经和我的希望讲和了。可是，当我来到纽约，纽约确实可以在短短数小时内影响一个人——生活的可能性被唤醒了。我的希望再次抬头了。

电梯在泌尿科的下面一层停下来，一个颤颤巍巍、上了年纪的老妇人走了进来。她手里拄着根拐杖，脑门上那顶褪了色的红色雨帽压得很低，这些使她看上去有些乖张，有点乡下人的感觉，可当我听见她和一起进电梯的那位医生在那里轻声交谈——他是个四十五岁左右的男人，他轻轻地扶着她的胳膊——当我听见她说的英语里夹杂着外国腔，我又朝她望了一眼，心想她会不会是某个我认识的人。她的声音就和她的语调一样个性鲜明，那是个年轻的声音，对世道艰难一无所知的稚嫩的小姑娘般的声音，你根本无法把这种声音和这张幽灵般的脸联系起来。我想，我熟悉这个声音的。我知道这种口音。我认识这个女人。在底楼，我跟在他们身后穿过了医院大厅朝外面走，我碰巧听到了那位医生说出那个老妇人的名字。因此，我跟着她走出了医院大门，一直走到麦迪逊广场以南几条街上的一家小餐馆里。我的的确确认识她。

现在是十点半，只有四五个顾客还在那里吃早饭。她在一个包间里坐下。我也找到一张空桌子坐下。看来她没有意识到我在跟踪她，更没有意识到我就在她的咫尺之外。她的名字叫艾米·贝莱特。我们仅仅见过一次面，但我永远也不会忘记她。

艾米·贝莱特没有穿大衣，只戴了顶红色雨帽，穿了件浅色的羊毛开衫，里面是一件感觉是夏天穿的薄棉的连衣裙，过了会儿我才意识到那其实是一条浅蓝色的住院病人穿的长袍，背后本来用回形针固定的地方被纽扣取代了，腰间系了一条如麻绳般的腰带。我想，她不是穷极无奈就是发了疯。

一个侍者走过去听她点单，在他走后她打开拎包取出一本书。在她漫不经心地看书时，她伸手把帽子摘了下来放在位子旁边。她朝着我的一侧的脑袋被剃光了，也许剃的时间还不是很长，那里长出了一层细毛，还有一条手术留下的疤痕如一条蜿蜒的细蛇穿过她的头顶，一条粗糙的、清晰的疤痕从她的耳后曲折地爬到她的眼角。她脑袋的另一侧长着长短不齐的头发，灰白的头发被松松地打了一个髻，她的右手正心不在焉地捋着头发——就像一个孩子在看书时常有的动作，用手无意识地拨弄头发。她多大岁数？七十五岁。一九五六年我们遇见时，她才二十七岁。

我点了咖啡，慢慢地呷着，喝完后，也没有朝她那儿瞧一眼，就起身离开了餐馆。时隔那么多年，我又意外地遇见了艾米·贝莱特，她的容颜已发生了可怜的变化，而她的整个存在——在我第一次遇见她时，曾经是那么的朝气蓬勃、乐观开朗——明显已到了病入膏肓的程度。

第二天早晨的治疗花了一刻钟时间。如此简单！一个奇迹！医学的魔法！我又一次看见我自己在大学的泳池里来回畅游，身上仅穿一件普通的泳衣，再也没有了黄色尿流的噩梦。我看见自己又能挥洒自如，无需再用那日日夜夜用了九年的吸水棉垫，它此刻就贴在我弹力内裤的胯裆部。一次无痛的十五分钟的治疗使生活再次充满了无限的可能。我不再是一个在最基本的生活方面都虚弱无力之人，过去的我连要把尿撒到马桶里都做不到。对自己的膀胱拥有控制力——在健康状况良好的人群里有谁会想到这代表着怎样的自由，有谁会想到这种自由是多么地不堪一击，即使最为自信的人都有可能在哪一天失去它？我以前从来也没有想到过这些问题，我从十二岁起就欣赏独特的个性，对我身上任何与众不同的地方我都持欢迎的态度——而现在的我可能和普通人也没有什么区别。

仿佛，那阴魂不散的羞辱感实际上并非是将一个人和他人联系起来的纽带。

还没到中午我就已经回到了宾馆。我有许多事情可干，就这么把我回家前的这一天打发掉。前一天下午——在决定不去打扰艾米·贝莱特，就这么离开餐馆后——我又去了史特兰德，它是联合广场南面一家历史悠久的旧书店，在这里我以不到一百美元的价钱买到了初版的六卷本 E. I. 洛诺夫的短篇小说集。这套书在我家的书房里其实也有，但我还是买下来带回了宾馆，那样在我必须继续停留在纽约的数个小时内我还可以依次翻翻这几卷书。

如果你也有相同的经历，隔了二三十年没有去读一位作家的作品，那么你对于重读的结果是无法确信的，或许会发现你曾经那么佩服的这位作家早已过时了，抑或发现你自己曾是多么狂热多么纯真的一个人。可是读到半夜，我发现我对他的景仰程度一点也不比二十世纪五十年代时有所降低。洛诺夫的散文题材狭窄，他的兴趣也极为有限，他的行文风格是强硬地克制住感情的流露，而不是在故事的涵义内汪洋恣肆，削弱其冲击力，营造出的反而是一种如神秘的锣鼓在那里鸣响的效果，久久萦绕的鼓声令读者惊叹于在如此有限的篇幅里竟能交织着如许多的沉重与轻浮，惊叹于他的怀疑主义竟能达到如此的深度。正是这种克制的写作手法使得他的每一篇短篇故事都寓意深远，简直是鬼斧神工，就像在帕斯卡[1]般的大脑的点拨下，一个个民间传说、神话故事、《鹅妈妈摇篮曲》[2]之类的东西由内而外地焕发出了

1 Pascal (1623—1662)，法国著名哲学家、数学家。

2 一部著名的童谣集，首版于十八世纪的伦敦。

光彩。

他还是那么出色，就像我以前认为的那样。甚至比我以前认为的更出色。就好像在我们的文学领域曾经存在过一种早已失落或淡出的色彩，而唯独洛诺夫又把这种色彩找了回来。洛诺夫就是那种色彩，他是个与众不同的二十世纪美国作家，而且已经有好几十年没有再版过他的作品了。我怀疑如果他完成了那部长篇小说并且在生前得以出版的话，人们是否还会如此彻底地忘记他的文学成就。我怀疑他是否在生命即将走到终点时依然在创作一部长篇小说。如果不是，那么又该如何去理解在他去世前那一贯的保持沉默，在他生命的最后五年里，他与霍普的婚姻破裂，开始了有艾米·贝莱特伴随左右的新生活？我依然记得他是如何以一种锋利无比、无怨无悔的方式来向我描述他自己的（当时的我是一个渴望效仿他的风格的年轻崇拜者）：我是一个单调的人，整日沉浸在艰难的写作和勤奋的阅读中，身边总放上一本笔记本，到了晚上——由于精神过度疲乏而几乎成了哑巴——就与我那忠实的、可怜的、孤独的妻子一起分享晚餐与睡床，这样的日子一晃就是三十五年。（因为规律不仅仅适用于它的创造者，还适用于与它的创造者息息相关的人。）人们也许可以想象他的工作强度和他的多产，一个具有如此坚韧的性格的原创作家，当时还不到六十岁。可是，他最终设法摆脱了这种如幽禁般的生活（或者说，是他妻子在愤怒中突然离去使他得到了解脱），找到一个可爱的、聪慧的、对他崇拜得五体投地的姑娘来做他的伴侣，那姑娘的岁数只有他的一半。人们也许会想象摆脱了长期束缚着他的乡村风景和婚姻生活之后——这样的生活使得艺术享受对他来说也变成了一种残酷到极点的牺牲——E. I. 洛诺夫不会因任性而遭受无比沉重的惩罚，不必仅仅因为他还敢相信他可以打破牢笼过上自由的生活，相信他依然可以每天把他写下的段落改上五十遍，就陷入了一个彻底虚无的无言的深渊。

那五年的故事究竟是怎样的？如果说在这位沉稳、隐居的作家——还要加上弥漫在他的世界观里的绝望与嘲讽——身上确实发生过什么故事，虽说他曾经勇敢地接受了在他的生命里除了虚无以外一无所有的事实，那么到底是什么样的故事呢？艾米·贝莱特一定知道——她就是发生在他身上的故事。如果在某地存放着洛诺夫创作的小说手稿，不论完成与否，她也一定会知道。除非他的所有财产都由霍普和三个子女继承，否则手稿一定是在她的手上。这小说理应合法地属于幸存于世的他的至亲，而不是属于她，属于艾米·贝莱特，这个在他写作这本书的过程中始终陪伴在他身边的人，这个读过他每一页草稿的人，这个知道他的这部新作有多好或者有多糟的人。即使说他的死亡打断了他完成整部作品，可为何那些完成的部分也不见在长期出版他的小说的文学季刊上发表呢？还是因为这篇小说写得不好所以不能出版？如果是那样，那么这次失败是否是他将造就他的才华的一切都抛在身后的结果呢，是否是在漫长的等待之后终于获得了自由的结果呢，是否是终于找到了快乐，从而结束了在实质上保护着他的牢狱般的生活的结果呢？还是他从没能克服掉自己为了结束苦难而牺牲掉霍普的羞耻感呢？可是帮助他结束了苦难的不正是霍普本人吗——通过主动离开他的方式？对于一个如此执着如此成熟的作家来说——我们知道，他那行文简洁、语言流畅的独特风格是通过了勤奋、耐心与意志的长久磨练得来的——怎么会有连续五年的空白呢？为什么如此普通的一个变化——人到中年，生活的轨迹发生改变，有了一个新的伴侣，在一个新的地方建立起一个新的家庭，人们普遍认为这种改变具有振奋人心的意义——会使一个人从此一蹶不振，会使洛诺夫放弃了自己的才能呢？

如果那确实是使他一蹶不振的理由。

到我准备上床睡觉的时候，我意识到我的这些问题也许根本没有触及关键所在，也许并不能帮助人们去理解是什么原因造成了晚年的洛诺夫如此压抑。如果，在五十六岁到六十一岁之间，他没能写出一部小说，可能是因为（他自己也时常这样怀疑）作家对于放大现实的热情不过是过度描写的另一种形式，而这种铺张浪费与他行文浓缩简约的天赋是背道而驰的。作家对于放大现实的热情也许在根本上解释了我为什么会花上一整天时间去琢磨这些问题。

然而，它不能解释我为什么不在那个咖啡店里和艾米·贝莱特打个招呼，那样我就能从她那里探得究竟，哪怕她不会把一切都告诉我，但多少她总会说些什么吧。

我在一九五六年与洛诺夫和霍普会面的时候，他们的三个孩子都已长大成人去独立门户了，尽管他日常写作那折磨人的规律绝不会因子女的离去而发生改变——也不会因伴随婚姻生活而来的丧失热情而改变——可就在我短短数小时的拜访中，霍普对在偏僻的伯克希尔山的农庄生活所感到的孤独寂寞已是一目了然。在我去拜访他们的那天晚上，霍普在晚餐时竭力保持住冷静与友好，可最终还是忍不住爆发了。她将一只酒杯扔到墙上，随后就流着泪跑开了，留下了洛诺夫一个人来对我解释——或者，实际也确实如此，他觉得没有必要向我做任何解释——那究竟是怎么回事。第二天早晨吃早饭时，艾米和我都在场，这个迷人的、沉静的、行为得体的、思路敏捷的、装腔作势的、神秘兮兮的、赋有喜剧天赋的女人，这个在这个家庭里兴风作浪的留宿之客，当时显得尤为高兴。霍普再次摆出一副高度隐忍的模样，可这次她离开餐桌后就收拾起了行李。她穿上大衣，尽管外面天气寒冷，道路上还有积雪，她还是走出了大门，并宣布她将被大作家忽略了的妻子这么一个角色转让给了他以前的学生兼（从种种迹象来看）现在的情人。“这里正式成为你的家了！从现在开始你就会尝到同他一起生活的滋味！”她对着年轻的胜利者嚷出这最后的一句，随后就动身去了波士顿。

我过了一小时也离开了，从此再也没有遇见过他们中的任何一个。我能在他家看见这么一幕完全是出于偶然。我当时正住在他家附近的一个作家村里，我从那里给洛诺夫寄了一包我首次出版的短篇小说，还附带了一封热情洋溢的自荐信，我原本只是想用这种方法来骗一顿晚饭的，可谁想那顿晚饭延长为在他家住了一晚上，那都是因为恶劣的天气使我必须等到第二天才能离开。在四十年代末，在整个五十年代，直到一九六一年他因白血病亡故，洛诺夫可说是当时美国最为杰出的短篇小说作家——即使在全国范围内还没有达到那样的认知度，至少在许多知识分子、学术精英们看来是这样的——因为他是六部文集的作者，其中的作品大多是喜剧或黑色幽默风格的，彻底颠覆了以前在描写飘零的犹太人那不幸的传奇时所采用的标准的感伤主义手法。他的小说读来犹如走进了一个支离破碎的梦境，然而他并没有因此就牺牲掉时间与地点的真实性，并没有陷入离奇的虚构或魔幻现实主义的雕虫小技。他每年写出来的故事都不能算特别伟大，而在他生命的最后五年，大家都以为他在创作一部长篇——他的第一部大作——许多崇拜者甚至认为这本书将为他带来国际知名度，将为他赢得早该属于他的诺贝尔文学奖，可他并没有出版任何书。那几年里他和艾米住在剑桥[1]，与哈佛大学保持着疏散的联系。他和艾米从未正式结婚。很显然，在那五年里，他并没有获得合法的自由可以再婚。然后，他就去世了。

在我准备回家前的那个晚上，我去了一家宾馆附近的意大利小餐馆。自我在九十年代早期最后一次在那里吃饭以来，饭店的店主未曾换过。令我诧异不已的是，店主一家里最为年轻的成员托尼在和我打招呼时竟然叫出了我的名字。他把我引到了我过去最喜欢的一个在角落里的位子上，因为这个位子是这里最安静的。

你离开了，而别人依然留在这里继续从事他们必须要做的，这是再正常不过的事。等到你再度回来，你会吃惊，有时甚至会觉得可怕，因为这些人依然在那里。可同时，你也会有一种安心感，因为还有这么一些人情愿一辈子待在同一个小地方，而不愿意背井离乡去别处谋生。

“你搬家了，祖克曼先生，”托尼说。“我们好久没见你了。”

1　美国马萨诸塞州东部的一座城市，哈佛大学所在地。

“我搬到北部去了。我现在住在一个山区。”

“那里的风景一定不错。又美丽又安静的环境，适合于写作。”

“是的，”我说，“你们家都好吗？”

“大家都好。只是，西莉亚去世了。你还记得我这个阿姨吗？她原来是做收银的。”

“当然记得。我很遗憾听到西莉亚已经去世。西莉亚的岁数也不是很大呀。”

“是的，年纪不大的。可去年她生了病，随后就走掉了。不过，你的气色不错，”他说。“你要喝点什么呢？基安蒂红酒[1]，对吧？”

尽管托尼的发色已经像他的祖父皮尔鲁吉一般青灰——在一幅今天依然挂在衣帽间旁边的墙上的油画中，此人的形象是这样的：这位第一代的移民，这家饭店的缔造者，穿着件厨师的围兜，像电影明星一般英俊潇洒——尽管托尼的身材比我最后一次见到他时更为高大也更为圆润了些——那时他三十刚出头，是这个经营饭店的美食家家族里唯一一个皮包骨头的成员，看来那成百上千碗意大利阔面到底不是白吃的——这里的菜单依然如旧，特色菜依然如旧，面包篮里的面包依然如旧，当领班推着甜点车从我桌边走过，我发现连领班和甜点都依

1　原产于意大利的一种干红葡萄酒。

然如旧。你也许会认为我和这一切的联系都没有丝毫的改变，会以为只要我喝着杯中的酒，嚼着大片的意式面包，就像以前我在这里无数次用餐一样，我就会心情愉快，会感觉宾至如归，可事实并非如此。我感觉自己像个冒牌货，假装自己是托尼以前认识的那个人，还极力摆出我就是那个人的样子。可是，在经历了十一年基本上独自一人的生活后，我已经不是原先的那个人了。我离开，是为了躲避一场真实的威胁。最终，我的离开使我摆脱掉了我已不再感兴趣的事物，就像一个不再梦想之人，摆脱掉了由于我一生所犯的种种错误而造成的持续的恶果（对我来说，那就是连续多次的婚姻失败、见不得人的偷情、在色情关系中乐此不疲的穿梭）。大概是在这些方面与其梦想不如采取实际行动的关系，我终于摆脱了自己的欲望。

我带了份报纸来读，就像我以前一个人在皮尔鲁吉吃饭时一样。一个人过日子，使我养成了在吃饭时看书的习惯，可是今天晚上我只是把报纸放在桌子上，眼睛却注视着二〇〇四年十月二十八日的晚上在纽约市的这家饭店里用餐的人们。城市生活令人心驰神往的一个缘由就是：通过在一家不俗的小饭店里一同用餐，许多陌生人聚在一起形成了一张群魔乱舞图[1]。而我也是群魔中的一员。晚上如此平凡的

1 原文意为希腊神话里的客迈拉，是狮头、羊身、蛇尾的吐火妖怪。

一种经历在我看来却意义重大，我确实这么认为。

等到咖啡上来我才打开了报纸，那是最新一期的《纽约书评》。自从离开纽约我就再也没看过那份报纸。我不想看它，尽管在它六十年代初创刊时我就是个订阅者，而且在早期我偶尔还是它的供稿人。在我去皮尔鲁吉的路上看见一爿报亭，我扫了眼报上的头版头条，在一组大卫·莱文[1]画的总统候选人的漫画之上，印有一面迎风招展的旗帜，上面用黄色的字体写着“大选特刊”——在它的下面，在一连串供稿人名单的上方，写着“总统大选与美国的未来”——我付给报亭摊主四块五毛钱，就把报纸带去饭店了。可现在我觉得买下它是做了件傻事，即使好奇心完全控制了我。我不读内容目录，也不读开头几页的大选评论，而是鬼鬼祟祟地翻到最后一页，一头扎进了分类广告之中。“漂亮的摄影师、艺术指导，充满爱心的母亲……”、“复杂、多思、多欲、妖冶的女子，已婚……”、“精力充沛的、爱开玩笑的、体格健美的、收入稳定的、兴趣广泛的男子……”、“绿眼睛的、风趣的、疯狂的、曲线玲珑的……”。我跳到了“不动产”一栏，在寥寥无几的“出租”栏中——在它的下面是长得多的“国际出租”栏，此栏下的住居大多在巴黎和伦敦——我看见了一条好像是特意为我写的广告，我

1 David Levine (1926—2009)，美国著名的政治漫画家。

觉得自己被鼓动起来，就像是天赐良机，我看见了一个充满诱惑的机遇。

一对三十出头的夫妇，职业作家，为人可靠，想要交换住房。现住房是一套位于上西区的堆满了书的三居室公寓，想要交换离纽约一百英里的安静的郊区住房。优先考虑新英格兰地区。希望立即交换，交换期一年……

不要等待——就像我急急忙忙地就做了胶原质注射，也没有在决定前先回家去好好考虑一下，就像我急急忙忙地买下了《纽约书评》——我沿着厨房下了楼梯，我记得那里的男厕所对面的墙上挂着部付费电话。我把那个电话号码记在了一张纸片上，那上面我原来写着“艾米·贝莱特”。我飞快地拨通了号码，对电话那头的男子说我看了广告想要和他交换一年住房。我告诉他我在马萨诸塞州的西部郊区有一栋小房子，坐落在山上的一条土路上，在我房子的对面有一片广阔的湿地，那里是鸟类和野生动物保护区。纽约离那儿一百二十八英里，最近的邻居也与我相隔半英里，下山八英里是一座大学城，那里有一家超市、一家书店、一家卖酒的商店、一个不错的大学图书馆，还有一家热闹的酒吧，那里的伙食也还可口。如果这些听上去和他的希望差不多的话，我有兴趣去他那里，我说，去看一下他的公寓，再讨论一下交换条件。我离上西区只隔了几条街，如果他没有不方便的话，我只要几分钟就能赶到。

那个男子笑了起来。“听上去你今晚就想搬进来。”

“如果你今晚搬走的话，”我说，我可是认真的。

在我回座位之前，我去了趟厕所。我躲进单人隔间，褪下长裤，看一看治疗是否已经在起作用。为了抹去我看见的景象，我闭上了眼睛；为了抹去我心头的阴影，我大声地咒骂。“该死的一场梦！”这里的梦是指我在突然之间恢复为普通人的梦想。

我从弹力内裤里抽出吸水棉垫，从放在我夹克衫内袋里的小包装袋里取出一块新的换上。我用草纸将尿湿的棉垫包起来，扔进了水池旁一个带盖的废物篮。然后，我洗手擦干，调整了一下阴郁的情绪，上楼去结账。

我走到西七十一街，在哥伦布圆形广场上大吃一惊。那个庞然大物的竞技场书店[1]已变形为顶部相连的一对玻璃建造的摩天楼，大楼的底层是鳞次栉比的摩登的商店。我溜达进拱廊，又走出来。我继续往

1　成立于一九七四年的一家独立书店，于2007年倒闭。

北走到百老汇，感觉就跟走在异国他乡没啥两样，是那光怪陆离的灯火迷惑了我，一切都仿佛是游乐园哈哈镜里的图像，既熟悉又陌生。我可以不太轻松地说，就像我之前说过的，我已经征服了孤独的生活方式。我知道这种生活的艰难与自由，随着时间的流逝我已将自己的需求降至极限。我早就抛弃了兴奋、亲昵、冒险与仇恨，取而代之的是宁静、安稳、与自然和谐的交流、阅读和写作。为什么要期待吉凶难卜的生活，为什么要追求更多的战栗与慌张？人到老年，这些情绪无需你的努力就会自然而然地到来。我继续沿百老汇向北——经过了林肯中心，我可不想融入那里汹涌的人潮，我没有兴趣去里面的联合影院看电影，也没有兴趣去里面的皮革店和食品店购物——不愿意压制我那想要返老还童的疯狂的愿望，这样的想法影响了我的一切举动，希望治疗能够逆转我那来势凶猛的衰退的疯狂念头，意识到我以前犯下的错误——放着好好的活人不做偏要做个鬼，偏要强行地割断持续的人际交往——屈服于渴望重新开始的痴心幻想。生命再次显现出无限的活力，不是通过我那独特的精神力量，而是通过肉体的改造。当然，这是个错误的念头，疯狂的念头，可我想，如果是这样的话，那什么才是正确的念头、睿智的念头呢，我算什么东西，能够说自己已经完全明白了这其中的差别呢？我做了我要做的——我们大家在回忆过去时都这么说。我的灵感帮助我通过了自我的考验，但也证实了我的无能——灵感就是无能——而且极有可能，如今的我也依然如故。我必须以疯狂的速度——我不得不如此，就好像我担心我的疯狂随时随地要爆发一般——来停止我即将要做的一切，因为我知道得很清楚，我根本不该那么做。

一幢六层楼高的白砖公寓小楼里的电梯将我送至顶层，在6B那间的房门口有个矮胖的小伙子出来和我打招呼。他以一种柔和、愉悦的方式突然说道："你是个作家。""是的，你呢？""我也是作家，"他微笑着说。他把我引进房去介绍给他的妻子。"她是这里的第三位作家，"他说。她是个高挑、苗条的少妇，不像她的丈夫，她身上已明显没有一处顽皮的、孩子气的地方，至少今天晚上没有。她那狭长的脸蛋被一头笔直优雅的乌发部分地遮蔽住，秀发一直垂到肩膀朝下一点的地方，这种发型好像是为了故意遮挡住什么难看的瑕疵，可不管怎么说她都是个美人——她有一身完美的、奶油色的柔肤，不论她也许在隐藏着什么缺陷。她丈夫对她的爱可说是绵绵无尽，他的每一个眼神、每一次搂住她的动作都显示出执着的柔情。他给予她的精神支持可见一斑，即使在她说出他并不怎么欣赏的话时。很显然，他们俩都认为她是他们中更出色的那一位，连他的个性都被捆绑在她身上。她名叫杰米·洛根，他叫比利·大卫多夫。在他们领着我看房间的一路上，他似乎很乐意尊称我为祖克曼先生。

这是套很可爱的公寓，有三个大房间。客厅里摆放着价格不菲的欧式现代家具、东方色彩的小格子地毯，还有一块漂亮的波斯地毯。卧室里有很大一块工作空间，从那儿俯视下去可以看到后院里一株高大的悬铃木。客厅里也有一个工作空间，从那儿看出去可以看到一个教堂。到处都堆满了书，在没被书架占领的墙上挂着装在画框里的比利在意大利各城市拍的雕塑的照片。这一对三十岁的夫妻中是谁在支撑着这个还算富足的家呢？我猜是靠他的钱，我猜他们是在阿默斯特或威廉姆斯或布朗学院认识的，他是个驯顺的、富裕的、温柔的犹太小伙子，而她则是个焦躁的、穷困的爱尔兰姑娘，或许还有一半意大利血统，她从上小学起就一直是个发奋图强的、好胜的人，甚至或许是个野心勃勃的人……

可我猜错了。靠的是她的钱，钱来自得克萨斯。她父亲是休斯顿的石油商，是个纯正的美国人，就和这个词可以告诉我们的意思一样。比利的犹太人家庭在费城开了爿箱包与阳伞店。他们俩是在哥伦比亚大学的研究生创作班上认识的。当时他们俩都还没有出版过作品，不过在五年前，她在《纽约客》上发表过一篇短篇小说，此后随即收到许多出版商及代理商的长篇小说的邀约。可我不会马上下结论，说他们中她的才华更高、创造力更强。

参观完房间后，我们坐在安静的客厅里，那里的窗户都是双层玻璃的。街对面是一座路德派的小教堂，那是幢漂亮的小建筑，有着窄窗、尖顶和糙石的外立面，尽管它可能是建于二十世纪初，可看起来它能使上西区的信徒们仿佛置身于五六个世纪前的北欧乡村。就在窗外，一棵生机勃勃的银杏树那扇形的树叶正在渐渐地褪去它那夏日里的葱翠。在我刚才进门的时候，房间里正在柔和地放着施特劳斯的唱片《最后的四首歌》[1]。比利走过去关掉CD唱机时，我在想是在我来之前他和杰米正巧在听《最后的四首歌》呢，还是我的到来刺激了他们中的某一位去放这么富于戏剧性的悲歌。这是一个非常老的老头在生命终点写下的一曲激情澎湃的挽歌。

“他最欣赏的乐器是女性的嗓子，”我说。

“或者说两位女性，”比利说。“他最欣赏的和声是两个女人的合唱。不管是在《玫瑰骑士》、《阿拉贝拉》的末尾，还是在《海伦在埃及》[2]里，都是这样的。”

“你真熟悉施特劳斯的作品，”我说。

“嗯，我最欣赏的乐器也是女性的嗓子。”

1 德国著名作曲家理查·施特劳斯（1864—1949）创作于1948年的最后一部音乐作品，当时的施特劳斯已是八十四岁高龄。

2 以上三部均为理查·施特劳斯的著名歌剧。

他这么说的用意是为了奉承他老婆，可我假装没听懂。“你也谱曲吗？”我问他。

“不，不，”比利说。“写作已经够我忙活的了。”

“呃，我的房子在山林里，”我告诉他们，“再没有比那里更安静的地方了。”

“我们仅仅离开一年，”比利说。

“我能问为什么吗？”

“是杰米的主意，”他答道，听上去不像我想的那么驯服。

我只是朝她的方向瞥了一眼，不愿意看起来像是在拷问她。她的存在感如此强烈——也许她喜欢待在角落里，也是因为不想让自己的存在感更强烈。也或许她想那样会更强烈，因为她的乳房可不像那些发育不良的女人。她穿了条牛仔裤和一件低胸的蕾丝边绸衬衣，看上去像一件小内衣——我又看了一眼，那确实是件内衣——内衣外面是一件略长的开襟毛衣，有一条又阔又粗的棱边，一条花样相同的带子松松地系在她的细腰上。这样的服装和艾米·贝莱特穿的由住院病人的长袍改制而成的连衣裙简直天壤有别，它的颜色比棕褐色更淡雅更柔和一些，质地是柔软的厚羊绒。这件毛衣的价钱不会低于一千块，穿在她身上显得十分慵懒，如此慵懒、沉静、迷人，就好像她穿的是件和服。她说话时语速很快，声音又很轻，总之，就像那种大脑过度复杂的人，说话时都能让人感到有一种强烈的压力。

“你为什么要到纽约来呢？”这就是杰米对我的目光的反应。

“我有个朋友在这里，她病了，”我说。

我还是没搞清楚自己能在他们的公寓里干什么，我到底想要得到什么。是想要开始一段奇异的人生吗？那怎么开始呢？是为了在我写作的时候可以看见窗外维多利亚时代中世纪教堂的仿制品，而不是我家外面那棵参天的枫树和粗糙不平的石壁吗？是为了在我俯视下面的街道时可以看见大量的车流，而不是在我树林里的长住民（梅花鹿、乌鸦和野火鸡）吗？

“她得了脑瘤，”我解释说，我这么说仅仅因为此刻我必须说话。我必须和她说话。

“噢，我们要离开这儿，”杰米对我说，“因为真主保佑我可不愿死在这儿。”

“那不可能吧，”我问，“这里是西七十一街，怎么可能呢？”

“这座城市已病入膏肓。本·拉登[1]的心里只有魔鬼，而他把魔鬼叫做‘纽约’。”

“我不知道，”我说。“我不看报。我已经好多年不看报纸了。我随

1　基地组织的首领，九·一一恐怖袭击的策划者。

手买了份《纽约书评》，只是为了看看广告。我对国家大事一无所知。”

“你肯定知道总统大选吧，”比利说。

“几乎啥也不知道，”我说。“在我住的乡下地方，人们不在公开场合谈论政治，更别说对我这个外来者谈了。我也不太看电视。所以，我一无所知。”

“你不知道已经开火了吗？[1]”

“不知道。”

“你没听过小布什的谎话吗？”

“没有。”

“想想你写的那些书，”比利说，“我觉得难以置信。”

“我作为一个不满的自由党和愤怒的公民的历史已经结束，”我说，表面上是在和他说话，但其实是又在和她说话。我这么做的动机甚至是为了欺骗我自己，欺骗自己还有点燃欲火的希望，但其实那火苗早已熄灭。不论让我在七十一岁时还想要返老还童的是一股什么样的力量，不论让我最初赶来纽约看泌尿科的是一股什么样的力量，这股力量在杰米·洛根刚一出场就迅速地壮大了起来，这个在低胸吊带

1　指伊拉克战争。

衫外松松地套了件坦肩的值一千块的开襟毛衫的女人。“我不想发表任何意见，在‘这些事’上我已无话可说——我甚至不想知道他们是谁。这些事情已经不适合我了，而对于不适合我的事情，我会视而不见。那就是我现在住在那个地方的原因。也是你们想要住到我那儿去的原因。”

“是杰米想要住到你那儿去的原因，”比利说。

“确实如此。我总是担惊受怕的，”她说。“换一个新的环境可能会有所帮助。”她突然打住了，可并不是因为她想到，在一个想把自己在遥远山区的安全住房与他们在纽约的有潜在危险的公寓对换的人面前，承认自己的恐惧这样的做法是否明智，而是因为比利在直直地瞅着她，就好像她是在故意当着我的面羞辱他。如果说他对她的关系是崇拜，那看来这崇拜也不是毫无保留的。毕竟，他们俩是夫妻，他也会有被他那个可爱的妻子惹恼的时候。

“还有其他人，”我问她，“因为害怕恐怖袭击而离开这儿吗？”

“其他人肯定也会谈起这样的想法，”比利坦言。

“也有人已经搬走了，”杰米插进来说。

“你们认识的人里也有吗？”我问。

“没有，”比利斩钉截铁地说。“我们是头一个。”

带着一丝并非过分宽容的微笑，带着令我着迷的魅惑的神情（我的臣服就和我想象中当年的比利一样迅速，尽管我臣服的理由从经历上来说和他的正相反，我的理由在于我已几乎忘却了有这档子事），这个高高在上、爱戏弄人的妖精，这个狐媚的杰米说道：“我愿意做大家的领头羊。”

“呃，如果你想要我的房子，”我说，“它就是你的了。这样吧，我来画张房子的简图给你们看。”

我回到旅馆后给罗布·马西和他的妻子打了个电话，他是当地的一个木匠，这十年来就是他在照料着我的生活，而他的妻子贝琳达则每周来为我打扫一次房间，在我不想开八英里车去阿西纳的时候就由她去为我采购杂货。在电话里我告诉了他们我所需之物的一份清单，让他们包好后给我送到纽约来。我还告诉他们下周会有一对年轻的夫妇搬到我家里来住，他们要住上一年。

“我希望这不是因为你健康的缘故，”罗布说。九年前我前列腺开刀的时候，是罗布开车送我去波士顿，然后又开车把我从医院接回家的。在住院期间，我的饭食都是贝琳达做的。在她小心翼翼、温柔体贴的照顾下，我终于平安挨过了难受的数周康复期。后来我就再也没有住过院，除了感冒外也没得过什么病，可他们是一对菩萨心肠、膝下无子的中年夫妇——丈夫瘦高个，精明能干，乐观开朗，妻子身材丰满，喜欢交友，手脚麻利——自从我开完刀后，他们把我哪怕最微不足道的一点小要求都视为头等大事。如果我有个亲生儿子来为我养老，我想也不会得到更好的照顾了，很可能反而会糟糕许多。虽说他们从没读过我写的只言片语，但只要他们在报纸杂志上看见我的名字或照片，贝琳达就一定会把那篇文章剪下来给我。我会感谢她，告诉她我没读过那篇文章，之后，为了确保不会由于我的疏忽而伤害了这位古道热肠的女人（她以为我会把她给我的东西收集在一本她所谓的我的“剪贴簿”里），我会直接把它撕个粉碎，撕得叫人无法辨认，最后扔进垃圾桶。我不会去看的，我早已对这种东西失去了兴趣。

在我七十岁生日那天，贝琳达做了顿有鹿肉排和紫甘蓝的晚餐，我们仨一起在我家里用饭。鹿肉非常美味，那是罗布从我家后面的树林里打来的。他们夫妻俩对我的温暖情谊和慷慨大方也让我感动。他们用香槟酒为我祝寿，还送给我一件他们在阿西纳买的栗色的羊毛衫；接着他们要我就人到七十发表一下感言。穿上他们送的毛衣，我从餐桌一头的位子上站起来，对他们说：“我的演讲很短。设想一下公元四〇〇〇年的样子。”他们笑起来，好像我接着会说个笑话，于是我补充道：“不，别笑。请认真地思考一下公元四〇〇〇年。想象一下。往深度和广度里去想。公元四〇〇〇年，好好想想。”一阵短暂又严肃的沉默之后，我轻轻地告诉他们，“那就是人到七十的感受，”然后又坐了下去。

罗布·马西是个出色的男保姆，我们大家都需要的那种男保姆，而贝琳达则是个出色的清洁妇，我们大家都需要的那种清洁妇，尽管我已没有拉里·霍利斯来照料我的生活，但我还有他们俩，我还能够专心写作，甚至写作本身，也都要部分归功于他们把一切都为我照料得服服帖帖。然而现在，我不需要他们了。

“我的身体很好。我在这里还有些工作要做，所以我和他们换房了。我会和你们保持联系的，如果有什么事要通知我，请打对方付费的电话。”

罗布好心地对我说：“内森，这二十年来已经没有人再打对方付费的电话了。”

“真的吗？呃，你懂我的意思的。我会告诉他们继续让贝琳达每周来打扫一次，告诉他们有任何问题都直接找你们。工钱还是由我来付，除非杰米·洛根或比利·大卫多夫提出什么特别的要求，那样的话你们可以互相商量决定。”说出杰米的名字让我感到很不是滋味，我心里在想，我不仅仅是失去了她、罗布和贝琳达，而且是我自己在安排着失去她的命运。那感觉就好像我丢失了在这个世界上我最为珍爱的东西。

我告诉他们在我搬入西七十一街的公寓后，我们会商量好让他们开车把我的东西送过来，然后他们中的一个再把我的车开回去。在我离开的这段时间里，我的车就放在他们的车库里保管着，他们最好不时地用用我的车。两个月前我刚写完一本书，现在还没有开始写下一本，所以没有手稿或笔记需要他们送过来。要是我正好在着手写一本新书，那我也许根本就不会考虑搬家的；如果是那样，我是不会放心地把手稿交给他人保管的。而且，如果我有什么理由必须回到我在山林里的住房，那么我知道我就再也不会回纽约了，尽管那不是因为杰米，也不是因为我害怕恐怖袭击，而是因为那里有我需要的最基本的一切，有我的写作所需要的不被人打搅的安宁，有满足我的兴趣的书本，有能够保证我的身心健康、保证我长时间投入写作的环境。任何一座城市能够提供给我的都是我已经决定不再需要的东西：此时此刻。

此时此刻。

彼时彼刻。

有开始就有结束的时刻。

这几句话是我在一张纸片上草草写就的，此前我在这张纸上写下了艾米的名字和我在纽约的那个新家的电话号码。这就好像是我的新书的名字。也许吧。也或许我不该这么藏着掖着——干脆就叫它《一个穿尿裤的人》。这是一本告诉你痛苦来自何方又要去往何处的书。

第二天早上，我接到泌尿科医师办公室的电话，询问我是否一切正常，有没有任何不良反应——比如，发烧、疼痛等异常情况。我说我觉得不错，可我还是委婉地汇报了失禁的情况未见好转。那位冷静的、会安慰人的护士劝我要有耐心，再等等看情况是否会有好转，那也不是完全不可能的，有些病人在治疗后的好几周方显出疗效。她提醒我说，为了获得理想的疗效有时需要两次甚至三次治疗，这种治疗每个月做一次连做三个月都是绝对安全的。“只要开一个更细的口子，就完全有可能减少或控制住滴漏。请不要有顾虑，随时联系我们，必须让医生知道你的实际情况。不论情况如何，我们都希望你在一周内给我们电话。祖克曼先生，请您务必做到。”

我突然有了一股来势汹汹的冲动，要彻底抛弃我那想要重获新生的浅薄愚蠢的幻想，取出停在车库角落里的我的汽车，飞速向北开回家去，在那里我可以收拾掉我那些不切实际的念头，立刻将它们变形为我的小说，在我的小说里虚伪的美梦是没有立足之地的。此刻你不曾拥有的，今后你也不会再有——你已经七十一岁了，就那么回事。自以为是、爱慕虚荣的日子早已不在。心存幻想实在是荒唐透顶。没有必要再去了解更多艾米·贝莱特和杰米·洛根的事，也没有任何必要去了解我自己。那也都是荒唐透顶的事。自我发现的戏早就落幕了。这么多年来，我并没有生活得像个孩子，在这种事上我的知识是绰绰有余的。在我到达六十岁之前，我并没有背离人生，也没有离开纽约，也没有过隐居的生活。我尽力直面人生，可无论我还会写出怎样的作品，没听说过或不了解基地组织、恐怖主义、伊拉克战争、小布什连任的可能性等等，都不会给我带来丝毫的损失。要人们抵制这样强烈的愤怒与危机感是不明智的——在越南战争期间，我也曾狂热得无法自拔——如果我要回到城市里住，那么不用多久我就会被这种情绪及伴随它的诲人不倦般的连篇废话所淹没。这样的情绪，再加上一个空虚之夜的魔法，可以使人变得如疯子般狂热、痛苦又愚蠢，而这些肯定帮助了杰米·洛根下定决心要逃离此地。

也或许，过去几年的历史已足够使她预料到基地组织发动又一场惨绝人寰的袭击，来把她和比利以及成千上万的人统统消灭。我无法判断她是理智地做出这么个决定还是被形势逼迫得几乎疯狂而做出来的（她那位理性、耐心的小丈夫也许就是这么认为的），也无法判断她的预感是否会被本·拉登证实，或者我的滞留是否会给我自己带来比瑞普·凡·温克尔的迷失方向更为严重的打击。作为一个对重大事件曾经积极响应的人，这十多年来我一直把自己禁锢在低调的孤独之中。我已经改掉了听从于每一次越过我神经末梢的冲动的习惯，然而，我才回来了没几天，就已经做出了也许是我这辈子最鲁莽最草率的决定。

宾馆房间里的电话响了。一个男子自我介绍说他是杰米·洛根和比利·大卫多夫的朋友。他在哈佛时就认识杰米，她比他高两年级。他是一名报刊杂志的自由撰稿人。他叫理查德·克里曼，专门写以文学和文化为主题的文章，在《泰晤士星期日》、《名利场》、《纽约》和《时尚先生》等杂志上都能见到他的文章。今天有空吗？能出来一起吃顿午饭吗？

“你有什么事吗？”我问。

“我正在写一篇关于你的老朋友的文章。”

我对敷衍记者这种事早已生疏，即使我曾经拿手，我也不会因为自己的行踪被人家轻而易举地打听到而心怀感激。这种紧急状况还真是感人，想当年就是为此我才把自己从纽约流放了出来。

我不做任何解释，直接挂断了电话。克里曼随即又打了过来。“刚才突然断线了，”他说。

“是我挂断的。”

“祖克曼先生，我在写一本E. I.洛诺夫的传记。我问杰米要了你的电话号码，因为我知道你在二十世纪五十年代就认识他，而且还一直和他保持通信联系。我知道你当时是个对他非常钦佩的年轻作家。现在的我就比当年的你大那么几岁。我没有你那样的天赋——这是我的头一本书，而且也不是虚构小说。可我想尽我所能做得和你一样好。

我知道我的不足之处，可我也知道自己的长处。我想要竭尽全力去做好。如果你要打电话去向杰米确认我的身份……”

不，我想打电话问杰米为什么她要把我的住址告诉克里曼。

“洛诺夫最不需要的就是给他写传记的作家，”我说。“他没有兴趣成为大家议论的话题，也没有兴趣让大家读到他的生平。他喜欢默默无闻，这样的想法一点坏处都没有，而且我们大家基本都是这样的。我们应该尊重这样的想法，那并不需要什么特别的努力。你瞧，他已经死了四十多年。没人读他的书。没人记得他。对于他人们几乎一无所知。任何一本传记都注定大部分依靠想象——换句话说，就是歪曲事实。”

“可是你读他的书，”克里曼答道。“回想我大学二年级的时候，有一次你和同学们一起在王玺社[1]吃午饭，你还对我们提到了他的作品。你告诉我们他的哪些书值得一看。我当时在场。杰米是王玺社成员，是她邀请我去的。你还记得王玺社吗，就是那次你在那里的一张公共大餐桌上吃午饭的那个艺术社团，饭后我们去了客厅——还记得吗？前一天晚上，你在纪念厅[2]里读了你自己的作品，然后有一个学生邀请

1 哈佛大学内讨论文学与艺术的学生社团，成立于1870年。

2 哈佛大学内一著名建筑。

你，你就答应在离开哈佛前和他们一起吃顿午饭。”

“不，我不记得了，”我说，尽管我其实是记得的——我记得那次朗读会是因为那是我前列腺手术前的最后一次，也是永远的最后一次。我甚至还记得克里曼提起的那次午餐，因为坐在我对面的一位黑发姑娘一直在看着我。那一定是二十岁时的杰米·洛根。她在西七十一街假装不认识我，但其实我们是认识的，我当时就已经意识到这点了。她有什么特别之处打动了我？仅仅因为她是她们中最漂亮的姑娘吗？当然，那也有些道理——漂亮，再加上她那严肃的沉默，暗示出她是个自信又矜持的姑娘，很明显，她的沉默就是因为羞于开口，但也并非过于害羞，以至于不敢注视别人，或对别人的注视不予回应。

“你对他依然很有兴趣，”克里曼说。“我知道的，因为就在几天前你还买了布面精装斯克里布纳版[1]的他的小说集。在史特兰德书店买的。我有一个朋友在那儿上班。是她告诉我的。她在店里看见了你，着实吃了一惊。”

“你这样对一个隐居者说话，在策略上是很愚蠢的，克里曼。”

1 1846 年在纽约成立的一家著名的出版社，全名为查尔斯·斯克里布纳父子出版公司。

“我不是个策略家，我是个热心家。”

“你多大了？”

“二十八，”他说。

“你想玩什么把戏？”我问。

“你是说我的动机是什么？我会说是爱寻根究底的精神。我的好奇心就是我的动力，祖克曼先生。这种精神并不能帮助我与别人和谐相处。比如你，就已经不欢迎我了。可对于回答该问题来说，这就是最强烈的动力。”

他是天真得可鄙呢，还是可鄙得天真？或者只是太年轻，只是太狡猾？“比起想要开创一份事业来，”我问，“想要一炮打响的动力更强烈吗？”

“是的，先生。洛诺夫对我是个谜。我想把这个谜解开。我想要还他公正。我以为你会帮我。与认识他的人谈话是尤为重要的。还算幸运，他们中有些人还活着。我需要有认识他的人来验证我对他的想法，或者，如果他们认为合适，来质疑我的想法。洛诺夫是个隐身人，不仅仅是作为一个人，而且是作为一个作家。隐身是他的天才的发酵剂。《创伤与神弓》[1]。洛诺夫从小就怀揣着一个很大的秘密。他居住

1 美国著名艺评家艾德蒙·威尔逊（1895—1972）出版于1941年的一部文艺评论集，主要探讨了精神伤害与文艺创作之间的联系。

在霍桑的故乡[1]纯属偶然，不过人家也议论纳撒尼尔·霍桑[2]也有一个大秘密，他们俩的秘密还颇为相似。你懂我的意思吧。”

“我一点也不明白。”

“霍桑的儿子写过晚年的梅尔维尔[3]终于相信霍桑的一生都‘隐瞒了一个大秘密’。这么说吧，我比梅尔维尔更确信 E. I. 洛诺夫也藏着一个大秘密。这个秘密能帮助我们理解许多事情，也包括他的写作。”

“为什么他的作品需要解释呢？”

“正如你说的，没人看他的作品。”

“你仔细想想的话，任谁的作品现在都没人要看。相反，我其实没必要跟你这么说，现在的大众只对揭人隐私感兴趣。那些‘解释’别人的人生的传记作品，大多靠添油加醋许多子虚乌有的内容来满足人们的这种恶趣味。即使那些传记里写的都是真事，在美学上也毫无价值。”

“我懂你的意思，”他说，明显是打算要甩掉我的话题，“可我不能像你这么冷嘲热讽，要不我这工作还怎么做呀。洛诺夫小说的遗失是文化史上的一大耻辱，是许多耻辱中的一桩，但这一桩我可以尝试去

1 霍桑出生于马萨诸塞州塞勒姆镇。
2 Nathaniel Hawthorne (1804—1864)，美国著名作家，代表作为《红字》。
3 Melville (1819—1891)，美国著名作家，代表作为《白鲸》。

弥补。”

“噢，”我说，“你是想担当重任去消除这桩耻辱，通过公开那个能够解释一切的他早年的秘密。我猜那个秘密一定和性有关。”

他冷冷地说：“你太精明了，先生。”

我应该再次挂断的，可我现在很是好奇，想看一看他究竟能坚持多久，想看一看他有多自以为是。他的口气并非咄咄逼人，但那如进行曲般的坚定的声音清楚地表明了他准备斗争到底的决心。出人意料的是，他的表现正是我在他那个岁数时的样子，就好像克里曼正在模仿（或者说，现在似乎更加明显了，他是在刻意模仿）我刚刚起步时那种勇往直前的方式。就是这种样子：精力旺盛的年轻人那种鲁莽又严肃的行事方式，对自己的逻辑一点也不怀疑，盲目自信，认为自己对利害关系了解得一清二楚。这可谓是无情的紧迫感。遇见障碍就会产生消灭它的冲动。在那些哗众取宠的青葱岁月里，你无所畏惧，你永远正确。任何事物都是你要攻克的目标；你随时准备战斗；你，只有你，才是这个世界里唯一正确的人。

未经历过风雨的孩子自以为已经长大成人，热血沸腾地一心想要干下惊天动地的大事。好吧，让他去自说自话好了。他会明白的。

“我希望你不要这么充满敌意，”他说，尽管他看来对此并不怎么在乎。“我希望你能给我个机会，让我对你解释在我看来他的故事有多重要，而且这个故事能够解释在他离开霍普与艾米·贝莱特一起生活的那段时间里他的写作所发生的变化。”

“他离开霍普”这样的说法惹恼了我。我理解他——他有永不妥协的韧劲，说话直率，浑身都是傲慢的病毒（他会和颜悦色地对我解释我不懂的事情）——可那并不代表我就必须信任他。除了道听途说和流言蜚语外，他能了解多少“他离开霍普”后的生活？

“那也无须解释，”我说。

“一本资料翔实的评传可以很好地帮助人们来重新认识洛诺夫这个人，从而还他一个在二十世纪文学中的正确位置。可他的子女们不愿和我谈，而他的妻子又可谓是全美国最老的一位老妇人，而且还得了阿尔茨海默氏症[1]，所以不能和我交谈，还有艾米·贝莱特，她也对我的信函置之不理起来。我也给你写过信，你也不回复我。”

“我不记得有你的来信。”

“我是寄给你的出版商的，对像你这么注重隐私的人来说，我认为这种方式比较合适。信都被退了回来，上面还贴着一张标签：‘退回寄件人。不再接受未有约定的邮件。’”

“任何一家出版商都会这么做。我最早就是从洛诺夫那里知道了这

1　即老年痴呆症。

一点的。当时我和你差不多大。”

“你在标签上使用的语言，是洛诺夫的语言吗，是他的习惯用语吗？”

那确实是洛诺夫的语言——我找不到比它更好的语言了——但我没有回答他的问题。

“我打听到许多关于贝莱特小姐的事。我想要证实它的可靠性。我需要可靠的信息来源。而你正是我需要的人。你和她还有联系吗？”

“没有。”

“她住在曼哈顿。她在做翻译工作。她得了脑瘤。如果在我有机会和她再次交谈之前，她的脑瘤恶化的话，她所知道的一切就将永远都是个谜。她能告诉我的比任何人都多。”

“她为什么要告诉你许多事呢？”

“你看，老年人都讨厌年轻人。这是不言而喻的。”

这句话说得那么唐突，就好像他突然从哪儿得来了神秘的灵感。这种代沟问题是他在书里读到过的，还是有人告诉他的，还是他在自己以往的经历中知道的，或是如晴天霹雳般凭空而来的呢？“我只是想对我写的书负责，”克里曼接着说，“负责”这个字眼再次激怒了我。

“艾米·贝莱特不是你来纽约的原因吗？”他问。“你是这么对比利和杰米说的，说你来这儿探望一个得了癌症的朋友。”

“这次我挂断电话，”我说，“你不要再打过来了。”

十五分钟后，比利打来电话，为他和杰米的草率之举向我道歉。他不知道我们的会面应该保密，他很抱歉给我带来的麻烦。克里曼刚给他们去过电话，告诉他们他把事情搞砸了。克里曼是杰米大学里的男朋友，现在他们的关系也很好，她不是存心告诉他是谁回应了他们的广告的。比利说这事做得不妥，他现在明白了。不论是他还是杰米都没有预见到我会讨厌和 E. I. 洛诺夫的传记作者谈话，因为大家都知道我对这位作家非常崇敬。他向我保证他们不会再犯同样的错误，不会再把我们之间的约定告诉其他人，尽管我必须认识到一旦我搬入他们的住所，在他们关系网中的朋友和熟人很快就会知道是谁住在他们家的，而且，同样的，一旦他们搬到我家里……

他话说得彬彬有礼，而且还很有道理，于是我说：“没关系的。”再说，克里曼毕竟是杰米曾经的男友。如果是别的理由，我是不会容忍他的。看在这个理由的分上。

“理查德是个执拗的人，”比利说。“不过，”他重复道，“因为我们把你的住址告诉了他，我们真心向你道歉。我们真是欠考虑。”

“别放在心上，”我再次表示，可在心里我又对自己说还是马上开车回家吧。纽约多得是那种有“探根究底的精神”的人，而且他们中也不是所有人都遵守职业道德的。如果我接手了七十一街的公寓——还有那里的电话——我就会不可避免地遭遇到一种令我手足无措的环境，因为就像我刚才所表现的，我已经没有灵活的手段来处理好这种事情了。并不是克里曼对洛诺夫所做的委婉的暗示没能挑起我的好奇心。也不是说我对这一系列的事情没有感到惊奇，先是在近乎五十年的时间里我第一次撞上了洛诺夫的艾米，随后我跟着她从医院走到饭馆，接着又是克里曼打来电话告诉我艾米得了脑瘤，并想用洛诺夫有一个如霍桑一般的"秘密"这种内部消息来刺激我。对于一个爱好隐居的人来说，一个把自己的生活和命运局限在单调的重复里的人，一个将他认为的所有非本质的事物统统驱逐出生活的人（在表面上，他这么做是为了他的写作，但其实更像是一种失败后的撤退），那就像是被某种罕见的天文现象所控制，就好像在史前时代发生了一场人们对其还一无所知的日食：地上的凡人做梦也不会想到会发生这种事。

就在我正准备仓促地迈入一个崭新的未来之时，我又不明智地撤退到过去——这种倒退的轨迹谈不上很特别，但至少是出人意料的。

"我们想邀请你在大选之夜上我们家来，"比利说。"家里只有杰米和我两个人。我们准备在家里看大选的结果。我们可以一起在这儿吃顿饭。之后你想待多久就待多久。你能来吗？"

"是周二晚上吗？"

他笑起来。"还是十一月份的第一个周一之后的那一个周二。"

“我会去的，”我说，“我接受了，”可我脑子里想的却不是什么大选，而是比利的老婆，也就是克里曼的前女友，还有就算机会能主动送上门来，我也无力再给一位女性带来快乐了。老年人讨厌年轻人吗？年轻人让老年人充满了嫉妒与仇恨吗？难道老年人不该讨厌年轻人吗？荒诞感自每一个角落迅速渗透进来，我的心因疯狂的渴望而怦怦直跳，就好像针对失禁进行的治疗对恢复性功能也有一定的疗效，这当然是不可能的——可是，在我隐居了十一年之后，不论我是多么性无能，多么性荒疏，在遇见杰米后我的性欲又被唤醒了。就好像性欲本身要拼命去证明它是一种生命力，就好像这个小妇人的出现带来了希望。

通过一次与比利和杰米的单纯又短暂的会面，我不仅重新被抛回到一个志向远大的文学青年的世界里，虽说对这个世界我早已不再感兴趣，而且对此时此刻就要出现的刺激、挑逗、诱惑与危险敞开了怀抱。想当初，是一个明确的威胁使我下决心永远离开纽约城——一个致命的威胁——它并非来自伊斯兰教世界的恐怖威胁，而是来自于我刚开始收到的死亡恐吓，FBI[1] 认为这威胁来自于同一个组织。每一次

1　美国联邦调查局的缩写。

恐吓都是通过一张明信片寄过来的，上面都盖有新泽西北部某地的邮戳，那也正是我少年时代生活的地区。邮戳上从来也不会出现相同的地点，可明信片正面的人物照片却每次都一样，都是当今的教皇，约翰·保罗二世，他不是在圣彼得大教堂里为信徒们祝福就是在跪着做祷告，抑或是穿着白色锦缎的法袍正襟危坐。第一张明信片上是这么写的：

亲爱的犹太杂种，我们来自一个新成立的国际组织。我们的组织旨在对抗种族主义——即卑鄙下流的**犹太复国主义**[1]——的兴旺发达。作为寄生在这个“非犹太”国度里的又一个犹太居民，你已被我们列为黑名单上的攻击目标。因为你的住址是犹约[2]的公寓，所以势必由我们这个“部门”来完成“消灭目标”的任务。这个警告仅仅是开始。

第二张印有约翰·保罗的明信片也带来同样的问候与信息，只是在结尾处略有不同：“第二号警告，犹太佬！”

自那时起，我开始收到各种恶毒凶险的信息，不过一年里从不会

1 十九世纪后期，犹太人在欧洲发起的旨在巴勒斯坦重建犹太国的有组织的运动，现代的犹太复国主义与以色列国家的发展和支持有关系。

2 原文是 Jew York，犹太约克，是对纽约（New York）的戏仿。

多于两次，而且大多数时候一次也没有。有时，走在纽约的大街上，某个陌生人会突然走过来向我发难，那是因为在我的小说里有什么东西吸引了他们或者惹恼了他们，或者是因为恼怒而受到吸引，也或者是因为受到吸引而恼怒。我经历过不止一次这样令人不安的骚扰，因为我写的书会轻易地使他们在大脑里形成一种作者的形象，而这个形象因为来自虚构的小说而趋于幻想。可是那种警告是将我作为攻击目标的：不仅因为连着好几个月我每周都会收到这样的明信片，而且因为就在同一时期，一位住在中西部的评论家，他曾在《纽约时报书评》里写过一篇对我的某本书表示赞美的评论文章，也收到了印有教皇照片的恐吓性的明信片。这张明信片是寄到他执教的大学里去的，而且注明烦请"马屁英语系"转交本人。没有问候语，只是用小字写了这么几句话：

只有一位一钱不值、专门舔人屁股、操蛋的狗屁"英语教授"才会恬不知耻地把这个犹太杂种最近写下的那一堆狗屎称作是"文采华丽、寓意深刻的杰作"。像你这样的垃圾可以随心所欲地给年轻人洗脑实在是一大悲剧。AK－47[1]，开火。只有那样才能挽救美国的高等教

1　一种冲锋枪。

育，才能帮助它重回正轨。

是我在纽约的律师帮我联系上了FBI。结果，一位名叫M. J. 史威尼的警探来拜访了我，当时我住在东九十一街上的公寓里。她是一位娇小活泼的南方人，四十刚出头。她带走了所有的明信片（她把那些明信片连同那位评论家收到的一起寄往了华盛顿，去做分析调查），并建议我时时观察、处处警惕，就好像是在指导我我不熟悉的某项体育运动的基本规则。在我走出一幢大楼前一定要留心观察一下两侧的街道，若发现任何形迹可疑之人千万要注意隐蔽。走在大街上，如果有陌生人向我靠近，那我必须始终将目光盯住他们手的位置，而不是脸，以防他们会冷不丁拔出武器。还有许多类似的建议，我立即都采纳了，但我并不认为这样就能建立起一张严格的防御网，使得那些一心想消灭我的家伙无从入手。在评论家收到的明信片上首次出现的“AK－47，开火”，现在在我收到的信息中也出现了。有几个礼拜，用黑色毡头记号笔写下的两英寸高字体的“AK－47，开火”，构成了我收到的全部信息。

每次收到明信片后史威尼都会和我通话，在把原件装入信封寄给她之前，我会把它们两面都复印下来。有一次，我打电话告诉她我最新的一本书获得了某个奖项的提名，我准备去出席在曼哈顿中城区的一家酒店里举行的颁奖典礼。她问我："那里的安保系统如何？""我觉得不怎么严格。""颁奖典礼对公众开放吗？""并没有说不对公众开放，"我说。"我想不通为什么有人愿意去自找麻烦。我想到时一定会有上千人参加典礼。""那好吧，你自己小心为是，"她说。"你好像不愿意我出现在现场。""我现在不代表 FBI 和你说话，"史威尼说。"FBI 是不会建议你去冒这个险的。""万一我得奖，万一我必须上台去领奖，我就会成为一个唾手可得的靶子，不是吗？""如果让我作为你的朋友来说的话，"她答道，"我就会说是的。""如果你作为我的朋友来说，你会建议我怎么做呢？""出席这次典礼对你意义重大吗？""对我毫无意义。""那么，如果我是你的话，我就会认为去出席这样一次典礼简直是在犯傻，"史威尼说，"更何况我刚刚收到二十多封死亡威胁信，甚至连靠近那里的地方我都会唯恐避之不及。"

第二天一早，我租了辆车开往马萨诸塞州的西部。在四十八小时内，我就买下了一栋有两个大房间的小木屋，其中一间有一个石砌的大壁炉，另一间里有木板围的火炉。两个房间之间有一个小厨房，从那里的窗户看出去，可以看见一片枝桠扭曲的老苹果树林，树林后面是一个宽阔的椭圆形泳池和一棵饱经风霜的大柳树。这是一块面积十二英亩的土地，一片风景如画的湿地从中穿过，有许多水禽在其间出没。湿地往后几百英尺是一条肮脏的小路，沿着这条小路走三英里左右你就能看见一条柏油路，然后你沿着这条蜿蜒的柏油路往山下再走五英里就能到达阿西纳。一九五六年，我遇见E. I.洛诺夫的时候，他正在阿西纳教书，他的妻子和艾米·贝莱特也都在那里。洛诺夫的家是一幢建造于一七九〇年的房子，是由他妻子的家族代代传承下来的，距离我刚买下的房子才十分钟的车程。正是因为此地是洛诺夫的藏身之所，我才会本能地选择这里作为我自己的避风港——不仅因为这个原因，还因为我遇见他时只有二十三岁，而且从此再也不能把此事忘怀。

我在部队里学会了如何使用步枪，所以我在当地的一家军械商店里买了把点二二口径的步枪。我花了几个下午独自一人在树林里练习射击，直到我重新掌握了诀窍。我把枪藏在床边的壁橱里，一盒子弹就摆在它旁边的壁橱地板上。我设法建立起一套与当地州警的大本营联网的安保系统，并在屋顶的各个角落设置了室外射灯，这样即使我在天黑后回家屋外也不会漆黑一片。事后我打电话给史威尼，告诉她我做的一切。“也许我住在这里的林子里情况会更糟，不过目前我觉得我在城市里感到的那种暴露和焦虑已缓和了不少。我暂时还保留着我在纽约的寓所，但我准备在这儿住上一段时间，直到死亡恐吓就此销声匿迹。”“有人知道你住在那儿吗？”“目前为止只有你知道。我已经安排好寄给我的邮件转到其他地方。”“那好吧，”史威尼说，“我不认为这是你的最佳选择，但只要你感觉安全了就可以。”“我会不时地进出纽约城，但我会住在这里。”“祝你好运，”她说，然后她告诉我现在她必须把我的档案转交给波士顿分局。在她说完再见挂掉电话后，我一晚上都为我做的事感到抱歉。我知道在我受到死亡恐吓的整个这段时间里，多亏有 M. J. 史威尼在我和我的联系人 AK－47 之间建起了一道安全屏障。

等到死亡恐吓的邮件终于停止骚扰的时候，我也没有放弃我那小木屋。那时候，小木屋已经成为了我的家，我在那儿一住就是十一个年头。我在那里写书、锻炼、得了癌症、采取了积极的治疗，就这样，在这个与世隔绝之地，在我不知不觉之间，日子一天天过去，我成为了一个正宗的老头。一个人过日子的习惯，没有烦恼的孤独生活，已经彻底浸入我的骨髓，摆脱了责任的枷锁，自由自在的快乐——说来荒唐，自由真的比一个人的生命更为重要。一连数日埋头写作，我会感觉到一种近乎奢侈的满足感。孤独，令人抓狂的孤独，也会偶尔光顾，但我总有排解的方法：如果它在白天降临，我就会离开书桌，去林子里或是沿着小河走上五英里，如果它在晚间现身，那我会把正在看的书暂时丢下，去听一些能让我集中精神的音乐——譬如，巴托克[1]的四重奏之类。就这样，我重新找回了我的平静，孤独不再令我无法忍受。

1　Bartók (1881—1945)，匈牙利著名作曲家。

总而言之，我已经没有任何必要再在充满摩擦、冲突、烦乱、彷徨与厌恶的生活里扮演某个角色，作为一个上了年纪的人，那些使你的人生变得丰富多彩的各种人际关系已全无必要。我能够远离尘嚣，是因为多年来我已经掌握了一种生活方式，我本以为这样的生活是不可能做到的（这样认为的不只我一个），因此我感觉到骄傲。我当初离开纽约也许是因为恐惧，但随着时光的推移我的生活变得越来越简单，我在孤独中发现了一片自由的天地，在大多数时间里我都热爱这份自由。

我摆脱了欲望的暴政——也或许，经过了十多年的隐居生活，即使最为苛刻的生活条件也能让我安之若素。

在二○○四年六月的最后一天，那个名叫“AK－47”的家伙又回来向我发出警告。我记得那天是六月三十号，因为就在那天我居住的那片新英格兰地区的雌鳄龟开始了一年一度的大迁徙，它们纷纷离开水泽爬上开阔的沙滩筑巢产卵。这些雌鳄龟是一种体格强壮、行动迟缓的大型龟类，它们长着锐齿，有直径一英尺多的坚硬的甲壳和一条覆着层层鳞片的长尾巴。在阿西纳的最南端，生活着大量的鳄龟。它们成群结队地越过一条通往城区的双车道的碎石路。驾驶员们会耐心地一连等上数分钟，以免在它们从深山老林里的沼泽或水塘里爬出来时压着它们，许多当地居民养成了一种习惯，我也和他们一样，我们不仅会停下车来，而且会把车停到路边，然后下车站在硬路肩上，欣赏这难得一见的两栖动物大游行。它们缓慢又笨拙地往前爬，两条腿短小、强壮、覆着鳞片，末端是如史前爬虫一般的脚爪。

每年，在这些驻足观赏者中间你都能听到同样的俏皮话、欢声笑语和啧啧称奇，还有那些热心教育的家长们，他们会特意带上孩子来观看，于是你又得到了一次受教育的机会，你会知道这些鳄龟的体重有多重，脖颈有多长，牙齿有多锋利，它们一次能产下多少卵，它们的寿命有多长。接着，你回到车上，开车去城里办你的杂务，在四个月前的那个阳光明媚的日子里，我也正是这么做的。在欣赏完鳄龟后，我就开车去了纽约，去咨询有关胶原质治疗之事。

我把车子斜斜地停在城市绿地旁，然后撞见了几个我认识的当地的生意人，他们是暂时离开自己的店铺到这里来晒晒太阳的。我站在那里和他们说了会话——话题十分有限，我们都摆出一副世界真美好的友好态度。他们中有一家男子服装店的老板、一个卖酒的老板，还有一个作家，脸上全都洋溢着因远离了伤脑筋的世界，过上了安全的美国式生活而倍感满足的微笑。

在我穿过一条马路前往一家五金店的路上，我突然听见有人在我耳边轻轻说了声“AK－47”，这人从我身边经过，往和我相反的方向走去。我急忙转身，从他高大的背影和内八字的步伐里，我即刻认出他来。他是我去年夏天雇的一位粉刷工，我雇他来为我粉刷外墙，可是，因为他没能按照约定每隔一天来干活——而且，即使他来干活也从不会超过两到三个小时——与其这样三天打鱼两天晒网，我还不如把他给解雇了。于是，他寄了一张金额离谱的结账单过来，我没有和他理论——那是因为，此前不论是在电话里还是面对面地，关于那是算他的工作时间还是旷工时间，我几乎每天都在和他争吵——而是把它直接交给我的律师去处理。那位油漆匠的名字叫巴迪·巴恩斯，后来我才知道他是阿西纳的一个臭名远扬的酒鬼，我知道得实在太晚了。我从来也不喜欢在他汽车的保险杠贴纸上写着的查尔顿·赫斯顿[1]是我心目中的总统，可我也不怎么在意，因为尽管这位传奇的电影明星因成为不计后果、不负责任的全美枪支联盟的名誉主席而声名显赫，可在我雇用巴迪的时候他其实已经步入了老年痴呆阶段，因此贴纸上的句子让我觉得没有什么比这更愚蠢、更无聊。

当然，在大街上听到这么一句让我着实吃了一惊。我实在是太过惊讶了，以至于我都没有工夫去考虑我该如何反应，或者说考虑是否该做出反应。我向着绿地飞奔而去，他刚好爬进了他的皮卡里。我喊着他的名字，在皮卡的挡泥板上砸了一拳，他这才摇下了车窗。“你刚

1 Charlton Heston (1924—2008)，美国著名影星，代表作有《宾虚》。

才对我说什么呢？”我问他。巴迪是个态度粗鲁的四十多岁的人，可是却有一张宛如天使的粉红的脸，尽管在他的鼻子底下和下巴上面都长着一层薄薄的金毛。“我跟你无话可说，”他用那习惯性的大嗓门吼道。“你刚才对我说什么了，巴恩斯？”“老天，”他翻着白眼说。“回答我。回答我，巴恩斯。为什么你要跟我说那句话？”“你有幻听吧，你这个疯子，”他说。随后，他倒了下车，临阵脱逃了。在轮胎发出一声如孩子般的尖叫之后，他消失得无影无踪了。

到最后，我认为这次事件并不像我一开始想的那样具有任何戏剧性的意义。是的，他确实说了“AK－47”，我完全可以肯定。我一到家就给 FBI 纽约支部打了电话，我要把这事告诉 M. J. 史威尼，却被告知她早在两年前就离开了 FBI。我提醒自己那些明信片在我搬到这里来之前的几个月就收到了，像巴迪·巴恩斯这样的人当时根本不可能知道我的存在。不可能是巴恩斯寄那些明信片的，尤其是上面都盖着北泽西大小城镇的邮戳，而马萨诸塞州的阿西纳则在它以南的一百多英里。他用来骚扰我的这个字眼和十一年前写在邮件里来骚扰我的一模一样，这不过是个荒唐的巧合而已。

话虽这么说，可自从我买下点二二口径步枪在树林里练习射击以来，我还是第一次打开子弹盒，这些年来我一直把未上膛的步枪靠在我卧室里的壁橱板上，可如今，在我睡觉前，我会把它上好膛摆在我床边的地上。我一直这么做，直到我出发去纽约，甚至在我怀疑巴迪根本什么也没对我说之后，甚至在我最终断定那只是我的幻听之后。在那个美丽的夏日清晨，在那个我兴致勃勃地欣赏了雌鳄龟辛苦地穿过马路去完成繁殖任务的清晨，我经历了我一生中最为逼真的一次幻听，为什么会那样，没有任何理由，至少对我而言没有。

在注射完胶原质之后，我失禁的情况未见丝毫好转。在大选日的早晨我汇报了这个情况，医生办公室建议我预约一下时间，在下个月进行第二次治疗。如果在间隔期里有改善的状况，那我随时都可以取消预约；如果没有，那就再注射一次。“如果还是不管用呢？”“那就再做一次。第三次，我们就不会再通过尿道注射了，”护士解释说，“而是通过前列腺手术的伤口。只是刺一个孔。只需要局部麻醉。不疼的。”“如果第三次治疗还是不见效呢？”我问。“哦，现在说这个还为时过早，祖克曼先生。我们一步步来。不要失去信心。不会一无所获的。”

就好像小便失禁的问题还不够有伤大雅，人家还非得像对付一个不愿吃鳕鱼肝油的任性的八岁娃娃一般来哄着你。可事情只能是这样的，如果一个年迈的病人拒绝屈服于无可避免的苦难，拒绝温文尔雅地蹒跚着走向坟墓：医生和护士要照料的其实是个孩子，一个必须得到安慰的孩子，那样他才能为了自身早已不存在的理由而继续硬撑下去。无论如何，在我挂掉电话的时候，脑子里就在想着这些。我感觉已耗尽了我的骄傲，感觉我的气力已走到尽头，感觉无论我抵抗还是默认，我都注定要失败。

我在这座城市里转悠的最初那几天里，是什么最令我惊奇呢？就是那最普通不过的东西——手机。在我那座山上到现在还没有一个信号接收站，而且，在山下的阿西纳，虽说那里有信号站，但我也很少看见有人走在大街上对着自己的手机喋喋不休。我还记得以前的纽约，那时如果有人走在百老汇街上自言自语，那他一定是个疯子。近十年来这个地方到底发生了什么，怎么大家在突然间都变得滔滔不绝起来——有那么多的话要说吗，有那么多紧急的事情吗，就不能等到彼此见面后再说吗？无论我走到哪儿，总有人不是在我身前就是在我身后对着手机叽里咕噜。看看来往的车辆，开车人也大都在打手机。坐上出租车，司机也在打手机。对于一个常常连着几天不和任何人交谈的人来说，我不得不奇怪先前阻挠人们如此行事的那股力量为什么会突然间崩溃了，使得人们情愿对着电话不停地嘀咕，也不愿意自由地走在大街上，享受那片刻的孤独，依靠自己动物的直觉来捕捉街道上的风景，徜徉在活力的都市所引发的万千思绪中。对我来说，这景象使街道看来像漫画，行人们也显得异常荒诞。而同时，这也像是一场真正的悲剧。为了彻底消灭距离感，就不可避免地导致了戏剧效果。结果会如何呢？你知道，你可以随时联系上别人，如果联系不上，你就会失去耐心——又烦躁又光火，像个愚蠢的小鬼。我明白，在饭店、电梯、球场等地早已失去了宁静的环境，然而，应该是人类巨大的孤独感造就了这种渴望被倾听的强烈愿望，而且即使被别人偷听去也在所不惜——对了，我这一生大部分时间都活在电话亭时代，它有厚实的折叠门可以关紧，所以我对这样的景象尤感印象深刻，我觉得自己简直可以构思一篇故事，故事里的曼哈顿变形为一座邪恶之城，在那里人人都互相监视，在他或她的手机的另一头总有个人在跟踪，可即使这样，只要来到户外的广阔天地，无论在哪儿他们总忍不住要互相拨打电话，这些电话不离手的人还自以为他们是在享受着最大程度的自由呢。我知道这些道理，只要设想一下这样的台词：我与所有的时代怪人为伍，我们相信从工业化刚刚起步的年代开始，机械就成为了生活之敌。然而，我还是忍不住要说：我不明白，为什么有人会以为，在他生命中只有一半的清醒时间里还要对着部手机喋喋不休也算是在过人的日子。不，这个傻玩意对提升公众的思想水平根本毫无益处。

我注意到了年轻姑娘们，我无法忽视她们。在纽约，这会儿的天气还很暖和，姑娘们的穿着打扮叫我无法漠视，无论我是多么不想被重新挑起那蠢蠢欲动的欲火，这欲火本来已经被在一个千里之外的自然保护区里离群索居的生活压制下去。我开车去阿西纳时就已经知道了，如今有多少大学里的姑娘对衣着暴露既不会感到害羞也不会感到恐惧，可是等我来到纽约依然被眼前的景象震惊了，首先衣着暴露的女人在数量上不知要比阿西纳多多少倍，其次在年龄范围上也要宽泛许多，我羡慕地理解到，女性的穿着方式不仅代表她们想要惹人注目的愿望，而且这种挑逗性的艳装大游行还代表着最本质的敞开自我。也或许那只是像我这样的人才会如此理解。也许我的理解全不对头，也许这只是当今的时装式样，也许当今的T恤就是这么剪裁的，也许当今的妇女时装就是这么设计的。尽管她们穿着紧身的T恤、超短的短裤、迷人的奶罩，连肚皮都露在外面，这一切似乎代表她们都是唾手可得的，但事实并非如此——这样的事实不仅仅针对我。

可是我必须承认，杰米 · 洛根最令我迷惑。我已经有好多年没有这么近地坐在一位魅力不可挡的年轻姑娘身边了，也许自从我最后一次在哈佛文艺俱乐部的餐厅里坐在这同一个杰米对面以来就再也没有过。当我们在交换住房上达成一致后，我意识到自己已经被她搅得神魂颠倒了。回到宾馆后，我一个劲地想着要是不换房该有多美——就让比利 · 大卫多夫待在他想待的地方，他就想待在原地，待在西七十一街路德小教堂的对过，而让杰米与我一起返回平静的伯克希尔山，这样她就能摆脱恐怖袭击的噩梦。她对我造成了巨大的引力，牵引着我那多欲的鬼魂的巨大的引力。甚至在她还没有出现时，这个女人就已经活在了我的心里。

在我六十二岁时帮我诊断出癌症的那位泌尿科医生，曾经同情地对我这么说过，“我知道这么说并不能使你得到安慰，但你不是唯一一个得这种病的人——这种病在美国已经达到了流行病的程度。有许许多多的人和你一样在与这个病魔做斗争。从你的病情来看，我没能在十年前帮你诊断出来实在是太遗憾了。”这句话暗示出由于前列腺切除术而造成的阳痿其实是个微不足道的损失。于是我通过拼命假装我的性欲已自然地减退来使这种损失降到最低程度，直到我与一位美女——这位美丽、迷人、睿智、冷静、表情慵懒，因恐惧而显得脆弱、因脆弱而令人垂涎三尺的三十岁女子——接触了仅仅一个小时，我就已经经历到了一份苦涩的无助，我是一个受尽了嘲弄的老头，还在渴望着重新拥有健全的生活。

第二章

心猿意马

在我从宾馆走着去西七十一街的路上，我来到一家卖酒的商店，在那里为我的东道主买下两瓶葡萄酒，接着就匆匆赶去看大选的结果了。这次的大选，自从我意识到有竞选政治的存在开始——那是在一九四〇年，罗斯福打败了威尔基[1]——我还是头一次对它的内容几乎一无所知。

我一辈子都是个积极的投票者，从来没有在任何一场选举中为共和党事务所拉过选票。我在大学时曾为斯蒂文森[2]拉过票，可是因为在一九五二年和一九五六年艾森豪威尔[3]两度击败了他，我的青春理想就此支离破碎；我无法相信像尼克松这样一个无情、变态、说谎成性、恶毒残忍的家伙，居然会在一九六八年击败了汉弗莱[4]；随后到了八十年代，一位盲目自信的呆瓜——此人极度空虚，还有那老套的多愁善感，对复杂的历史可谓一无所知——却成为了全民崇拜的对象，人们还尊称他为“伟大的沟通者”，因此，该人以绝对优势连任了两届总统[5]。

我们的历史上曾经出现过像戈尔[6]对小布什这样的竞选吗？这场竞选以极端狡诈的方式收场，一切都经过了精心的策划，结果是守法公民那一息尚存的天真与羞耻感就此彻底破产。当年，我从未对狼烟四起的党派政治表现出漠不关心的态度，可如今，在经历了近四分之三个世纪的美国生活的蛊惑后，我决心放弃那每四年都要发作一次的孩子般的热度——孩子的狂热，成人的痛苦。至少当我蛰伏在我的小木屋时不要这样，只要我住在那里，虽说还在美国，但美国式的生活却再也不会来滋扰我。除了写作和翻翻旧书——那是我一生最后的总结，是对我早年拜读过的伟大作家们的致敬——以外，其他我曾认为是重要的一切如今都不再重要，我终于放弃了我大半辈子（也许还要多）以来对政治的忠诚与追求。九 · 一一之后，我对这一事件三缄其口。要不然，我对自己说，你可真要成为一个典型的喜欢给报社写投诉的疯子，一个满腹牢骚的乡巴佬，一个如热锅上的蚂蚁般的躁狂症患者：白天你边看报边咆哮呐喊，晚上你义愤填膺地在电话里向朋友倾诉，说什

1 Willkie（1892—1944），美国政治家，1940 年的共和党总统候选人。
2 Stevenson（1900—1965），1952 年和 1956 年的美国民主党总统候选人。
3 Eisenhower（1890—1969），美国将领，第三十四任美国总统（1953—1961）。
4 Humphrey（1911—1978），1968 年的美国民主党总统候选人。
5 这里指罗纳德 · 里根（1911—2004），第四十任美国总统（1981—1989）。
6 Gore（1948— ），2000 年的美国民主党总统候选人。

么一个弱智的国王为了邪恶的利益正准备大力开发一个受伤民族的不折不扣的爱国热忱，说什么在一个自由的共和国里有一个国王在满口标榜着自由，而美国的孩子们正是在这样的宣传中成长起来的[1]。在乔治·W.布什[2]的王国里，对敌人毫不留情、绝不宽恕的态度是做一个有良心的公民的基本要求，而这样的要求对一个与世无争、一心只想过上安宁日子的人来说是不合适的——因此，我开始消灭我对新闻的持久的爱好。我取消了预订的杂志，也不再看《纽约时报》，甚至在偶尔经过杂货店时也不再买《波士顿环球报》。我现在经常看的唯一一份报纸是《伯克希尔山鹰报》，那是当地的一份周报。我在电视上看看棒球比赛，在收音机里听听音乐，我的生活就这么简单。

奇怪的是，只用了几个礼拜的工夫我那想当然的态度就被打破了。这种态度曾使我形成了许多非专业的想法，曾使我对新闻事件一无所知却照样活得潇洒自如。我抛弃了我的国家，抛弃了想要同女性建立起色情联系的念头，放弃了在爱的世界里再做疲惫不堪的斗争。我已得到了教训。我游离在生活与时代之外。也或许，我的生命只剩下最后一点可怜的残渣。我那建在马萨诸塞州一条高达一千二百英尺

1　这里的国王当指小布什（1946—　），美国第四十三任总统（2001—2009）。
2　即人们通常说的小布什。

的山路上的小屋，宛如一叶在公海上漂流的破舟，虽说往东不到三小时的车程就可抵达波士顿，往南去纽约也差不多是同样距离。

我到达的时候电视上正在播着竞选的情况，比利向我保证这次大选民主党稳操胜券——他有一个朋友在民主党总部工作，他说民意调查的结果显示克里[1]赢得了他所需要的每一个州的支持。比利风度翩翩地收下了葡萄酒，告诉我杰米出去买吃的了，不一会就回来。比利的举止还是那么讨人喜欢，他的个性还是那么愉快又温柔，就好像他还没能成为，或许永远也不可能成为一个能够操纵他人的权威人物。我想着，他究竟是一个老古董呢，还是现在依然有这样的人存在。他是一个中产阶级的犹太小伙子，身上依然有着传统的家庭观念的烙印，虽说这种观念如摇篮般满足了一个人的情感需要，但面对凶恶的他人或残酷的现实他是否有了足够的准备呢？尤其是在曼哈顿这么个文学环境里，我想他那充满柔情的褐色眼睛和天使般的脸庞是完全不合时宜的，它只能使人对他加深这么一种印象：他还是个需要别人保护的小孩子，或者是个慷慨大度的青年人，他根本无法去伤害别人或蔑视嘲笑别人，对于一个再小的责任他都无法推卸。我猜像他那么温

1 Kerry (1943—)，2004 年的美国民主党总统候选人。

柔无私，每句话每个举动里无不透露出优雅的人，想要对付杰米是很有点难度的。天真的轻信，温和的性格，富于同情心的理解力——这一切对于一个只需看一眼就能把他老婆偷走的恶棍来说是多么合适呀，他无法想象他老婆总有一天会对他不忠的。

比利正准备打开一瓶葡萄酒时，电话铃响了起来。他把酒瓶递给我让我开瓶，自己则抓起电话说："现在怎么样了？"过了会儿他抬起头告诉我说："新罕布什尔拿下了。华盛顿特区？"比利接着问那个打来电话的朋友。过会儿他又对我说道："在特区，克里的成绩是八比一。关键是——黑人们全都支持他。好啊，太棒了，"比利对着电话说。挂掉电话后，他开心地对我说："我们毕竟还是活在一个自由民主的国家里。"为了庆祝这个惊险的高潮，他为我们俩都倒了一大杯酒。"如果让这些家伙赢得连任，"他说，"他们会把这个国家搅得天翻地覆的。过去也曾有过糟糕的总统，可我们还是挺过来了，但这一位简直是糟糕透顶。认知力严重欠缺。教条主义。一个半瓶子醋的滥竽充数之人，竭力想要破坏我们伟大的祖国。《麦克白》[1]中有一句台词用在他身上再合适没有。杰米和我，我们常常在一起大声朗读剧本。我们喜欢读悲剧。这句话出现在第三幕里，就是赫卡蒂和巫婆出场的那一

1　莎士比亚的四大悲剧之一。

幕。'一个任性的凡夫俗子，'赫卡蒂说，'心中只有仇恨。'乔治·布什就代表了这句话。简直糟糕透了。如果你为了你的孩子和上帝而战，那么你就是共和党——换句话说，被他欺骗得最厉害的正是那些支持他的人。他能够赢得一次选举就已经是奇迹了。如果让他连任，他那一帮子人会干出些什么连想想都觉得可怕。他们是恶棍，是魔鬼。不过，他们的傲慢与谎言最终还是葬送了他们自己。"

我的脑袋里还塞满了我自己的各种想法，所以我让他就这么发泄下去。直等到第一轮竞选结果揭晓，我才问道："你是怎么碰到杰米的？"

"那是个奇迹。"

"你们当时是同学。"

他莞尔一笑，极其动人，而我的想法是，他就是立即拔出匕首把邓肯[1]干掉也比他此时的微笑要来得好。"那丝毫也没有影响到我们相遇的神秘性，"他说。

我以为此时根本没有必要畏缩不前，不用害怕他会发现真相。很显然，比利做梦也不会想到我这把年纪的人还会对他年轻的老婆垂涎三尺，不会想到此刻我的脑子里只有他的老婆。是我的年龄误导了

1 被麦克白暗害的苏格兰国王，参见《麦克白》。

他，再加上我的社会地位。他怎么可能相信一位他在高中时就读到过他写的文章的名作家也会动歪脑筋？他遇见我，简直就像遇见了亨利·瓦兹沃思·朗费罗[1]。《海华沙之歌》的作者怎么可能对杰米心存邪念呢？

为了安全起见，我先询问了他的情况。

“跟我说说你的出身吧，”我说。

“噢，我是我们家唯一一个读书人，不过那也没什么；他们都是好人。我已经是我们家居住在费城的第四代人。我的曾祖父开创了家族事业。他来自敖德萨[2]，名字叫山姆。他的顾客都管他叫修伞的山姆叔叔。他是做伞的，也修伞。我的祖父把这份事业扩展到箱包这一行。在一九一〇和一九二〇年代，坐火车旅行正方兴未艾，于是，突然之间，人人都需要有个行李箱。当时，人们还坐轮船去海外旅行，坐越洋轮。那是衣柜式样的行李箱的时代——你知道的，就是那种人们做长途旅行时用的巨大、沉重的行李箱，这种箱子是垂直打开的，里面还有衣架和抽屉。”

“我知道得很清楚，”我说。“还有另外一种，黑颜色的小型行李

1 Henry Wadsworth Longfellow (1807—1882)，美国著名诗人，代表作有《海华沙之歌》(1855)，并翻译了但丁的《神曲》。

2 美国得克萨斯州西部城市。

箱，它是水平打开的，就像海盗的宝盒。我上大学时用的就是那种箱子。当时几乎人人如此。这种箱子是木质的，四周有金属的包角，花哨一点的箱子上还绕着压花的金属条，锁是黄铜的，牢靠得就是地震也破坏不了。你可以通过铁路快递把它托运掉。你把它拎到火车站，交给铁路快递的办事员。我记得当时纽瓦克[1]的潘恩车站里的办事员还戴着绿颜色的护目镜，耳朵后面夹着根铅笔。他会把你的行李箱称一下，你按重量付完运费后，你的短裤和袜子就上路了。”

“是的，大大小小的每座城市都有一家箱包店，百货商店里也都有箱包柜台。是航空公司的空姐们，”比利告诉我说，“革新了五十年代的美国人对箱包的认识——人们意识到，箱包也可以做得轻巧而时尚。那正是我父亲接手家族事业的时候，他把箱包店装潢得现代感十足，而且把店名改为‘大卫多夫时尚箱包’。此前，大家只知道它原先的名字——‘塞缪尔·大卫多夫父子商店’。大约就从那时候开始，出现了带脚轮的箱包——那就是，箱包行业的发展简史。要想了解得更详细，那就得写一本一千多页的大书了。”

“你正在写一本关于家族事业的书，对吗？”

他点点头、耸耸肩，又叹了口气。“还有我的家族史。总之，我想

1 美国新泽西州东北部的城市。

把它写出来。我或多或少可说是在商店里长大的。我从祖父那里听到过无数故事。我每次去见他，都会把满满一本笔记本填满。这么多故事，足够我写上一辈子了。可问题是如何写，对吗？我的意思是，你该通过怎样的方式来讲述这些故事。”

“那么杰米呢，她的出身又如何呢？”

于是他开始讲述，毫不吝啬口才地对我大讲特讲起她的成就：关于金凯德，那是休斯顿的一所贵族私立学校，她在那里毕业并代表全班致了告别辞[1]；关于她在哈佛时如明星般的大学生涯，毕业时的成绩又是全班最优秀的；关于里弗奥克斯，那是休斯顿知名的高档住宅区，她家就住在那里；关于休斯顿乡村俱乐部，她不情愿地在那里参加了她首次的社交舞会，后来她常在那里打网球、游泳；关于她母亲，她是个传统保守的人，她总是想方设法去迎合她母亲；关于她父亲，他是个脾气古怪的人，她从来也不知道该如何去取悦他；关于他们第一次一起去休斯顿过圣诞节时她带他看过的著名景点；关于她儿时在那里玩耍的地方，他要她带他去看，他想看丑陋的休斯顿峡湾在黎明时展现出的凶险之美，她曾满不在乎地和她那个狂浪的姐姐一起在那儿的浑水里游泳，她的这个姐姐，他告诉我，就像老一代的休斯顿人那般把

1　表示她的成绩在班级里名列前茅。

“峡湾”一词发音为“瞎玩”。

我不过是让他介绍一下她，他却给了我一篇洋洋洒洒的演说辞，就像是在某幢大楼的落成典礼上的发言。他会来这么一场饱含感情的表演一点都不奇怪——在一个超级情人的眼里，他心爱的姑娘在那里长大的水牛城[1]就是一个世外桃源——然而，他对杰米及她在得克萨斯[2]度过的少女时代所表现出来的热情也实在太赤裸裸了，就好像他是在向我讲述他关在监狱里还朝思暮想的心上人。也可以说是我在监狱里朝思暮想的心上人。那简直就是一曲伟大的男性情爱之歌：他对妻子的崇拜构成了他生活中最为强劲的纽带。

在他接着向我讲述他们一起漫步去拜访她的家人时，他的语气渐渐转为哀伤。

“里弗奥克斯，也就是她家住的地方，在休斯顿属于一个特别的地方。那是个古老的街区，有许多古老的建筑，尽管有些很漂亮的老建筑已经被拆除改建为麦宅[3]。杰米家是仍对休斯顿的往昔存有依依不舍之情的少数家庭之一。华美的豪宅，高大的橡树，芬芳的木兰，零星的松柏。精心修剪的大花园。成群结队的园丁。都是墨西哥人。每到

1　水牛城是休斯顿的别名。

2　休斯顿是得克萨斯州东南部的城市。

3　大型豪华住宅区，因其如麦当劳一般普遍而得名。

礼拜四和礼拜五，大街上就会排满载着园丁和工匠们的皮卡。他们是来整理花坛、平整草坪、栽培苗木的，这些工作都是为了周末将要举行的聚会派对而准备的。我们漫步在里弗奥克斯的老城区，这里是靠石油发家的家族居住的地区，他们已在这里繁盛了两到三代人。我们漫步走过古老的住宅区，沿着一条有些繁忙的街道走去。接着我们就来到了峡湾，这条峡湾由里弗奥克斯起直流到下游的一座公园，你沿着公园再走上好几英里，就能到达闹市区。或者，我们也可以沿着峡湾走过去再走回来。天刚蒙蒙亮，天气凉爽，舒适宜人。里弗奥克斯的这个地区极其宁静朴素——这里的人们不会大肆挥霍地消费，也不会在麦宅前停满各色梅赛德斯[1]——是个非常美丽的地方。我们尤其喜爱这里的一座玫瑰园，它是这个社区的公共场所，由社区居民共同维护保养。我喜欢在早晨和杰米一起慢跑着穿过这个玫瑰园。玫瑰园后面往峡湾去的地方有几幢古老的家宅，要想看见峡湾并沿着它慢跑，就必须离开里弗奥克斯地区。接下来经过的就是休斯顿的其他地区。里弗奥克斯地区是休斯顿的内岛，是一个和谐繁荣的港口，在这里居住着古老的大家族和新近的暴发户，他们属于休斯顿的上流阶层，而这座城市的其余地区则大多炎热、潮湿、平坦、丑陋——写字楼旁边居然

1　即我们通常说的奔驰车。

会有文身馆，摇摇晃晃的危楼里有运动鞋商店，总之，一切都乱糟糟地混杂在一起。对我而言，这座城市最美的地方是那座古老的墓园，墓园里栽有历史悠久的栎树，杰米家有几位逝者就被埋葬在这里。墓园位于峡湾的下游，就在靠近闹市的地方。”

“杰米家是属于古老的大家族呢，还是新近的暴发户？”我问比利。

“是古老的大家族。古老的大家族靠的是石油，而新近的暴发户靠的是技术。”

“古老的大家族究竟有多古老呢？”

“呃，也不能算很古老，因为休斯顿本身就是一座比较年轻的城市。不过，只要提到像杰米的祖父那样的石油大亨，就会产生一种历史感。”

“那么，这个休斯顿的古老家族是怎么看你这个犹太小子的呢？”我问。

“她的父母并没有大惊小怪。只是，她的母亲哭了。要说她父亲的表现，那才叫登峰造极。在杰米回到家里告诉他我们订婚了之后，他就双手抱住头，随后，只要一提到我的名字，他就会摆出这个姿势。她在东部曾给他发过电子邮件，而他故意连着三四个礼拜不理她。她每隔一小时就会看一下收件箱，可他就是不回邮件。这个家伙，是个不折不扣的粗鲁的暴君。一个滑稽的父亲。自私、鲁莽、脾气暴躁。毫无理智。盛气凌人。恶劣透顶。总之，在他身上我找不到任何优点，他简直是个彻头彻尾的呆瓜、混蛋。你想想：为了叫他的亲生女儿伤心，他故意不回她的邮件，他这是在处心积虑地利用女儿的孝心，好让她觉得自己这样行事是不对的。他想要把她压扁了。当然啰，他也想把我给压扁了。我从来也没见过他，他也没有见过我，可他就是想伤害我。以前有谁想故意伤害我吗？在我的记忆中，祖克曼先生，一个也没有。可是，这个畜生觉得他完全有权利去伤害一个他女儿爱着的人！你看，杰米是个好女儿，一个非常好的女儿——她想尽办法要去爱这个一意孤行的人，她确实努力了，尽管她厌恶这个欺负她母亲的人，也厌恶他的政治观点及他那帮傲慢的右翼朋友。在连着三个礼拜的沉默之后，他终于给她发了一句话的邮件：'我爱你，甜心，可我不能接受这个小伙子。'可是，杰米·洛根是个勇敢的人，又自尊又勇敢，尽管这个老头执掌着经济大权，尽管他在露骨地暗示，如果她非要嫁给这个犹太人，他就要和她断绝父女关系，她依然毫不动摇。她坚持了下来，以至于这个偏执的狗杂种不得不做出选择，要么收回他的敌意接受我，要么失去他这个优秀的亲生女儿。如果她的年纪不到二十五岁，如果她缺乏勇气，如果她不是那么独立，她就会屈服于她父亲的意志。可杰米是个无与伦比之人。杰米不是一个桀骜不驯之人，也不会装腔作势，也不缺乏荣誉感，也绝不会屈服于任何她反对的事物。杰米是天底下最好的姑娘。她对我说，‘我爱你，我要你，我不会因我父亲的钱而做他的奴隶。’她几乎对他说了拿上他的臭钱滚蛋的意思，所以，最终还是她把他给压扁了。哦，祖克曼先生，看着杰米挺身而出反抗父权，真是太让人佩服了。尽管你也许会想，早在她和我好上之前，她父亲就应该已经习惯了这档子事。这是个杰米和犹太人的时代。如今连乡村俱乐部也让犹太人加入了。在她祖父的时代，那根本是不可能的事，就是近在十五年前，在她父母那一代，那也是无法想象的。这一切都是最近才有的事。就像犹太人和黑人也可以在金凯德上学。那也可算是新鲜事物。犹太少女是杰米在学校时的学友。你可以想象这个暴躁的急性子有多么喜欢这种事。不过，犹太人都很聪明，也很有才干，他们不会为了要讨人喜欢而尽力隐藏起自己对书本的热爱。杰米的一个犹太女友的哥哥——纳尔逊·斯派尔曼，他进了休斯顿的另一所知名的预备学校，圣约翰学校——做了她两年的男朋友，直到她在金凯德毕业的前一年，他去了普林斯顿大学。杰米在这个极其保守的地方为人处事小心谨慎，在这里得到社交界的认可意味着一切。这是个橄榄球校队队员会投票评选返校节[1]皇后的学校，这里

1 中学或大学毕业生每年一度返校的日子。

的姑娘可不能被人看见和公立学校的小子们混在一起，她们只能和金凯德或圣约翰的男生在一起玩。金凯德的男生都喜欢骑彪马车[1]、打猎、看球赛，每个人都想上得州大学。在这里，男生们喝酒是很普遍的行为，而大多数家长都对此睁一只眼闭一只眼。”

“你对她的学校了解得真多。对她的城市也了解得很多。”

“我被她迷住了，”他笑着说。“真的。关于她的一切，我都很想知道。”

“在她之前，从没有一个女朋友让你有过这种感觉吗？”

“从没有。”

“好吧，”我说，“这也许是你娶她的一个好理由。”

“哦，”他开玩笑地说，“还有些别的理由呢。”

“我猜得出来，”我说。

“她总让我为她感到骄傲。你知道四年前她做了什么吗？当时她姐姐杰西，就是那个狂浪的姑娘，已处在卢·盖里格氏症[2]末期。她打点行李上了飞机，回到休斯顿后一直守在她姐姐的病榻旁照料她，直到她去世。她日日夜夜守护在那里，度过了伤心绝望的五个月，而当时

1　著名的自行车品牌。

2　俗称渐冻人症。

我人在纽约。那是种噩梦一般的疾病。一般来说，人家在五十多岁才会得上这种病，可杰西不过三十岁呀，在突然之间她的手和脚都失去了力气，很快医生就诊断出她得了这种病。随着时间的推移，所有的运动神经元都衰竭了下去，可是因为只有大脑的功能依然健全，所以她能够清醒地意识到自己已成为了一具活尸。到最后，她浑身唯一能动的部位只剩下了眼睑。那就是她与杰米交流的唯一方式——眨眼睛。一连五个月，杰米没有离开她半步。晚上，她就睡在杰西房间里的一张小床上。与此同时，她们的母亲老早就已经崩溃了，对女儿全无帮助。而她们的父亲，自始至终，都表现出了彻底的自私——就好像这个因得了致命的疾病而给他带来诸多不便的女儿跟他毫无关系似的。他从不会去照顾她，到了后来甚至连她的房间也不进了，他没有讲过一句身为人父的关怀的话语来叫女儿宽心，更别说会去搂抱她或亲吻她了。他还是继续赚他的钱，就好像家里一切如故，而与此同时，他二十六岁的小女儿一直在照顾着处在死亡边缘的三十四岁的姐姐。可就在终局降临的前夜，就在杰西卡[1]撒手人寰的前夜，他当时和杰米在厨房里，女佣正在为他们准备吃的，他突如其来地精神崩溃了。在厨房里，他终于垮了下来，像个孩子般号啕大哭起来。他靠在杰米身

1　杰西是杰西卡的昵称。

上，你猜他怎么跟她说的？‘如果我能代替她就好了。’你猜杰米如何回答他的？‘我也这么认为。’这就是我爱的姑娘，这就是我娶的姑娘。这就是杰米。”

杰米进门来了，手里提着一包包的食品。她说：“街上有人告诉我俄亥俄的情况不太妙。”

“我刚和尼克通过电话，”比利说。“克里会赢得俄亥俄的。”

她转向我说：“我不知道如果小布什再度执政我会做出什么事。那将是我所有政治热情的末日。人们对共和党社会的执着简直令我忍无可忍。那意味着共和党的价值观仍将大行其道。那样就实在太惨了，要那样叫我怎么还能活得下去呀。”

在她飞快地讲话时，比利从她的手里接过食品袋，拿到厨房里去装盘子。

“我们从人类的老祖宗那里继承了随机应变的能力，”我对她说。“我们能够承受折磨的能力是超乎想象的。”

我想要安慰她的努力在她看来简直是一种夸夸其谈，于是她立即对我那实际并不存在的冒犯开火了。“你以前碰到过一次像这样的大选吗？像这次这么险恶的？”

“也有过，但我不了解这次的情况。”

“真的吗？”

“我上次告诉过你的——我对这种事不再感兴趣。”

“这么说，任谁当选你都不在乎啰。”她严厉地看了我一眼，好像是在责备我有意的漠不关心。

“我可没那么说。”

“这些人真可怕、可恶，”她对我说，似乎是在和她的丈夫一唱一和。“我了解这些人。他们是和我同时代的人。如果他们得胜，那将不光是丢脸的事——那将注定是一场悲剧。如果这个国家转向右翼，那么我们的政治制度将被道德观取代——他们的道德观。性与上帝。排外主义。一种叫人完全无法忍受的文化……”

她被她生活在其中的恶毒世界所激怒，她无法停止宣泄愤怒——而且，不论出于什么理由，她对我的态度却始终彬彬有礼——所以我静静地听她倾诉，不再尝试为了吸引她的注意而去做个寻找圣杯的愚蠢骑士。苗条的身材、丰满的双乳、如幕的乌发，这一切如上次晚上我来看房时一样使我心动。她购物回来时穿了件酒红色的、非常紧身的灯芯绒运动服，在比利接过食品袋后她脱掉了这身衣服——还一并脱掉了她那双低跟的深棕色皮靴。在运动服里面，她穿了件细棱条的黑色高翻领毛衣，同样是紧身的，那条深色的粗布牛仔裤也一样，只是在裤脚那里微微向外张开，可能是为了和皮靴相配。她换了双平底鞋在房间里走来走去，那鞋看上去就像轻便的芭蕾舞鞋。尽管这样穿着的用意很微妙，可她看上去并不是想通过这样的穿着来传达她是一清二白、坚贞无瑕的，也不代表她在吸引男性的注意力上缺乏自信。如果我和其他人一样对她的美貌啧啧赞叹，她究竟会不会在乎呢？如果不会，那她干吗要穿戴得那么楚楚动人呢？不过是去买些零食在电视上看看大选罢了。尽管，也许只要有生人来做客，她都会选择穿得迷人一点。不过，她衣着的诱惑力及不上她那性感的声音、快速的语调，即使在沮丧的时候她的嗓音也依然温暖而悦耳，其中还掺和着许多得克萨斯的乡音，或者说她生活的那部分得克萨斯，元音的发音舒缓柔和，尤其是在发那个温柔的“我”时，随后她就会懒懒地吐出一个个单词，直至组成一个句子。不是那种会令耳朵觉得不舒服的厚重的土音——不是乔治·W. 布什说的那种粗鄙的得克萨斯西部土音，而是南部有教养的人士大多会使用的那种得州乡音，他那位北佬的父亲[1]也选择这种发音。这种发音里有优雅的成分，在杰米·洛根说话时你能很明显地感觉到。也许那正是里弗奥克斯和金凯德学校的精华所在。

1 即老布什（1924— ），美国第四十一任总统（1989—1993），出生于东北部的马萨诸塞。

有她陪伴在左右，我就会像比利一样高兴。哪怕她的穿着与我的来访毫无关系，也不会影响到我的好心情。在她故意对我表现出的冷漠中，我感到一种异样的兴奋。那并不是叫我无法产生迷恋的冷漠啊。看着她，我会产生一种视觉的癫狂——我看着她的目光宛如街头艺人吞下了一把宝剑。

比利像在哄一个生病的孩子那样说道："你是不会被打败的，你一定可以在大街上翩翩起舞。[1]"

"不对，"她答道，"不对，这个国家是无知者的避风港。我知道的，因为我来自它的源头。布什打动了这些无知者的内心。这是个非常落后的国家，这里的人民极易哄骗，而布什的话就像是个卖狗皮膏药[2]的……"她一定已经愤怒地思考了好几个月了，所以，就在此刻，她好像要发作起来。我在心里怀疑，她是个看什么问题都严肃认真的人，而且她把竞选结果看得高于一切。我简直无法想象没有遭受痛苦折磨的杰米会是怎么个样子，这是不是就是她对这个伟大世界的全部反应，既痛苦又紧张。

比利在咖啡桌上摆好了盘子、刀叉和亚麻的餐巾。我们落座后在

1　在大街上跳舞指庆祝胜利。

2　原文意为蛇油，即所谓的万灵油，指号称包治百病但实际毫无用处的东西。

盛着食物的浅盘里各取所需，一边慢慢地喝光了我买的两瓶酒，一边看着屏幕上出现的一个州接一个州竞选结果的图表。十点刚过，尼克从民主党总部打来了不容乐观的电话，到了十点三刻，他的电话已变得闷闷不乐。“民意调查的结果，”比利挂掉电话对我们说，“看来不准确。俄亥俄的情况不太好，而且他也赢不了衣阿华和新墨西哥。佛罗里达已经失守了。”

这些消息我们大都已经在电视上看到了，可是杰米不相信电视上出现的图表，因此尼克的电话让她吼了起来，再加上她有点喝醉了：“从今天晚上开始，一切只会越来越糟！我已经没有任何想法了！”我想，到了一定时候，她自己会投降的，但在此之前要驱除心头的幻想可并不容易。在此之前，她会饱受痛苦的折磨，她会像一只受伤的动物一般离群索居。就隐居在我家里。穿着这身衣服，或者一丝不挂。睡在我的床上，旁边躺着比利，也一丝不挂的。

“我没有任何想法了！”她再次喊道。“现在任何东西都不能阻挡他们前进了，除非是基地组织。”

“甜心，”比利温柔地说，“我们还不知道结果呢。等等再说吧。”

“哦，这个世界一片昏暗，”杰米的眼里噙着泪水感慨道。“上次还像是个意外。因为佛罗里达。因为纳德[1]。可这次我实在搞不懂了！我简直无法相信！简直难以置信！我要去做一次堕胎手术。我不管我怀孕了没有。趁现在还能做那种手术，就快点去做！”

在她开这个苦涩的玩笑时她看着我，此时她的眼里没有厌恶——她看着我，就好像她是一个从失火的大楼或车祸现场被救出的人，就好像我是一个也许可以向她解释这场改变一切的灾难是怎么发生的旁观者。我想要告诉她的一切，很可能会像黑话一般令她再次遭受打击。我想到把刚才的话再说一遍：我们能够承受折磨的能力是超乎想象的。我想到这么说，如果在美国你的思维方式和行为方式相同的话，那你十有八九会失败的。我想到这么说，这样的结果太糟了，但总比一觉醒来听到珍珠港被炸要来得好。这样的结果太糟了，但总比一觉醒来听到肯尼迪被刺要来得好。这样的结果太糟了，但总比一觉醒来听到马丁·路德·金被刺要来得好。这样的结果太糟了，但总比一觉醒来听到肯特州立大学的学生被枪杀[2]要来得好。我想说，这一切我

1 Nader (1934—)，美国政治家、环保生活的倡导者，2000 年代表绿党参加总统竞选，民主党人士认为由于他的参选分流了一部分选票，使得戈尔以微小的差距败给了小布什。

2 1970 年 5 月 4 日，位于俄亥俄州肯特市的肯特州立大学的学生组织抗议活动，以反对政府出兵柬埔寨的计划，随即遭到俄亥俄州国防军的镇压，冲突中有四名学生被枪杀，九名学生受伤。史称“五四大屠杀”。

们都经历过。可我什么也没说。她需要的不是安慰的话语。她需要的是暗杀的行动。她想要一觉醒来听到乔治 · 布什被刺的消息。

比利打破了沉默，说道：“亲爱的，总有叫他们完蛋的东西。恐怖主义就是叫他们完蛋的东西。”

“唉，这样活着有什么意思呢？”杰米问。她的失望是如此之深，她的忍耐已达到极限，于是她不由得啜泣起来。

此时，他们俩的手机同时响了起来——是那些遭到严重打击的伤心的朋友们打来的，他们中也有许多人流了泪。第一次失败，就像杰米说的，看起来像是一场意外，可这次是他们的理想主义再度遭受惊人的重创，逼迫他们不得不认清严酷的现实，他们无力将这个国家重新拉回到在他们出生的四十多年前的那个罗斯福政府。尽管他们有敏锐的观察力、雄辩的口才、灵活的处世之道，尽管杰米对富足的共和党与无知的得克萨斯乡下人了解得一清二楚，他们对是谁代表了美国大众还是一无所知，如果不是这件事，他们根本不会清醒地认识到决定美国命运的不是那些有教养的文化人，就像他们自己，而是那些与他们不同、也对他们不了解的成万上亿的人，正是这些人给了布什第二次机会，用比利的话来说，“好让他去摧毁一个伟大的国家”。

我坐在那里——那个即将成为我的家的地方，我每天早上都会在那里起床——听着他们俩的倾诉，而他们俩很快也会每天早上都在我家起床，如果你愿意，这个地方可以抚平你所有的愤怒，不论现实给你带来多少难以想象的打击，不论你对这个国家的堕落腐败有多么深切的悲伤，如果你还年轻，还充满希望，还在自我的世界里忙碌，如果你的热情依然将你左右，你可以在这个地方学会放下对二〇〇四年的美国的担心，学会该如何去生活，学会不管这个国家有多愚蠢多腐败你也不会感觉如鲠在喉，你可以在你的书本里，在你的音乐里，在你的爱情里，在你的花园里找到你充实的人生。看着他们两个，我就不难理解为什么和他们年龄相仿、成就相似的一些人会想要逃离这个国家，因为这个国家在他们的眼中是个只会制造痛苦的情人。

“恐怖主义？”杰米在电话里大喊大叫。“可遭到恐怖袭击的所有的州，发生过恐怖袭击的地方，有遇难者产生的地方——他们全都投了克里的票！纽约、新泽西、华盛顿、马里兰、宾夕法尼亚——这些地方没有一个支持布什。看看地图上密西西比河的东面。这就是联邦政府对抗南部邦联[1]。与当时同样的情形。而布什举着的是古老的南部邦联的旗帜！”

“你想知道下一场该死的战争吗？”比利和某个人说着。“他们需要一场胜利。一场完全的胜利，而不是一场混乱的占领。呃，这场战争

1　即美国南北战争。

就将发生在佛罗里达海岸以南九十英里的地方。他们会硬把卡斯特罗和基地组织挂上钩，从而与古巴交战。迈阿密已经成立了一个临时政府。新的疆界图已经草拟出来。等着瞧。在他们反对异教徒的战争中，古巴将是下一个目标。有谁会出来阻止他们呢？他们甚至不需要基地组织的借口。他们需要更辣手的暴力手段，邪恶的古巴本身已给了他们足够的理由。这群把他捧上台的选民们会很乐意地看到这样的事。把最后一个共产党扔进大海。”

我尽量拖延时间，为了听一听他们在电话里和他们的熟人讲些什么。此时他们已是精疲力竭了，他们唯一能做的就是希望他们有一双可以对之尽情宣泄的父母，那样他们的挫折感才能得到救赎。他们俩都是有孝心的孩子，所以到了时间他们就会孝顺地给父母打电话，可杰米的父母和老乔治·布什是同一个乡村俱乐部的会员，那是我在比利关于杰米的休斯顿生活的讲述中知道的——因此，杰米在电话里也只能是徒劳地提醒自己是一个已婚的女子，住在离小时候被灌输特权观念的地方的千里之外，这样的观念是以她父亲为代表的极端保守的得州人所共有的，她非常蔑视这个狼心狗肺的父亲，因为他对她那个生命垂危的姐姐不闻不问，她干脆强硬地与他干仗，勇敢地嫁给了一个犹太人，毫不在乎他要剥夺她的继承权的威胁。

如今的她已成为一个内心丰富之人，而不仅仅是我眼中的美丽花瓶。从她的声音里你能听出她受了多大的罪，不仅因为她父母正是她那自由主义的良心所不能容忍的那类人这一事实，还因为她依然是他们的女儿，而且很显然，在遇到麻烦时她依然需要他们的支持。你可以同时听出这种牢不可破的血缘之网和内心想要挣脱这张网的剧烈挣扎。你也可以听出所有这一切迫使她成为一个崭新的人，并带给她无尽的益处。

比利在费城的父母绝不是那种冷漠、敌视、势利之人，对自己的儿子也非常亲切；然而他挂上电话后还是摇了摇头，而且只有先喝光剩下的半杯酒，他才能再次开口讲话。他那温柔的脸庞无法掩饰住他的失望和他感到的耻辱，而他那颗永远尊重别人感情的温柔的心也不会允许他把内心的厌恶拿出来曝光，虽说这样做也许能帮助他减轻痛苦。此时此刻，有一颗温柔的心是于事无补的，比利陷入了一片茫然。“我父亲投了布什的票，”他诧异地说，就好像他听到的是他父亲抢了一家银行的消息。“是我母亲告诉我的。我问她为什么，她说‘为了以色列’。她知道他本来都已经准备好要投克里的，可他走出投票站对她说：‘为了以色列，我投了布什。’‘我真该宰了他，’我母亲说。‘他依然相信他们能在那里找到大规模杀伤性武器。’”

回到宾馆后，我写下了下面这个短小的一幕：

他：你没告诉我我们以前见过面。

她：我觉得那不值一提。我想你肯定不记得的。

他：我还以为也许**你**忘记了。

她：没有，我记得的。

他：你还记得我们是在哪里见面的吗？

她：在王玺社。

他：对的。那天的情形你都记得吗？

她：我记得非常清楚。我是王玺社的成员，但我不经常去那里吃午饭的。我的一个朋友打电话告诉我她邀请你第二天去那里吃午饭了，然而她不确定你是否会去，可是你说你会去的，所以她说我也应该去。于是我就去了。我把理查德也带去了，我很幸运地和你坐在同桌，而不是坐在另一个房间里。我坐了一会，你走了进来，在我们的桌子前坐下。用餐时我一直瞧着你。

他：你没有说话，但你一直盯着我看。

她：（抱歉地笑起来）我很抱歉，如果我的表现冒犯了你。

他：我也回应了你的目光。不仅仅为了自卫。你记得吗？

她：我还以为那也许是我的想象呢。我不相信我会得到反馈的目光。我不相信你会在意我。我把你列在无缘靠近的名人名单里。你真的记得当时你坐在我的对面吗？

他：不过是十年前的事。

她：要记住一个你没有和她说过一句话的人，十年也够长的了。当时我给你的印象如何呢？

他：我不知道你是害羞还是生性不爱说话。

她：都有。

他：你去参加了前一天晚上的朗读会了吗？

她：去了。我记得午饭后我们坐在大厅里的皮沙发上。我们中有一半人左右留了下来。我想这种事对那个人来说一定很尴尬。我们大家把他团团包围，等待他发表什么名人名言，好让我们回去后把他的话记在日记本里。

他：你回去后把我的话记在日记里了吗？

她：那我得去看一下我的日记本。我可以那么做，你知道，如果你要我那么做的话。我保留着所有的日记本。你那天是怎么想的？

他：我不记得我怎么想的了。受人之邀做那么一件事，于我是很平常的。通常来说，人家会邀请我去上一堂课。上完了就走人。可为什么那天我们重逢时你没有提起这件往事呢？

她：有什么必要提起在一次午饭时我傻傻地盯着你看呢？我不知道，我也并不是想保守秘密。我们是在谈交换住房的事。我觉得没有任何理由去提及我曾坐在大学里的一个报告厅的观众席上一个劲地瞅着你。你为什么会同意去和一帮子大学生共进午餐呢?

他: 我当时肯定是想那也许很有趣。前一天晚上，我刚刚把我的作品读了一个小时，还回答了一些提问。除了邀请我的人以外，我没有遇到其他人。我什么都不记得了，只记得你。

她: (大笑)你是在和我调情吗?

他: 是的。

她: 你不会吧，简直难以置信。

他: 那又怎么啦。也不是那么难以置信吧。

在睡觉前我躺在床上把这一幕重新读了一遍，我想到：如果这世界上还剩下最后一件不应该做的事情，那一定就是这件了。如今，你已经彻底被她迷倒了。

第二天的纽约着实惨不忍睹。大街上走着无数满脸怒色的人，一个个看上去都死气沉沉、满腹狐疑。离大都会博物馆不远的中央公园里一片沉寂，街上的车流也不多，几乎听不到什么噪音，我约了克里曼在那里的一张长凳处见面。当我午夜时分从西七十一街回宾馆后，在我的语音信箱里收到了一份他的消息。我可以干脆不去理它，我想这么做，然而，在一阵冲动的蛊惑下——我期待着和艾米·贝莱特再见上一面，我也许可以从他那里打听到她的地址——第二天早上我按克里曼留下来的号码给他打了电话，尽管我在前天曾两次挂断了他的电话。

“卡利古拉[1]得胜了，”他接起电话就这么说。他显然是在等别人的电话，我停了一下说道：“看来是的，不过我是祖克曼。”“这是黑色的一天，祖克曼先生。我一早上都在咀嚼耻辱。我无法相信会发生这种事。大家是在为道德观投票吗？那算什么样的道德观呢？就是欺骗我们去打仗吗？都是些白痴，脑残！还有最高法院。伦奎斯特[2]也许明天就要死了。布什会让克拉伦斯·托马斯[3]做首席大法官的，那样他就可以连任两届、三届，甚至也许能连任四届——太可怕了！”

“你昨晚给我留了消息，说你想跟我见面。”

“是吗？”他问。“我昨晚没睡觉。我认识的人也都没睡觉。我有个朋友在四十二街图书馆工作，他打电话告诉我说有人坐在图书馆的台阶上号啕大哭。”

我很清楚恐怖的政治可以激起多么戏剧性的激情。从一九六五年和

1 Caligula (12—41)，古罗马著名的暴君，37—41 年在位。

2 Rehnquist (1924—2005)，美国最高法院第十六任首席大法官 (1986—2005)，2004 年大选时他正在做甲状腺癌手术。

3 Clarence Thomas (1948—)，美国最高法院大法官 (1991—)。

平主义的候选人林顿·约翰逊[1]转变为支持越战的鹰派人物，到一九七四年理查德·尼克松遭到弹劾被迫辞职，这些事情已确确实实成为我们大家记忆里的保留节目。你为了政治伤心绝望，甚至有点歇斯底里，也或许你会欢欣鼓舞，十年来你第一次为了政治的清白辩护，可你得到的唯一安慰不过是一场你方唱罢我登场的闹剧。如今的我只是一个政局的旁观者，一个局外人。我与全民参与的这场戏无涉；这场戏亦与我无涉。

"信仰！"克里曼喊道。"作为了解真相的一种手段，他们为什么不能透过水晶球来预测一下未来呢？也许进化论最终将被证实是一派胡言，也许达尔文根本就是一个疯子。他会变得和《创世记》里描写的造人运动一般疯狂吗？这些人是不相信知识的。他们不相信知识，正和我不相信信仰一样。我真想走出去，"克里曼对我说，"发表一篇洋洋洒洒的演说。"

"那没有用的，"我对他说。

"你是个见多识广的人，你告诉我怎么做才有用呢？"

"还是那个古老的药方：忘掉它。"

"你还没有老到那种程度，"克里曼说。

"可我忘记了。"

1　Lyndon Johnson（1908—1973），美国第三十六任总统。

“所有的一切吗？”他问，他也许感觉到了他想通过尽力探询来建立起我们之间的某种联系的可能性：一个年轻人在征求一个老年人的贤明的建议。

“一切，”我由衷地答道——就好像我已经中了他的计。

当我赶到我们约好的中央公园里的那张长凳时，克里曼正沿着椭圆形的大草坪慢跑过来，他朝着我挥了挥手。我等着他，想着我犯下了一个多么独特的错误——来到纽约做胶原质治疗——想着此后发生的一切都在迂回地返回到一个我始料未及的原点，而我对于返回生活的原点根本毫无兴趣。到了七十一岁这个年龄，难道我还要去扰乱本已安稳的生活吗，难道还要去改变已成形的生活方式吗？有什么比我这样的冒险更容易迷失方向、更容易遭受挫折，甚至可能导致崩溃的呢？

克里曼说：“我必须把这堆狗屎清除出我的脑袋。我以为跑一场步可以达到目的。可我想错了。”

他可不是那个和蔼可亲的、胖嘟嘟的比利，不过他的体重也有两百多磅[1]，身高足有六英尺三[2]。他是一个高大、威武、机警的小伙

1 两百磅约合一百八十斤。

2 约合一点九米。

子，满头黑发，一双浅灰色的眼睛，在人的身上能长出这种浅灰的眼睛实在是个奇迹。他是一个漂亮的后卫，身材天生就是打桩的料[1]。我对他的第一印象（不太可靠）是他是个迷失在广义的困惑中的人——他只有二十八岁，却要屈服于一个勉强的世界，没有任何异议地服从于自己的力量与美貌以及紧迫的个人需要。这一切都写在了他的脸上：对于无法预见的、彻底荒诞的抗拒所表现出的愤怒的认同。他和杰米嫁的那个年轻人是完全不同类型的人。比利有圆滑柔顺的性格，如一个亲切的大哥，而克里曼却保留着许多学童的任性。他上次打电话到我宾馆来时，我对他就有了这种印象：克制自我不是他的口号。可很快，事实证明它也同样不是我的。

他穿着短裤、跑鞋和一条湿嗒嗒的运动衫，神色沮丧地坐在我旁边，手肘搁在膝盖上，手抱着头。满头大汗的——他就是这么去见一个对他刚起步的重大事业至关重要的人物的，这个他一心想要攻克的人物。看来，他是个天才，我想，无论他是什么，即便他是个投机主义者，他也不是在我们第一次通话后我以为的那种圆滑、自恋的投机主义者。

1 原文是 pile-drive，为摔跤运动术语，是指将对手身体扳过来后使其头部触地的动作。

他还没有讲完自己对大选的意见。“一个无比贪婪的右翼政府在一个享有特权的白痴的领导下，依靠要命的谎言来满足了美国人幼稚的道德观——我们怎么能活在这么荒诞的一个世界上？我们该如何将自己与这种漫无边际的愚蠢隔离开来？”

我想，他们是些才离开大学六到八年之人，因此克里输给布什这个令人震惊的历史事件——这事件在精神上也影响着他们的美国同胞，正如越南战争清晰地勾勒出他们父母那一代人，大萧条与第二次世界大战就是我的父母及他们的好友所能期待的时代一样——在他们的心中占据了一个重要的位置。仅仅通过一些阴险的计谋，布什在二〇〇〇年当上了总统；二〇〇一年发生了恐怖袭击，那些从着火的大楼上的高窗里往下跳的如木偶般的人们至今不肯淡出人们的记忆；如今又是这样，这个被他们无比蔑视的“滥竽充数之人”居然获得了第二次胜利，这个大脑发育不良，整天做着核武器神话的迷梦的人。这样的结局更加深了他们共同的体验，使得他们与自己的小弟弟小妹妹们产生了代沟，就像和我这样的人一样。在他们眼里，小布什根本就不是什么政府首脑，而是代表了一个通过法律手段掌权的统治阶级。他们注定要在二〇〇四年再次声张他们的权利，可他们依旧输得一败涂地，从昨晚十一点左右开始，他们不仅反复咀嚼了他们的失落，而且以各种方式来再次体会了被骗的感觉。

“你想要告诉我洛诺夫的那个不可宽恕的秘密，”我说。

“我可没说过‘不可宽恕’。”

“可你确实这么暗示了。”

“你了解他的童年吗？”他问我。“你对他的青春时代又知道多少？你能保证不把我告诉你的讲给别人听吗？”

我往后靠在椅背上，发出我回到纽约后的第一声冷笑。“你自己恨不得把这个极度注重隐私的人小心保护着的、显然会使他倍感羞辱的‘大秘密’用高音喇叭去昭告天下，却来要求我守口如瓶？你正打算写一本书来摧毁他竭力保护的尊严——对他来说，尊严就意味着一切，而且他也有权拥有自己的尊严——却来要求我做出保证吗？”

“你的态度和电话里一模一样。你怎么能对一个你根本不了解的人态度这么恶劣呢？”

我想，我是了解你的。你年纪轻，长得俊，只有足够的狡猾才会让你安心。你对狡猾情有独钟。只要你想，你就有权伤害别人。严格说来，你并不是要伤害人家——只是要行使自己的权利，如果你放弃这样的权利，那你就是个傻瓜。我了解你：你是想要获得你在心底里打算愚弄一番的那个家伙的赞同。这其中既有一种狡猾的乐趣，也有安全感。

椭圆的大草坪周围有一些人流，推着婴儿车的妇女，坐在黑色轮椅上的老头，远处有两个人在慢跑，我起初还以为是比利和杰米呢。

我就像个坐在长椅上的十五岁的小孩，脑子里一个劲地想着开学第一天坐在我旁边的那个新来的小姑娘。

“洛诺夫拒绝了美国文学艺术院授予他的院士资格，”克里曼告诉我说。“也没有给《当代作家》[1]寄去过自传。洛诺夫在有生之年从没有接受过采访，也从没有在公开场合亮过相。他煞费苦心地在一个与世隔绝的荒原上过着隐居的生活。为了什么呢？”

“因为他最喜欢静思冥想的生活。洛诺夫在那里写作，在那里教书。晚上还看看书。他有一个妻子和三个孩子，周围是美丽的、未被玷污的乡村景色，还有一座使人心情愉悦的十八世纪的农庄，里面有许多壁炉。他的收入虽说菲薄，却也能自给自足。秩序、平和、安稳，都有了。他还需要什么呢？”

“需要隐瞒。要不他干吗一辈子都低着头做人呢？他永远都保持着高度的警觉——一辈子都如此，他的书里弥漫着这种感觉。他坚持不懈地约束自我，因为他活在秘密被揭露出来的恐惧之中。”

“所以你打算把它揭露出来，让他结束恐惧，”我说。

1　美国盖尔公司出版的一套内容广泛的作家传记词典，至今已出版了一百七十多卷。

这是恼怒的一瞬，他极力克制着想要给我一个嘴巴子的冲动，因为他的雄辩未能奏效。我对这样的瞬间依然记忆犹新，作为一个文艺青年，我在他这个岁数初到纽约，从此就饱受了这样的折磨。那些四五十岁的作家和评论家简直把我当个屁也不懂的小孩，除了在性方面也许有那么一点点可怜的知识，而他们认为这方面的知识简直就是愚昧，尽管他们自己当然也在性欲中无尽地翻滚。可是讲到社会、政治、历史、文化，也就是他们所谓的'思想'——"我跟你说你不懂，你甚至不明白我的意思，"他们中有一位曾这么对我说，一边还对着我的脸指手画脚。我的名人们就是这个样子的：他们都是饱读诗书、出类拔萃的美国之子——来自移民的犹太家庭，他们的父辈或是油漆工，或是屠夫，或是制衣工，他们当时正值壮年，执掌着《党派评论》，为《时评》、《新领袖》和《异议》等杂志[1]撰稿，互相激烈地竞争，常常争得面红耳赤，由于出身于半文盲的说意第绪语[2]家庭而背负着沉重的思想负担，移民身份的局限性与贫瘠的文化导致了他们性格中同时具备了暴躁与温柔的两个极端。如若我胆敢开口说话，这些老长辈们一定会轻蔑地让我住嘴，他们确信我很无知，因为我的年龄和我的'有利

1　以上均为以纽约犹太知识分子为对象的著名杂志。

2　犹太人的语言。

条件'——这个有利条件完全是他们想象出来的，他们的求知欲与好奇心从来也不会伸向比他们年轻的人，除非这个人确实比他们年轻得多，而且非常漂亮，还得是个女人。到了他们的晚年，艰难的婚姻只给他们留下了累累伤痕（在财政上也是大伤元气），种种老年病以及自私自利的儿孙们要了他们的命，其中有些人软化下来和我交上了朋友，再也不会一味地反驳，使我不得不一再重复我说过的话。

"你瞧——我十分固执地想要告诉你，"克里曼最后说。"可我问你是否能为我告诉你的一些事保密时，你却朝我发火。你认为我为什么要这样要求呢？"

"克里曼，不论你发现了什么，你为什么不能把它忘掉呢？现在根本就没人知道洛诺夫这么个人。你这么做有什么意义呢？"

"有意义的。他应该进入美国书院[1]。辛格[2]就出了三卷本的小说集。为什么E. I. 洛诺夫不行呢？"

"所以，你是想通过毁掉一个人的声誉来挽救此人的文学地位。想用天才的秘密来取代天才的才能。想通过往天才的脸上抹黑，来恢复天才的名望。"

1　为得到认可的名作家出版全集的著名出版机构。

2　Singer (1904—1991)，美国著名的犹太作家，1978年获得诺贝尔文学奖。

在又一阵愤怒的停顿之后，他接着说了下去，口气好像是在对付一个无论怎么解释都不明白的小孩子。“不会毁掉他的声誉的，”他解释说，“只要这本书按我的思路去写。”

“这与你怎么写无关。丑闻是自己长脚行遍天下的。你不是在挽救他的地位——而是在剥夺他的地位。你到底想说什么事呀？有某个人记住了五十年前的洛诺夫做下了一桩‘不体面的事’吗？是对又一个可鄙的白人男子所做的恶劣的揭露吗？”

“你为什么一个劲地想把我的工作平庸化呢？对于你一点也不了解的事情，你又何必急着去贬低呢？”

“因为你所谓的研究其实就是在烂泥里胡乱地捣腾，而从事这种工作的正是想靠文学混饭吃的队伍中最差劲的一类人。”

“那在荒野里胡乱捣腾就是你所谓的小说啰？”

“你是在刻画我的性格吗？”

“我是在刻画文学的性格。它也是好奇心所需要的一种养料。它揭示了在大庭广众下的生活并不是真正的生活。它揭示了超越在你刻画的形象之外的某种事物——可以称之为真实的自我。我的工作和你的并没有什么区别。任何有思想的人所做的都大体相同。生活为好奇心提供了养料。”

我们同时站了起来。毫无疑问，我必须快点离开这对浅灰色的眼睛，我们之间的反感已被怪异地点燃了。而且，我肯定在我弹力内裤里贴着的棉垫已经吸足了尿液而变得鼓鼓囊囊了，所以我应该马上赶回宾馆去洗一下、换一张新的尿垫。毫无疑问，我应该就此打住了。我离群索居了十一年，不就是为了不想和别人多啰嗦吗？我可以和我的书本对话，难道还不够吗？我不看报纸，不听新闻，也不看电视，不就是为了不再听见那些叫我忍无可忍而我又无力去改变的事吗？我选择了这样的生活，它不会再把我拖进那悲观失望的境地里去。可是，我又情不自禁地回来了，我想要寻欢作乐，没有什么比我此刻的冒险更让我觉得刺激的了，不仅因为克里曼比我年轻四十三岁，是个穿着运动服的体格魁梧、肌肉发达的家伙，而且因为他遭到了无法容忍的抵抗而恼羞成怒。

“我会竭尽所能去妨碍你的，”我对他说。“我会竭尽所能不让你写的关于洛诺夫的书在任何地方出版。没有书，没有文章，什么也没有。出现一个字也不行，克里曼。我不知道你究竟挖掘出了什么样的大秘密，但我决不允许它大白于天下。我会阻止你出书，无论要付出怎样的代价，无论要付出怎样的努力，我都会去做的。”

回到了闹剧中，回到了现实中，回到了沸腾的生活！我知道自己的嗓门响了起来，可我没有去控制自己。活在这个世界上是痛苦的，但你也必须坚强。我最后一次起劲地与人交锋是在什么时候呢？把我的力量释放出来！把我的敌意释放出来！复活了的斗争精神再度将我诱入原先的那个角色，是克里曼和杰米联手激发出了我内心的勇气，我的头脑、灵魂、欲望和力量都充满了勇气，我想要再度和人交往，再度和人干仗，再度拥有女人，再度感受到拥有力量的快乐。所有的一切都回来了——雄心勃勃的男子汉重新回到了生活中！只是没有了性能力，只剩下短命的期待。我要这么做的话，我心想，要去与年轻人一争高下，这把年纪还要和年轻人如此地纠缠在一处，也不怕会招来各种危险，我的结局就只能是遍体鳞伤，因为不懂得年轻人，因为健康状况早已荒芜，因为日积月累而浑身毛刺，从而成为众人眼里的一大笑柄。“我警告你，克里曼，别再打听洛诺夫的事。”

沿着草坪散步的人们在经过我们身边时会朝我们望望。有些人会慢慢停下来，担心这个老头子和这个小伙子是否准备互相开火：肯定是为了大选的事发生了争执，一场厮杀即将开场。

“你个臭家伙，”他朝着我吼，“你个臭虫！快点爬回你那个臭洞里去等死吧！”他如运动员一般笃笃悠悠、不紧不慢、摇摇晃晃地跑开了，一边还回过头来朝我大骂，“你要死快了，臭老头，你马上就要翘辫子了！你身上有股腐烂的味道！你像尸体一般臭不可闻！”

然而，像克里曼这么意气风发的人对死尸的味道会有多少了解呢？我只能闻到一股尿骚臭。

我来到纽约仅仅因为治疗的效果吸引了我。我来到纽约是为了改善生活质量。然而，因为屈服于想要重新找回失落之物的欲望——我在很久以前就试图镇压这种欲望——我彻底放弃了怀疑，全心全意地相信我可以再次恢复到以前的那个我。很显然，只有一条出路了：就在我回宾馆去的路上——去脱衣服、洗澡、换上干净衣服——我决定放弃换房这个主意，立马打道回府。

杰米接了我打过去的电话。我说我必须和她及比利谈一谈，她回答说："可比利不在这儿。他大约在两小时前出去了，是去看你的房子的。他应该就快到帮你看房子的人那里去拿钥匙了。他一到就会给我来电话的。"

可我不记得我安排过让比利去看房、让罗布给他钥匙好让他进去。这样的计划是在什么时候决定的呢？不可能是昨天晚上。一定是我们碰到的那天晚上。然而我一点也想不起来我做过这样的安排了。

我一个人待在宾馆房间里，虽然没有杰米在我的面前瞅着我，可我还是觉得自己气得涨红了脸，尽管实际上，最近这几年对任何零星的小事我确实有健忘的毛病。为了弥补这一缺陷，我开始养成了做记录的习惯，不仅记在我的日历上，而且还记在一本学生用的划好线的作文簿上——是那种有黑白石纹封面的簿子，在簿子的后面还有各种形式的表格——我可以把每天的任务记录在里面，而且可以更简略地记录下我收到的来电及来电内容，以及我发掉和收到的信件。没有一本备忘录，我就会轻而易举地忘记掉（就像我刚刚证实的那样）哪怕是昨天我刚和别人说过的事情，或者是明天人家要为我做的事情。我是在三年多前开始记备忘录的，当时我首度认识到我那值得信赖的完美的记忆力正在走向衰退。我当时觉得，脑子里出现一片空白只是一个无关紧要的障碍，我还没有意识到我的健忘正在不断地加剧，如果它按照最初几年里的那种速度不断恶化下去的话，我的写作能力将严重受损。如果某天早晨我拿起前一天写好的手稿，却不记得自己写过这种东西，那我该如何是好？如果我和自己的手稿之间失去了联系，如果我既不能写作也不能看书，那我成了什么啦？没有了我的工作，我还能剩下些什么呢？

我没有告诉杰米我一点也没听懂她在说些什么，没有告诉她我已生活在一片空白的世界里，我的头脑——从我像个外星人似的撞到了纽约的那一刻起，对大家共同生活着的这个世界我是多么的陌生——在痴迷与健忘之间反复摇摆着。我想，那就好像有一个电闸被拉起来，就好像他们在把一个个开关依次关掉，直到切断所有的回路。“如果有任何问题，”我说，“叫他给我来电。罗布比我更了解那个地方，所以比利能得到很好的说明。”

我怀疑自己不过是在重复我以前对他们说过的话，如果我确实为比利安排过去看房的话。

现在就说我改变主意了还不是时候。必须要等到比利回来后再说。也许到那时候，他自己先觉得我那个小房子不适宜居住，那样的话一切就容易解决了。

“我还以为你会和他一起去看房呢。尤其是因为你现在正处在心境不佳的时候。”

“有个故事我正写到一半，”她说，但我不相信她是为了写作留下来的。克里曼才是她留下来的原因。想搬到马萨诸塞去住的是她；难道她不应该去看一下我的房子吗？她留下来是为了和克里曼幽会。

“今天是连任的第一天，”她问我，“此时你觉得你的美国如何呢？”

“痛苦会消失的，”我说。

“可布什不会消失。切尼[1]也不会。拉姆斯菲尔德[2]不会。沃尔福威茨[3]也不会。那个叫赖斯[4]的女人也不会。战争不会消失。这帮人的

1 Cheney（1941— ），小布什执政时期（2001—2009）的美国副总统。

2 Rumsfeld（1932— ），美国前国防部长（2001—2006）。

3 Wolfowitz（1943— ），美国前国防部副部长（2001—2005）、世界银行行长（2005—2007）。

4 Rice（1954— ），美国前国家安全顾问（2001—2005）、前国务卿（2005—2009）。

傲气也不会。这场一无是处、愚蠢的战争！而且，他们很快又会发动起另一场一无是处、愚蠢的战争。他们会没完没了地发动一场又一场战争，直到地球上的每个人都想把我们美国人炸上天去。”

“呃，你住到我那个地方去的话，被炸上天去的可能性就不大了，”我说，可我刚才打电话过去的目的是为了告诉她我想取消那个为她提供避风港的计划。不过我也不想就这么结束通话。她无须对我说任何诱惑或挑逗的话。她只要对着我的耳朵轻声诉说，我就仿佛听见了多年未闻的仙乐。

“我遇见了你的朋友，”我说。

“你把我的朋友彻底搞糊涂了。”

“你怎么知道的？我才刚刚离开他呀。”

“他从中央公园给我打来了电话。”

“我小时候曾在海滩上碰见过一个不怕死的游泳者，他游到很远的海面，结果淹死了，”我告诉她。“没人注意到他，等到发现已经太迟了。如果他有部手机，那么在海浪把他推离海岸时，他就可以拨电话求救，就像克里曼那样。”

“你为什么非要反对他呢？你为什么这么瞧不起他呢？你对他到底有多少了解呢？”杰米问。“要知道，他可是很敬佩你的，祖克曼先生。”

“说心里话，我觉得他对我的感觉和你说的正好相反。”

“能和你会面于他可是一件极其重要的大事，”她说。“这段时间在他的生活中除了洛诺夫就没别的内容。他想要重塑一位他认为非常伟大而其作品又大多散失了的作家。”

“关键是看他要怎样来重塑这位作家。”

“理查德是个很顶真的人。”

“你为什么要充当他的辩护人？”

“我要‘充当他的辩护人’，因为我了解他。”

我宁愿别去把她为什么要为这个顶真的人辩护的问题想得太深刻，他是她大学里的男友，在她嫁给忠诚的比利之后他们俩也依然保持着性关系（我要想象这一切实在是太简单了）……再说了，比利此时不在呀；他在离纽约一百英里以北的地方，而他的妻子则独自一人待在教堂对面的公寓里，承受着小布什连任带来的打击。

在比利回来之前我应该想法去与杰米见个面，对叫我荒唐地回到这里来的那个理由来说——来了之后我更是打算要在这里待上一整年——没有比那样做更加圆满的了。

“那么，你是知道那个丑闻的啰，”我说。

“什么丑闻？”

“洛诺夫的丑闻。克里曼没对你说吗？”

“当然没有。”

“可他一定——尤其是对你——吹嘘了只有他一个人知道的秘密，而且会告诉你他发现的这个秘密会有多大的用处。”

这一回她没有费劲地否认。

“你肯定知道整个秘密，”我说。

“如果你不想从理查德嘴里听到整个故事，那你又为什么想从我这儿打听呢？”

“我能来看你吗？”

“什么时候？”

“现在。”

她轻轻地说了声“随你的便”，就此把我打入迷宫。

我开始打点行李准备离开纽约。我尽量聚精会神地考虑下周我在家里必须要做的事情，考虑回到固定的生活模式、放弃掉进一步的治疗会给我带来多大的安慰。在我决定下一步该如何走之时，我再也不会允许这种情况发生：因为贪恋获得补偿而在事后留下锥心的悔恨。接着我就出发去了西七十一街，随即又坠入了这份坚韧不拔、不顾死活的迷恋之中，这份迷恋对一个两腿间有一个萎萎缩缩、漏水的龙头的人——他也曾经拥有过完美无缺的性功能和膀胱括约肌的控制力，也拥有过一副强壮的成年男子的身体——来说是保证有害无益的。曾经刚强的生殖器官如今像是在某片田野里冒出来的一截废弃的水管子，不时会喷出水来的一截毫无用处的管子，并且一旦喷起来就会没完没了，直到有一天某个人想起来该把阀门转动一下，就此关掉了该死的水闸。

她正在仔细地阅读着《纽约时报》上关于大选的每一条新闻。报纸的页面上四处点缀着如柔软的波斯地毯一般的金黄色的细密花纹，她的表情里透露出不折不扣的伤感。

“比利今天不在这里真是太糟糕了，”我说。“你一个人待在这里，沉浸在无比的失望之中是没有好处的。”

她无奈地耸了耸肩。“我们原以为可以开个庆祝宴会呢。”

在我到达之前，她已经为我们准备好了咖啡。我们在窗边的两把黑色埃姆斯皮椅[1]上面对面地坐着，静静地呷着杯中的咖啡。沉默的气氛传递出了我们的不安。在沉默中等待着吉凶难料的未来。在沉默中掩饰着我们的困惑。我上次拜访时没有注意到屋子里还有两只橙黄色的猫，其中一只轻巧地跳上了她的膝头，我看着杰米抚摩它，继续保持

1 由美国设计师查尔斯·埃姆斯（1907—1978）设计的一种椅子，材质一般为胶合板或塑料，其椅面和靠背部分做成人形的凹凸式样。

着沉默。另一只猫不知从哪里冒了出来，跨坐在她的光脚上，看着这一幕我心中产生出愉快的幻想，它选择了她的玉足而不是它自己的来叫春。一只毛长一只毛短，它们的模样让我惊愕。拉里 · 霍利斯以前送给我的那两只小猫长大了一定就是这副模样，如果我不是才把它们养了三天的话。

尽管她穿着一件褪色的蓝 T 恤，一条肥大的灰色健身裤，她的美依然叫我瞠目结舌。此刻，屋里没有别人，再说，我一点也不觉得自己是个能够引起别人仰慕的名流，她的魔力让我觉得自己是个不值一提的无名小辈，自从她被克里的惨败及随之而来的惊恐不安折磨得疲惫不堪以来，我的这种感觉越来越强烈了。

我在纽约的行为已经够摇摆不定的了，如今我又在琢磨着人家要写一部洛诺夫的传记究竟与我何干。我在一九五六年去拜访过他家，之后就再也没去过，后来我也给他写过一封信，但他没有回，于是我那渴望得到大师指点的学徒之梦就此破碎。不管是就传记还是传记作者而言，我对 E. I. 洛诺夫及他的后人都不负有任何责任。正是因为这么多年后我又遇见了艾米 · 贝莱特——尤其是看见她已老态龙钟、形容委琐，曾经美丽的肉体已被流放在外——之后我去买了他的书，在宾馆里把它们重新读了一遍，我才会在克里曼含沙射影地向我暗示他知道一个关于邪恶的洛诺夫的“秘密”时做出如此激烈的反应。如果我是在家里突然收到一封克里曼或别人的来信，其目的也差不多是为了从我的口中套出些话来，那我肯定会置之不理的，更不会去威胁他如果他敢进一步越雷池我就对他不客气。单靠克里曼那点才能，我看他的宏伟计划是不太可能成功的；也许到目前为止，他得到过的最大鼓舞不是来自于文艺代理人或出版社，而是来自于我那强硬的反对。现在我和杰米在一起，我终于打破沉默问道："我究竟是在和谁打交道？你能告诉我吗？这个小伙子究竟是哪路神仙？"

她怀疑地问："你想知道些什么？"

"他凭什么觉得自己有资格完成这项任务？你认识他很久了吗？"

"我认识他时他才十八岁，刚刚进大学。我认识他已经有十年了。"

"他是哪里人？"

"洛杉矶人。他父亲是个律师，娱乐行业的律师，是个恶名昭彰、咄咄逼人的家伙。他母亲是和他父亲完全不同类型的人。她是 UCLA[1] 的教授，好像是教埃及学[2]的。她每天早上要冥想好几个小时。她声称运气好的时候在她沉思结束后会看见一个绿色的光球在她面前漂浮。"

1　加州大学洛杉矶分校的简称。

2　一门对古代埃及的文明及文物进行研究的学科。

“你怎么会认识她的？”

“当然是通过他啰。不论他们什么时候进城，他们总要叫上他的朋友一起到外面去吃顿晚饭。就像我的父母进城时，他也是我的朋友，也会叫上他一起出去吃饭。”

“那么，他是出生在一个专业人士的家庭啰。”

“呃，他有一个刚愎自用、咄咄逼人的父亲，一个沉默寡言、高级知识分子的母亲。他很聪明。非常非常聪明。他也很敏锐。是的，他也同样的咄咄逼人，肯定是这一点让你觉得讨厌。但他不是笨蛋。没有理由认为他不能写出一本像样的书来——如果他不能，那别人同样也不能。”

“为什么不能？”

“因为写作是很棘手的。”

她故意含糊其词，存心不提出自己的看法，只是回答我的提问，是想用她的冷静来打动我。她非常不愿意因年龄和地位上的差异而向我示弱。尽管她显然对自己驾驭男人的本领自信满满，可她似乎到现在还没有意识到她已经旗开得胜了，软弱的是我。

“他待你如何？”我问。

“你指什么时候？”

“你们是朋友的时候。”

“我们在一起过得很开心。我们都有一个榆木脑袋的、难弄的父亲，所以我们有许多斗争经验可以交流。因此，我们俩一拍即合——我们的父亲为我们提供了大量的既恐怖又有趣的故事。理查德体格强壮、精力充沛，对新鲜事物总是一副跃跃欲试的样子，他是个无所畏惧的人。他做事情向来不留余地。他喜欢冒险，他勇往直前，他自由自在。”

“你是不是太夸张一点啦？”

“我的回答非常精确。”

“我想问，他对什么无所畏惧呢？”

“对别人的蔑视。对别人的反对。他没有别人那种局限性，那种想要融入到一个使他们感觉如鱼得水的团体里去的欲望。他做事情从不优柔寡断。他决断起来如快刀斩乱麻。”

“他和他那个恶名昭彰、咄咄逼人的父亲相处得如何呢？”

“哦，我想他们常常会干仗。他们俩都是好斗之人，所以在一起肯定要斗的。不过，我想他们之间的争执也不会太严重，就像我和我母亲之间的口角。他们会在电话上吵个不亦乐乎，可第二天晚上他们又会像什么事也没有发生过一样在电话里聊天。他们就是这个样子的。”

“再多说点。”

“你还想知道些什么？”

“只要是你还没有告诉我的，我都想知道。”当然啰，我只是想知道她的事情。“你去洛杉矶看过他吗？”

“去过的。”

“说下去呀。”

“他住在贝弗利山庄的一幢大房子里。在我的小说里，我把它描绘得丑陋无比。房子很大，花里胡哨的，一点都谈不上温馨。他母亲爱收藏，我猜你会把她的藏品称为古代艺术品——雕塑什么的，一些小物件。他家里有展示柜，放在墙壁上的壁龛里。和藏品比较起来，那展示柜实在是大得离谱——他家的一切都大得离谱。他家里一点也没有温暖感。太多柱子。太多大理石。后院里有个巨大的游泳池。一切都经过精心的设计。保养也做得周到。可那里不是他的天地。他去东北部上了大学。后来又来到纽约。他选择在这里定居，从事文艺工作。他不要做个超级富翁，住在洛杉矶的大理石宫殿里，整天对着别人吆五喝六。他对别人发号施令的本事可说有专业水平——那是从他父亲那里学来的——可他不想那样。”

“他的父母还待在一起吗？”

“是的，够奇怪的吧。我不懂他们俩会有什么共同语言。她喜欢沉思，然后整天都在上班。他一刻不停地工作。我想，他们不过是住在同一屋檐下罢了。我从没看见他们俩相互交流过什么。”

“他和他们还保持联系吗？”

“我想有的吧。他从不提起他们。”

“在大选之夜，他也不会给他们打电话。”

“我想是的。尽管我能肯定在大选夜和他的父母通话一定比和我的父母通话来得愉快。他们是善良的洛杉矶自由派人士。”

“他在纽约的朋友呢？”

听到这句她叹了口气，第一次表现出无奈与烦躁。在这之前她一直保持着不慌不忙、高高在上的态度。“他与在健身房遇到的一群人打得火热。他们是些年轻的职业运动员，岁数大致在二十五到四十之间。他们都喜欢打篮球，他经常和他们一起玩。还有律师。媒体人员。有些是大学时代里我们共同的朋友，他们从事杂志编辑或出版工作。他还有个开了一家电子游戏公司的好友。”

“我认为他该去他朋友的那家公司。我认为他该去做电子游戏。那才是他那大无畏精神的用武之地。因为他以为人生就是一场游戏。他以为‘洛诺夫’是一场游戏的名字。”

“你错了，”她说，随即用莞尔一笑来缓解这个露骨的指责。“他给你的印象像他那个暴君的父亲，但其实他更像他的母亲。他是知识分子。他有头脑。是的，他身上确实有股子干劲。他精力充沛、生龙活虎，有时容易激动，容易钻牛角尖，有时还叫人害怕。可他不是一个没有脑子、庸俗的投机者。”

“而我认为他正是那样一个人。”

“有哪个投机者愿意为一个如今已默默无闻的作家写一本文学传记呢？如果他是个投机者，他就一定会走他父亲的老路。他就不会去写一个五十岁朝下的人都没有听说过的作家的传记。”

“你是在为他鼓吹。你把他理想化了。”

“完全不是的。我比你更了解他，我想要纠正你的误解。你需要这种纠正。”

“他不是个严肃的人。他不懂得节制。他只是个大胆妄为、桀骜不驯、寻欢作乐之人。他不知道做人要庄重一些。”

“也许在他身上没有别人的克制或手段，但他不是个轻薄的人。”

“那么真诚呢，他身上有丝毫的诚意吗？我觉得搞阴谋诡计是他的专长。难道是他把诚意隐藏起来了吗？”

“你对他的评价是不公正的，祖克曼先生——你只是在嘲讽他。是的，他有时候表现确实很差劲。可他是有原则的。你瞧，并不只有理查德一个人是这样的——他活在一个野心家的世界里，在这个世界里如果你不是野心家，你就会觉得自己是个失败者。这个世界只在乎一个人的名气。你是个回到这个世界上来的老人，你不知道现在的年轻人是怎么回事。你是二十世纪五十年代的人，而他是二十一世纪的。

你是内森·祖克曼。也许你已经很久没有和一个在事业上尚未取得成功的人打交道了。你不知道在一个把名声视为一切的世界里做一个默默无闻之人是什么滋味。可如果在这个野心家的乐园里你不是个禅宗大师，而是个积极参与者，你也想要靠努力奋斗来出名的话，那么根据这样的事实[1]，就可以说你是个邪恶之人啰？诚然，理查德也许不是我认识的思想最为深邃的一个人，但是没有理由说，在他经验的世界里，他勇往直前地去追求自己的理想就是对他人的冒犯。"

"如果说到一个人的深度，我会说他连你丈夫的一半都及不上。而且，你丈夫的野心还不到克里曼的十分之一，但他并没有为此而觉得自己失败呀。"

"他也没觉得自己成功。不过，你说的基本上是对的。"

"幸运的姑娘。"

"非常幸运。我非常爱我的丈夫。"

还不到十分钟，她那完美无瑕的自信与矜持就完成了使命。我的欲望愈发强烈，她成为了我生命里最遥不可及的大问题。一见钟情般的痴迷令我无法自拔，我也不想自拔——我只想满足贪婪的欲望。

"当然，你至少会同意，克里曼可说是个很难相处的人。"

1 原文为拉丁文 ipso facto。

“我不同意，”她答道。

“那个秘密呢？他探究的那个秘密呢？那个洛诺夫的大秘密？”

“是乱伦，”她答道，一边还在舒缓地抚摩着她的猫咪。

“克里曼是怎么知道的呢？”

“他有证明文件，还与一些相关人员联系过。至于别的，我就一无所知了。”

“可我非常了解洛诺夫，我也见过洛诺夫本人，我读过他的全集，还不止一遍。这根本没法相信的。”

她高傲地低语道：“真相永远都是难以置信的。”

“一派胡言，”我坚持道。“他与谁乱伦了？”

“和他同父异母的姐姐，”杰米说。

“就像拜伦爵士[1]和奥古斯塔[2]。”

“那完全是两码事，”她回答——这次她非常敏锐地想要展现出她（或者克里曼）在这个问题上的博学。“拜伦和他那个同父异母的姐姐在小时候并不熟稔。他们长大成人后才产生了感情，她还是三个孩子的母亲。唯一的相同点是洛诺夫的那位也是他同父异母的姐姐。她是

1 Lord Byron (1788—1824)，英国浪漫主义大诗人。

2 Augusta (1783—1851)，拜伦同父异母的姐姐，也是他的情人。

洛诺夫的父亲第一次婚姻的产物。她小时候就死了母亲，父亲不久就再婚了，后来就生下了洛诺夫。她比他大三岁。他们俩从小生活在一起，是青梅竹马的姐弟俩。”

“大三岁。也就是说她出生于一八九八年。她一定已辞世多年了。”

“她有子女。最小的一个儿子还健在。他肯定有八十多岁了。住在以色列。在他们的恋情曝光后，她就离开了美国去巴勒斯坦生活。是他们的父母把她带去的，为了避开丑闻。洛诺夫留了下来，开始了他的新生活。他当时才十七岁。”

我了解的洛诺夫的出身和这个故事只在某种程度上一致。他的父母是从俄罗斯的犹太区移民到波士顿的，可随即发现美国社会既拜金又排外，于是在洛诺夫十七岁的时候，他们举家迁往了托管前的巴勒斯坦[1]。洛诺夫也确实留在了美国，但那并不是因为他是个离经叛道的恶棍而遭到父母的遗弃；而是因为他完全是个在美国环境中成长起来的美国小伙子，所以他宁愿做个讲美国话的美国人，也不要做讲希伯来语的巴勒斯坦犹太人。我从没听说过他有这么一个姐姐，也从没听说过他有任何兄弟姐妹，不过因为他竭力防止他的小说被人误以为是

1　第一次世界大战后，奥斯曼帝国瓦解，英国取得了中东部分地区的托管权，即为现今的以色列、约旦、约旦河西岸地区和加沙地带。

他真实生活的注解，所以洛诺夫除了最基本的事实外从不向外人透露他的生活情况，除非是对他的妻子霍普或者艾米，他或许会透露一些。

“这段恋情是什么时候开始的？”我问。

“在他十四岁的时候。”

“是谁告诉克里曼的呢——在以色列的那个小儿子吗？”

“如果你让他说，理查德会告诉你是谁告诉他的，”她说。“他本人会把这一切都告诉你的。对你的每一个问题，他都会提供一份答案的。”

“除了你我，他已经告诉过多少人了呢？”

“他喜欢告诉谁就告诉谁，我不觉得那是天大的罪过。你希望由我来告诉你，所以你打完电话过来了。那我是不是也有了罪过呢？我很抱歉，乱伦的洛诺夫叫你烦恼了。我很难相信一个写出了你那样的书的人也会把他神圣化的。”

“鲁莽的指控与神圣化之间实在相差了十万八千里。克里曼不可能证明得了他所宣称的发生在几乎是一百年前的那场偷情。”

“理查德并不鲁莽。我告诉过你：他爱冒险。他热衷于大胆的冒险。这有什么不可以呢？”

大胆的冒险。我经历过的还少吗？

我说："克里曼和那个在以色列的小儿子，也就是洛诺夫的侄儿，通过电话没有？"

"有几次。"

"他确证了故事的真实性。他给了他一份性爱记录。小洛诺夫记日志吗？"

"那个儿子自然否认了一切。在他和理查德的最后一次通话中，他威胁说如果理查德胆敢公开任何捏造出来的关于他母亲的事情，他就要来美国和他打官司。"

"而克里曼坚持认为他要么是在撒谎，其理由不言而喻，要么是他确实不知道——有哪个母亲会把这样的秘密吐露给自己的儿子呢？你看，他能掌握的证据太少了，根本无法证实乱伦的真实性。否认揭示出了真相——那是虚构类小说的手法；否认并不代表真相——那是克里曼的观点。"

杰米推掉了膝头的那只猫，把脚边的那只也踢跑了，迅即站了起来："我觉得这场对话在朝着不利的方向发展。我不该牵扯进来的。我不该把你请到这儿来为理查德说情的。我一直恭敬地坐在这里回答你的问题。在你陈述你的证言时，我也没有表示过任何反对。我诚实地回答你的问题，对你也是满怀敬意，如果不能直截了当地说成是卑躬屈膝。如果我说的话或者我说话的方式有冒犯你的地方，我向你道歉。可我并不是故意的，希望你能理解。”

我也站了起来——离她仅几步之遥——说道：“是我冒犯了你。从我一开始慷慨陈词起。”现在正是告诉她我想取消协议的时机。可我的脑子里尽胡思乱想着，只有交易继续进行下去，只有我们交换了住房，她才会在我的生活中具有现实意义。那样她的生活就会围绕在属于我的东西之间，而我的生活则围绕在属于她的东西之间。要维持住一份我竭力想要取消掉的、在一时冲动间定下的协议，还有比这更荒唐的动机吗？我很难不去意识到我想要改变现实生活的理由的脆弱性，然而不该发生的一切还是发生了，不管我意识到没有，也不管我的身体状况如何。

电话铃响起来。是比利打来的。她一直听他说话，过了许久才把我正巧也在这里的消息告诉了他。他一定问她我为什么来了，因为她答复道：“他想要再看一下我们的公寓。我正带着他四处转悠呢。”

是的，克里曼就是她的情人。她对比利撒谎都撒得习惯成自然了——以前是为了掩盖她和克里曼的关系——现在她又为了我向他撒谎。就像此前她在电话里为了克里曼向我撒谎一样。也许是因为这个谎言，也许是因为我被她的美貌迷得失去了方向，我的脑子里现在只容得下一件事情，一件我多年来连想都不敢再想的事情。她对年轻的丈夫撒谎难道不是因为谎言要比说明真相（真相就是我在这儿，而他在远方）容易得多吗?

杰米的每一个动作、每一句话都能引起我不恰当的反应，包括她在电话里和比利随意的闲聊。我一直都很紧张。我不得安宁。我也许是第一次看见了一个年轻女子，也或许是最后一次。随便哪一种都是死路一条。

我连碰都不敢碰她一下就离开了。我不敢吻她的脸，虽说在我向她陈述所谓的证言时她的脸一直在我唾手可得的地方晃悠。我不敢抚弄她那长长的秀发，虽说它也是近在咫尺。我不敢用手搂住她的腰。我不敢对她说我们以前见过一次面。我不敢对她说心里话，像我这样一个病魔缠身的老男人无论对一个比他年轻四十岁的姿色诱人的女人说什么，其结果都只能是使自己觉得丢人现眼，因为他无法抵制想要寻欢作乐的诱惑，虽然他明知自己已经无力消受这份快乐，这份快乐在于他其实早已不存在了。我已陷入太深，虽然我们之间其实什么也没有发生，除了龃龉不断的闲言碎语，关于克里曼、洛诺夫以及臆测出来的乱伦。

我到了七十一岁才明白过来什么叫疯狂。这证明了了解自我的旅程是没有尽头的。证明了通常只与正开始全面投入生活的小青年——就如《阴影线》里那位坚忍不拔的新任船长一般的小青年——相关的戏剧也可以震动并战胜老年人（包括那些对所有的戏剧都全副武装竭力抵制的老年人)，甚至在万事俱备只等着他们告别人世的时候。

也许，最最猛烈的自我发现被保留到了最后。

背景：那个甜蜜的、亲切的、深爱着她的小丈夫出门去了。时间是二〇〇四年的十一月份。她被总统大选、基地组织、与整天缠着她依然爱着她的大学时代的男友之间的偷情、和家人断绝关系的“大胆冒险的”婚姻等等搅得惊恐万状、心力交瘁。她穿了件柔软的羊绒毛衣，是麦色或驼色的，反正要比棕色更淡雅更柔和一些。手腕上垂着宽松的袖口，肥大的长袖一直垂到毛衣的底部。这种剪裁令人联想到和服，或者更确切一点来说，像是十九世纪晚期男人穿的吸烟衫[1]。一条宽棱的厚边围绕在颈部，一直到毛衣的底边都有这样的棱线，让人觉得这件衣服是有领子的，但实际并没有：毛衣穿在她身上甚是宽松。一条相同式样的腰带在低腰处打了半个漫不经心的蝴蝶结。从颈部到腰部，这件毛衣几乎是完全敞开的，这样就可以细细长长地瞅一眼她那大部分都被遮挡起来的身体。因为毛衣非常宽松，所以她的体型都被隐藏住了。可他能够判断出她是个苗条的女人——只有骨感的女人才能穿出这种迷人的宽松风格。这件毛衣让他想到极短的浴袍，

1 男人在家里穿的一种晚间便服，通常用上等布料制成，装饰华丽。

因此，虽说他只能看见她身体的一小部分，他却觉得自己仿佛是置身在她的卧室里，马上就能看到更多内容了。穿这种衣服的女人一定非常有钱（买得起这么贵的服装），而且一定把肉体的愉悦放在很高的位置上（因为她舍得把钱花在这种只能在家里穿着晃悠的东西上）。

表演时应注意恰当的停顿，在回答对方的问题前有时要停下来思考一番。

音乐：施特劳斯的《最后的四首歌》。之所以选择它，是因为这首乐曲通过简洁与明晰而并非复杂来达到了它所要表达的深度，因为它纯粹地表现出了人们对死亡、离别与失落的感悟，因为蜿蜒悠长的乐音和那不断高扬的女性的歌声，因为女高音传达出的沉静、从容、优雅与激越的美，因为聆听这首曲子你会不由自主地陷入一种伤心综合征。八十二岁高龄的作曲家除去了生命里所有的虚饰，赤裸裸地站立在你面前，而你则融化在了他的音乐里。

她：我明白你为何要回到纽约来，但你当初为什么要离开？

他：因为我收到了一系列对我发出死亡威胁的邮件。都是些一面写着恐吓的语言，另一面印有教皇照片的明信片。我报告了FBI，FBI

教我该如何对付。

她：他们最终找到罪犯了吗?

他：没有，他们从来也找不到真凶。而我就在我的隐居地一直待了下去。

她：噢——是些专门针对作家的神经病干的。在 MFA[1] 的写作班上，可没人提醒我们会发生这种事。

他：呃，我可不是第一个受害者，即使在现在，这种事也时有发生。其中最有名的要属萨尔曼·拉什迪[2]的例子了。

她：是啊，当然。

他：我不是在把他的情况和我的做比较。可即使抛开拉什迪的情况不说，我也不认为发生在我身上的事情从来也没有发生在别人身上过。你不得不怀疑是否是作家写作的内容刺激出这种威胁，还是存在着一些仅仅因为某些名字就会气不打一处来的人，这种愤怒的冲动对我们其他的人来说简直是不可思议的。他们也许会仅仅因为报纸上的一张照片而变得愤怒无比。你想象一下如果这种人哪天打开你的书读

1 艺术类硕士的缩略。

2 Salman Rushdie (1947—)，英国著名作家，代表作有《午夜的孩子》。1988 年因出版《撒旦诗篇》引起巨大争议，1989 年 2 月 14 日，伊朗原宗教及政治领袖霍梅尼宣布判处拉什迪死刑，并号召教徒对其采取暗杀行动。

下去会发生什么事。他们会认为你的文字恶劣透顶，仿佛是强加在他们头上叫他们无法承受的诅咒。我们知道，即使是一个文明人，有时也会因为一本书不合脾胃而将它扔出窗外。而对那些不知道自我约束的人来说，将子弹推上膛也只不过是小小的一步。也或许他们真的非常憎恨你这个人，他们觉得你就是他们憎恨的对象——就像我们知道的世贸双塔恐怖袭击的动机一样。愤怒是无处不在的。

她：是啊，愤怒无处不在，它无法遏制，它疯狂透顶。

他：而且它莫名其妙地叫你害怕。

她：是的。我心里一直乱糟糟的。整天觉得提心吊胆——还为自己这么胆怯觉得不好意思。在家里，我变得沉默寡言、孤芳自赏，整天担心我自己的安全，我的写作也是一筹莫展。

他：你总是害怕愤怒吗？

她：不是，最近才变得那样的。我已经失去了所有的信心。如今，你要面对的已不光是你的敌人。那些本应该保护你的人，也变成了你的敌人。那些本应该照顾你的人，也变成了你的敌人。令我害怕的不是基地组织——而是我们自己的政府。

他：你不害怕基地组织？你不害怕恐怖袭击吗？

她：怕的。可我更害怕那些原本应该站在我这一边的人。外面的世界里总会有敌人，可是……就像你寻求 FBI 的保护一样，如果从某种角度来说你开始担心FBI并不会保护你免遭死亡威胁，反而觉得FBI会使你陷入更为危险的境地，那么你对恐怖的认识就会达到一个全新的深度，那就是我此刻的感受。

他：你认为住到我那里去就不会有这种恐惧了吗？

她：我认为住在那里可以免除人身危险，那样我的更为合理的焦虑就可以缓解一些，我认为这样我就可以得到些安宁。我不认为那能驱除我自己的愤怒——对政府的愤怒——可我现在什么也做不了，我感觉自己老是神经兮兮的。因为我连自己该着手做点什么都不知道，所以我**必须**离开此地。我可以问你些问题吗？（**她礼貌地笑了一下，好像是为接下来放肆的提问事先打个招呼**）

他：当然可以。

她：如果你当时没有受到死亡威胁，你还会考虑离开吗？你认为从某种角度来说你还是会选择离开吗？

他：老实说，我不知道。我一个人。我自由自在。我的工作在哪里都能进行下去。我已经到了不想再与时事有任何瓜葛的那种年龄。

她：你离开纽约的时候多大岁数？

他：六十。对你来说也够老的了吧。

她：是啊，确实够老的。

他：你的父母多大？

她： 我母亲六十五，父亲六十八。

他： 我离开的时候就比你母亲年轻一点点。

她： 你离开的动机和我们的不一样。比利对这整个安排是不太乐意的。或者说对我的想法不乐意。

他： 呃，他到那里也能写作的。

她： 我认为那对我们双方都好，我想到时候他就会明白的。他是个很能适应新环境的人。

他： 你有什么不愿意割舍的东西吗？你会对什么念念不忘吗？

她： 我会想念一些朋友。可是和他们分开一段时间也有好处。

他： 你有情人吗？

她： 为什么这么问？

他： 因为你说你会想念一些朋友。

她： 没有。有的。

他： 你有情人。你们结婚多久了？

她： 五年了。当时我们都很年轻。

他： 比利知道你有情人吗？

她： 不，不知道。

他： 他认识你那个情人吗？

她： 认识。

他：你的情人对你的离开怎么想呢？他知道你要离开吗？他生气了没有？

她：他还不知道。

他：你没有告诉他？

她：没有。

他：你说的是实话吗？

她：是的。

他：你为什么要对我说实话呢？

她：你似乎值得信任。我看过你的书。你不是一个轻信道德的人。从我看过的你的书来说，我想你是个充满好奇心的人，而不是一个肤浅的说教者。我想一个有好奇心的人对你充满兴趣是一件令人开心的事。

他：你是想让我嫉妒吗？

她：（大笑）不是。你嫉妒吗？

他：是的。

她：（有点吃惊）真的吗，嫉妒我的情人？

他：是的。

她：怎么可能？

他：你觉得那么不可能吗？

她：我觉得非常奇怪。

他：真的？

她：真的。

他：你对自己的魅力还不清楚。

她：你为什么今天要来？

他：为了和你单独聚一聚。

她：明白了。

他：是的，就为了和你单独聚一聚。

她：你为什么想和我单独聚一聚呢？

他：我可以说实话吗？

她：我对你说的都是实话。

他：因为和你单独相聚这个主意让我觉得兴奋。

她：好的。我想和你单独相聚也让我觉得兴奋。也许理由不同。反正我们都能获得一些小小的刺激。

他：你的情人没让你觉得刺激吗？

她：他早就出现在我的生活里了，但成为我的情人是最近的事情。已经没有任何新鲜感了。

他：他是你大学时代的情人。

她：但后来我们的关系断了好多年。现在又恢复到了过去的状态。我们之间的吸引力早就不存在了。现在是在开倒车。

他：如此说来，你的情人不让你觉得刺激，你的婚姻也没有了刺激感。你希望婚姻充满刺激感吗?

她：(大笑)是的。

他：你真这么希望?

她：是的。

他：哈佛大学啥也没教会你吗?

她：(再次莞尔一笑)我们结婚时都沉醉在浓浓的爱情里，对未来充满了期待，觉得可以拥有未来，觉得一切都万分美好。结婚似乎是世上最大的冒险。没有比结婚更具新鲜感的事了。那是迈出去的伟大的一步。(沉静地)你对自己的离开满意吗?你对自己的所作所为满意吗?

他：如果是几个礼拜前，我的回答就可能会不同。几个小时前，我的回答也可能不同。

她：是什么使你改变了答案呢?

他：遇见了你这样的年轻女人。

她：我有什么地方让你对我这么感兴趣呢?

他：你的年轻和美丽。我们交流时的那种畅快的感觉。你用语言制造出的那种性感的氛围。

她：纽约到处都有年轻美丽的女人。

他：我一直在过着没有女人陪伴的日子，这种状态到目前为止已持续了好多年。这是个令人惊奇的转折点，而且对我的利益来说也是没有必要的。某个人曾这么写道——我忘记是谁了——“在晚年降临的伟大爱情是与所有的一切为敌的。”

她：伟大的爱情？劳驾，你能把话说得清楚点吗？

他：那是一种病。是一种热度。近乎催眠状态。我唯一能说的是我就是想和你单独待在一间房间里。我想要迷倒在你的魅力中。

她：呃，我很高兴。我高兴你得到了你想望的东西。那很好。

他：那很伤心。

她：为何？

他：你以为呢？你是个作家。你想成为一个了不起的作家。你认为一个七十一岁的老头为什么会觉得这种事情很伤心呢？

她：（微妙地）因为往日所有的感觉又重新回来了，而你却无法再往前迈出一步。

他：说对了。

她：可从中你也能感觉到快乐，不是吗？

他：建立在伤心的基础上的快乐。

她：（若有所思地）嗯——（长长的停顿之后，如演戏一般地）那么，该怎么办呢?

他: 你有什么好的建议吗?

她: 没有。我不知道该怎么办。我想要离开，正是因为我对一切都失去了想法。

他: 我觉得你老是有种就要哭出来了的感觉。

她: (笑)呃，那对我没有好处，我告诉你。

他: (也笑了笑，但依旧保持沉默。这样的调情如身陷地狱，他的内心在被烈火炙烤。)

她: 你今天出门了吗? 整座城市都像要哭出来了。是的，是的，我快要哭出来了。对我来说，这是个危机时刻，你可以想象的。你能想象我们昨晚的心情吗，当我们……

他: 当时我在的。我都看见了。你那时意识到我在场吗?

她: 你当然意识到了我的在场。尽管在你遇见我之前，你已经被什么东西迷惑住了。那不是我。你不过是决定来看一下我们的公寓。你被什么东西迷惑了——那是什么呢? 你知道，在我看来，死亡威胁并不能说明你为什么要过那么极端的一种生活。无论你怎么向我解释，说你是一个作家，说有人要威胁你的生命，你这样离开纽约去过离群索居的生活都是一种极其极端的行为。我不得不思考，真实的故事究竟是怎样的? 当然啰，那些恐吓的明信片确实存在，但那又怎么样呢？这些明信片不过是个借口。如果仅仅因为明信片，那你顶多会离开一年，你在这里有男男女女的好友，等到明信片销声匿迹了你就会回来。可是像你这样过上了隐居的生活，像你这样把自己与这个世界的联系完全割断，那需要一个更大的理由。人们不会因为像死亡威胁那样的外部环境的原因就彻底地放弃生活。

他：那个更大的理由会是什么呢？

她：为了摆脱痛苦。

他：什么痛苦？

她：存在的痛苦。

他：你不是在说你自己吧？

她：也许。那是存在于当下的痛苦。是的，那也可以很好地说明我现在的极端行为。可是对你，那就不仅仅是当下的问题了。那是存在本身的问题。那是面对一切的存在而感受到的存在的痛苦。

他：你读过一篇叫《阴影线》的短篇小说吗？

她：是康拉德的吗？没有。我记得我的一个男友曾跟我提起过这篇小说，可我从没有读过。

他：开篇头一句就是，“只有年轻人才会有那样的时刻。”康拉德把那样的时刻称之为“莽撞”。在开头的几页里他就将所有的问题都提了出来。“莽撞的时刻”——这么五个字就构成了一个完整的句子。他接着写道,“我是指年轻人易于采取莽撞行动的那种时刻,比如在仓促间就结婚了,或者是毫无理由地扔掉一份工作。”就像这种情形。可这种莽撞的时刻并不只发生在年轻人身上。我昨晚来这儿就是一个莽撞的时刻。冒险回到这儿是另一个。老年人也会有这种莽撞的时刻啊。我的第一次莽撞是离开,第二次莽撞是返回。

她: 比利认为他为了我陷入了一个莽撞的时刻,因为如果他不那样的话,我就会被失望与恐惧淹没。可他依然认为那是个莽撞的决定。我从没想过我是一个孤注一掷的人。想到自己要做出不顾一切的行为,我就觉得讨厌。

他: 我认为你会喜欢上那里的。我会想你的。

她: 呃,那里是你的家,你随时都能回去。你也许会忘掉什么东西,所以要回去取。那时我们就可以一起吃顿午饭。

他: 你也可能会忘掉什么东西,所以要回来取。

她: 那是自然。

他: OK。你的表现不像昨晚那么唐突了。我没能识破小布什的谎言并不代表我就是你的敌人。

她: 我的表现很过分吗?

他: 我觉得你不太在乎我。或者是我让你觉得害怕了。

她: 当然啰。我在大学里就读了你出版过的所有的书,后来又读了许多。你也许并不在意，你把自己封闭在伯克希尔山，可对许多像我这样的人来说，他们有的和我年龄相仿，有的比我年轻，有的比我年长（笑），对我们这些人来说你是个重要的人物。我们崇拜你。

他：呃，我已经多年未在公众场合露面了。我不知道这种情况。

她：现在你知道啦。

他：我还是不知道。不过听你说你崇拜我感觉还是很好，因为我早就崇拜你了。

她：（吃惊地）你早就崇拜我？为什么？

他：我讨厌这么和你说，但我只能说“终有一天你会明白的”。（她笑了起来）

他：你们这些后现代主义者都很喜欢笑。

她：我笑是因为我觉得有趣。

他：你是在嘲笑我吗？

她：我是在嘲笑这个场景。你说话的腔调就像你是我的父亲。终有一天我会明白的。让你觉得开心的是行为的过程还是仅仅是结果？我的意思是指写作。我在改变话题。

他：是过程。完成后的喜悦只能维持很短的时间。手里拿着厚厚的一沓纸张会让我觉得开心，第一次校样送到我的手上会让我觉得开心。我会成百上千次地将它们拿起又放下。我吃饭时把它们放在饭桌边。睡觉时也会把它们放在枕边。

她：我知道那种感觉的。我的文章在《纽约客》上发表的时候，我就把那本杂志放在枕头底下睡觉。

他：你是个非常讨人喜欢的年轻女人。

她：谢谢，谢谢。

他：这就是为什么我选择住在乡下。

她：我明白。

他：对我来说，回到纽约来总有点心烦意乱，现在我也觉得有点心烦意乱。我想我最好还是走吧。

她：OK。也许我们还会单独见面的，到时可以再聊聊。

他：我很乐意，我的朋友。

她：我愿意做你的朋友。

他：为何？

她：因为你很特别。

他：你不了解我。

她：是的。我从不会像这样与人互动的。

他：你一定要用那种语言吗？你是个作家呀——别说什么“互动”。

她：（大笑）我从不会像这样与人谈心的。我的生活里从没发生过这种情形。

他： 我不是故意来纠正你的。这不关我的事。对不起。

她： 我懂。如果你想再见面谈一谈，我的电话号码就是你的。你随时都可以给我电话。

他： 我好像不是回复了一则租赁广告，而是一则交友广告。“风姿绰约、教育良好的已婚白人女性，可以常常进行亲密的交流……”我收获的不只是一间公寓，对吗？

她： 也许还有一个朋友。

他： 可我无法拥有这样的友谊。

她： 那你可以拥有什么呢？

他： 似乎不多。被剥夺的宝物造就了一种永恒的困厄，这种困厄是无法通过忘我的工作来克服的，诸如此类。你懂我的意思吗？

她： 不太懂。你仅仅指上了年纪呢，还是特有所指？

他：（笑）我想，我指的就是上了年纪。

她： 那我就明白了。

他： 这让我很为难，我还是走吧。我不想服从本能与你接吻。

她： OK。

他： 那样是没有出路的。

她： 你是对的。不过，我还是很高兴你这个下午能过来。我觉得很荣幸。

他：你是个风流女子吗？

她：不，不，绝对不是。

他：你有丈夫，你有情人，现在你又想把我作为朋友。你喜欢收集男人吧？还是男人喜欢收集你？

她：（大笑）我想我是对那些对我感兴趣的男人感兴趣。

他：你才三十岁。你已经有过很多男人了吗？

她：我不知道多少才算多。（她又笑了起来）

他：我指自从你离开大学，从毕业典礼到今天下午，你用你的诱惑力将我俘虏是其终点……可你现在表现得很孩子气，好像你并不拥有那种力量。没人曾经告诉过你你的力量吗？

她：有人说过的。我笑是因为如果你把自己也算作是我拥有过的男人，那我就不知道该如何来计算我曾经拥有过的男人数量了。

他：你已经拥有了我。

她：然而，你不会再给我电话了。你也不会吻我。我们甚至可能再也不会见面，除了和我丈夫一起，在我们交换钥匙的时候。因此我搞不懂我怎么能说是拥有了你。

他：因为这样的会面对我这样的男人来说是一种打击。

她：我当然不想打击你。我很抱歉如果我打击了你。

他：我很抱歉我不能打击你。

她：你给我带来快乐。

他：我说过了，这很为难，所以我必须要走了。

她：谢谢你来看我。

大街上，他步行走回宾馆去，一边思索着刚才上演的那一幕——如果他觉得自己是个演员，刚排演完尚未出版的一个剧本里的一幕，那是因为他觉得她看上去实在太像是在演戏了，她像个直觉敏锐、有学问的青年女演员，她全神贯注地聆听，平静地回答问题——这让他联想起《玩偶之家》[1]里的一幕，那个垂死的、世故的、害着相思病的阮克医生被召唤来陪伴一会托伐·海尔茂的美丽的妻子，也就是那个被宠坏的、爱戏弄人的、轻浮的小娜拉。灯光暗淡下去，房间显得更为狭窄，偶尔有一或两辆马车在街道上驶过，城市模糊不清，围绕他们的一切都显得又近又暗。他们两个人沉浸在自己的世界里，倾听着彼此的诉说。如此性感，又如此伤感。他们都深深地沉浸在自己的过去中，尽管他们并不了解彼此的过去。舒缓的节奏，宁静的氛围，又似乎有什么深意。他们都很绝望，但各自的理由不同。对他而言，这就是

1　挪威著名剧作家易卜生（1828—1906）的代表作。

最绝望的一幕，与一位聪慧的、有天赋的、在作家的道路上缓缓前行的女演员在一起，他很肯定这就叫绝望。这一幕以他和她的出场开始，这是一出关于欲望、诱惑、调情与愤怒（永远都充满愤怒）的戏剧，是一部信笔涂鸦的作品，最好放弃掉，就让它夭折了吧。契诃夫有一部短篇小说就叫《他和她》。除了这个名字，他不记得这篇小说的任何内容（也许根本就没有叫这个名字的小说），不过在契诃夫年轻时候写的一封信中提到过写这种故事的诀窍，他至今依然记得其中关键的一句。他在二十多岁时读到的这位令他无比推崇的作家写的一封信至今具有鲜活的生命力，然而他昨天的约会时间与地点却都已经忘得一干二净。“引力的中心，”契诃夫在一八八六年写道，“本该存在于他们俩之间：他和她。”是啊，它确实存在过，可它再也不会存在了。

我的包还待在原地，在宾馆的梳妆台上半开着，我刚才匆匆地奔向西七十一街，随手就把它丢在那里了。电话上有灯光闪烁，表示我收到了一条信息。可我还是不知道是谁发过来的，因为我一回到房间里就在窗台前的那张小桌子前坐了下来，俯视着窗下的五十三街上的繁忙的车流。接着，我再次用宾馆里的纸笔匆匆记录下我和杰米之间那场实际并不存在的对话。我的记事本记录下我确实做过的事情和我计划要做的事情，以此来弥补我的健忘症；这场不存在的对话记录下来的是不存在的事情，这么做没有任何帮助，也丝毫不能缓和我的健忘，没有任何意义，然而，就像大选之夜，似乎我一进门就必须迫不及待地将它写下来，在她和我之间的这场虚幻的对话比实际的更为感人，这个假想的“她”在对话中表现出无比鲜明生动的性格，然而现实里的那个“她”却永远也不会是那样的。

可是，一个人的痛商[1]非得经过艺术的夸张，非得在虚无有时甚至疲软的生命里注入强烈的感情，否则就不够瘆人吗？对某些人来说，是的。对非常非常有限的一小部分人来说，只有艺术夸张，只有从虚无中创造出暧昧，才能使他们重建自信。在纸张上印刷出来的虚构与幻想，对他们这些人而言，却揭示出了生命的最大意义。

1 仿造智商、情商等的造词。

第三章

艾米的大脑

我终于拎起电话收听那条留言，就是上周四我离开医院时在无意中听到的那个声音，是上了年纪的艾米·贝莱特的年轻的声音。“内森·祖克曼，”她说，“我是在一个叫理查德·克里曼的无赖寄来的一封信里知道了你的地址。我不知道你是否愿意再搭理我，或许你根本不记得我了。我们在一九五六年的马萨诸塞州见过面。是在冬天。我当时是阿西纳学院的学生，E. I. 洛诺夫是我的老师。我那时在剑桥工作，而你是夸赛艺术村的新锐作家。那天晚上，我们都在洛诺夫的家里做客。那是在很久以前的伯克希尔山，那天晚上还下了雪。如果你不想回电，我也不会怪你的。”她留下电话号码后挂断了电话。

我再次草率行动，甚至连克里曼的动机都没有去考虑，他的动机对我来说是不可思议的——他把艾米和我联系起来又能指望得到些什么呢？可我并没有在克里曼身上多费心思，我也没去多想在她从克里曼那里得知我的住址后是什么促使这个虚弱的女人——她的脑瘤没有康复，但也不会立时三刻报销——和我联系的。我也没有考虑我怎么会这么轻易地就去回应她的留言，其实我此刻唯一的念头应该是纠正想要恢复健康的错误想法，回家去继续我的平静生活，而不是待在这里勉为其难。

我拨通了她的号码，就好像它是找回曾经将我们包围的健全的密码；我拨通号码，就好像以逆时针方向旋转了一生，那是再自然再正常不过的行为，就好像重新设定了一下烤炉的时间。我再次恢复了心跳，不是因为我焦急地期待着走进杰米·洛根的世界，而是因为我回想起一九五六年时的艾米，乌黑的头发、幽暗的眼睛和自信的面容——想到她那伶俐的口才、可爱的神情和敏捷的头脑，我仿佛又回到了那个只有洛诺夫和文学的世界。

我一边听着电话铃声，一边回想起在小饭馆里看见她脱下那顶褪色的红雨帽露出奇形怪状的头颅，那是不幸的命运留下的打击。“太迟了，”我当时这么想。我起身付了咖啡钱，没去打搅她，就直接离开了。“让她坚强地活下去，不要再去搅扰她了。”

希尔顿宾馆里的一切都是标准式样的，既乏味又平庸，没有任何个性色彩，可我想要联系上她的决心把我拉回到将近五十年前的世界，那时我注视着这个带外国口音的异国情调的姑娘，对我这个初出茅庐的小子来说，她似乎就是所有问题的答案。我拨通了号码，此刻的我已是一个支离破碎的人，可我的完整比起别人来可谓不多也不少，一九五六年她遇见我时我还是个新锐作家，到了当下的二〇〇四年，我已经成为一个不可救药的旁观者（命运弄人啊！）。然而，我从没像现在等着她接电话时那样觉得自己依然稚气未脱，觉得自己是个天真的理想主义者，觉得自己既一本正经又兴奋好奇，觉得自己充满了荒唐的欲望，到我这把年纪还欲壑难填实在是好笑。当她接起电话，我不知在电话线那头的她是哪一个她：是过去的艾米，还是现在的艾米。声音中传递出一份少女的热情与清新，宛如她就要去参加一场舞会，可是脑袋被外科医生的手术刀切开这么个情景也实在太恐怖了，恐怖得叫人无法忘怀。

"我在麦迪逊广场和九十六街拐角的小饭馆里看见你了，"艾米说，"我觉得不好意思和你打招呼。你现在可是个重要人物呢。"

"是吗？在我住的乡下可不是。你好吗，艾米？"我问，只字未提我对她的外表的残酷改变感到的震撼，也没说我也一样觉得不好意思，所以没有和她打招呼。"我们相识的那个晚上，我至今记忆犹新。一九五六年的那个大雪纷飞之夜。我不知道他到死也没有和他的妻子离婚，直到我看见他的讣告。我还以为他后来和你结婚了呢。"

"我们没有结婚。他做不到。那也没关系。我们在一起过了四年，主要都待在剑桥。我们在欧洲生活了一年，回来后他就不停地写作，偶尔也教教书，后来他生病了，然后就死掉了。”

“他是在写一本小说，”我说。

“将近六十岁的人在写他的第一部长篇小说。如果不是白血病要了他的命，他是能够完成的。”

“为什么？”

“因为主题。普里莫·莱维[1]自杀后，大家都说那是因为他曾被关押在奥斯威辛集中营。我认为那是因为他的写作主题是关于奥斯威辛的，他奋笔疾书生命里最后的一本大作，以异常清晰的思路来沉思当时的恐怖。每天一大早起来就投入那种题材的写作，任何人都会自杀的。”

她是在说莱维的《被淹死和被拯救的》[2]一书。

“曼尼[3]真的那么惨呀，”我还是第一次称他为曼尼。在一九五六年，我是内森，她是艾米，而他和霍普则是洛诺夫先生和太太。

“接二连三的事情使他很不开心。”

“那对你来说也是个艰难时期啰，”我说，“虽说你们俩得到了你们

1 Primo Levi (1919—1987)，犹太裔意大利化学家、作家。

2 该书是莱维出版于 1986 年的一部散文集。

3 在罗斯的祖克曼系列小说中，洛诺夫的全名是艾曼尼埃·伊萨多尔·洛诺夫，曼尼是他的昵称。

想要的。”

“那是个艰难时期，因为我当时太年轻，以为那也是他想要的。他知道那不过是他以为他想要的而已。一旦他摆脱了束缚，终于和我在一起，一切就都不同了——他变得阴郁，他变得冷漠，他变得暴躁。他的良心在折磨着自己，实在是糟糕。我们住在奥斯陆的时候，到了晚上我常常一动不动地躺在他身边，恨得人都僵住了。有时，我祈祷他会在睡梦里死去。后来他得了病，生活就又变得理想了。我还是他的学生的时候，事情就已经是这个样子了。是的，”她说，意在强调她是不会隐瞒事实的，“事情就是这样的：在困境中，我们会莫名其妙地狂喜不已，然而等到雨过天晴，我们反而变得落落寡欢。”

“可以想象，”我说，一边在想着她说的这个词：狂喜不已。是啊，我记得我也有过狂喜。也为此付出了高昂的代价。

“可以想象，”她答道，“但也不可思议。”

“哪里，没有的事。接着说吧。”

“最后的那几个礼拜着实可怕：他神志不清，大多数时间都在睡觉。有时他会发出点叽里咕噜的声音，在空中挥挥手，可你一点也不明白他想说什么。在他临终前的几天里，他可说是歇斯底里大发作。我们当时在卫生间里，我蹲在他前面替他换纸尿裤。‘这简直是瞎胡闹，’他说，‘快给我滚出去！’接着他就揍起我来。他这辈子从来没有打过别人，你不知道我当时有多兴奋。他还有力气像那种样子打我。他是不会死的！他是不会死的！后来连着几天他不是毫无意识，就是意识混乱。‘我掉到地上去了，’他在床上大喊大叫，‘快把我扶起来呀。’后来医生过来给他注射了吗啡。第二天早上他开口说话了，一点也没有意识到他昨天的失态。他说：‘结局是如此浩瀚，它自身就是诗歌。它不需要花言巧语，只需朴实的描述。’我不知道他是否是在引用某人的句子，或者是从他读过的书本中想到了这些，也或者这就是他的最后遗言。我不能问他。这都无所谓。我只是抱着他的头，把他说的话念给他听。我再也无法控制住自己的情绪。我号啕大哭起来。可我还是对他说：‘结局是如此浩瀚，它自身就是诗歌。它不需要花言巧语，只需朴实的描述。’曼尼费了老大的劲朝我点头，后来我就一直在书里寻找这个句子，内森。可我没能找到它。是谁说的呢，是谁写的呢？‘结局是如此浩瀚……’”

“听上去像是他自己的句子，符合他那疯狂的审美观。”

“他还说了些什么。我不得不把耳朵凑在他的嘴巴前，这样才能听见他说的。他的话简直像窃窃私语，‘我想要修面，我想要剃头。我想要自己干干净净的。’我找来一个理发师。他足足帮他弄了一个多小时，因为曼尼的头抬不起来。完成后我把理发师送出门去，给了他二十元。等我回到曼尼的床边，他已经死了。干干净净地走了。”说到这儿，她再也说不下去了，尽管只有那么一会儿，而我也无话可说。我早就知道他已经去世，但现在我知道了他是如何去世的，虽说我们才见过一次面，但这些话还是震撼了我。“我拥有了，我很高兴我拥有过，这整整四年的时光，”她告诉我说，“这四年里的每一个白天和夜晚。我看见他那光秃秃的脑袋在台灯下闪闪发亮，每天晚饭后我都看见他坐在那里，小心翼翼地在书本上划着线，有时他会停下来想一想，然后在他的活页笔记本上草草地写下某个句子。我认为，他是这个世界上独一无二的一个人。”

一个活了五十个年头的女人只记住了其中的四年——正是这四年定义了她的一生。“我必须告诉你，”我说，“克里曼也缠着我打听他的事呢。”

“在他把我引向你的时候，我就猜到了。他想写他的传记，可我不希望任何人这么做。写传记呀，内森。我不要看到什么传记。那是二次死亡。那意味着将人的一生重铸后再永远地消灭它。传记是生命的专利——这个小伙子以为他是谁，他凭什么认为自己拥有这份专利？他凭什么认为自己可以做曼尼的人生裁判？他凭什么认为自己可以塑造曼尼的形象并把他固定在别人的大脑里？你是否觉得他肤浅透顶？”

“他是谁、他想干什么都不重要。重要的是，你不需要他。你有什么办法阻止他那样做吗？”

“我？”她羸弱地笑了一声。“哦，没有啊。他所有作品的手稿都存放在哈佛大学。他可以去那里查资料，随便什么人都可以的，尽管在我最后一次查的时候，我发现三十二年来没有一个人曾要求过看这些手稿。幸运的是似乎没有人愿意和克里曼说话，至少在我认识的人中一个也没有。我当然再也不会见他了。不过，也没有任何必要去阻止他。他完全可以凭空捏造嘛，法律也拿他没办法的。你不可能去诽谤一个死者。就算他诽谤的是一个还活着的人，就算他为了自身的目的篡改了事实，谁又会去劳民伤财地起诉他或出版了他那堆垃圾的出版社呢？”

“洛诺夫的子女们。他们会吗？”

“那是另一个传奇故事。他们从来也不怎么喜欢那个偷走他们那著名的老爸、对他们的老爸崇拜得五体投地的年轻姑娘。或许他们也不怎么喜欢这个为了一个对他崇拜得五体投地的年轻姑娘而抛弃了年老珠黄的发妻的著名老爸。如果不是霍普的威逼，他是说什么也不会离开她的，不过孩子们肯定希望他和他们的老妈待在一起，直到他彻底窒息为止。他的刚毅、他的苦修、他的成就——就好像他生来注定要去攀登珠穆朗玛峰，可等到他攀上顶峰，却发现自己无法呼吸。最蔑视我的是他的女儿。她是个洁白无瑕的贞洁女子，穿着素色的麻布裙，看书只看梭罗的——我能对付她，但我从来不知道该如何回避那些史尼威尔女士们[1]。她们不是嘲笑我，就是忽略我。她们就是一九六〇年左右马萨诸塞州剑桥社区里的善良女人，她们一个个坚忍不拔、宽容大度，只要在教员家庭里有哪家人家的主妇在享受着的正常快乐是属于不道德的，她们都会挺身而出。曼尼会说，‘你对这些琐屑的小事过于敏感了。’曼尼是个能客观考虑问题的大师，可我没有那种功夫，即便是从这个教我怎么读、怎么写、怎么想、怎么区别有价值的知识和无价值的知识的男人身上我也没能学会。‘不要那么胆怯。她们不过是《造谣学堂》[2]里的喜剧人物。’他就是把我们尊贵的院长夫人戏称为史尼威尔女士的人。在剑桥，我们去参加晚餐会时，我常常会觉得手足无措。所以我希望我们去国外生活。”

“而对他来说，那并不会感觉无所适从。”

“他不会为这种事烦恼。在公开场合，他对公众的偏见不屑一顾。他有资格那样做的。可我只是个漂亮姑娘，只是在阿西纳学院读书的他的学生。当然啰，我在孩提时代就经历过更糟的事，比这要糟糕多了，可那时候我的家人会保护我。”

“霍普后来怎样了？”我问。

1 Lady Sneerwells，意思是喜欢嘲笑的女士们。
2 英国十八世纪著名喜剧家谢立丹（1751—1816）的代表作，创作于 1777 年。

"她在波士顿的某个医疗机构。她得了阿尔茨海默症，"艾米说，她的话证明克里曼告诉我的是实情。"她已经是百岁老人了。"

"也许我们该会个面，"我说。"我可以请你吃顿饭吗？今晚可以一起吃晚饭吗？"

她那轻松愉快的笑声和她接下来说的话自相矛盾。"呃，我已经不是你在一九五六年那个夜晚迷恋上的姑娘了。第二天早晨，一切都乱了套——你还记得霍普那场歇斯底里的大发作吗，嚷嚷着要离家出走，要把他留给我？就在那天早晨你告诉我说——你还想得起来吗？——我'有点像安妮·弗兰克'。"

"我想起来了。"

"我的大脑动过手术，内森。你可不是要和一位天真少女共进晚餐哟。"

"我也不是以前的我了。尽管你听上去像是在掩饰什么。我从不知道你的口音是哪里来的。我也从没搞清楚你是哪里人。你一定是奥斯陆人吧。在纳粹铁蹄下的奥斯陆，作为一个犹太小孩，你经历了残酷的现实。那一定是你和他去那里生活的原因。"

"你此刻的口吻就像个传记作者。"

"传记作者的死敌。传记作者的绊脚石。这个小伙子会把一切都搞砸的，甚至会超过曼尼担忧的程度。我会搞定他的，"我说，"我无论如何都要搞定他，”这句话无疑是她最希望听到的，毕竟是她先主动联系我的。

于是，我们约在了那天晚上见面。我们只字未提克里曼想要靠揭露隐私在文艺界一炮打响的野心。

然而，我们俩还是谈了许多许多。我想，虽说我们是两个只见过一次面的人，但我们肯定能坦诚相对的，根本没有必要互相提防。对此我很兴奋，尽管我知道她也和我一样深处孤独中。也或许，在我们这两个几乎完全陌生的人之间能产生如此迅疾的亲密感，仅仅是因为我们以前相互认识。在什么以前呢？在一切发生以前。

从宾馆走到约定的饭店花了我一刻钟的时间，我和艾米约好七点在那里见面的。托尼在那里恭候我的光临，并把我引到了座位上。“都过去这么多年了，”他开心地说，一边为我拉出了椅子。

“今后你会常常见到我的，托尼。我准备在城里住上一段日子。”

“那太好了，”他说。“九·一一之后，我们的一些常客都带上家小搬去了长岛，或者北部，或者佛蒙特——他们分散到了全国各地。我理解他们为什么要这么做，但这毕竟带来了恐慌，你知道。事件的影响正在迅速减弱，但我得说老实话——在那次事件后我们失去了许多很好的顾客。你一个人用餐吗，祖克曼先生？”

“还有一位，”我说。

可是她一直没来。我忘记把她的电话号码带在身上了，所以我无法打电话过去问她出了什么事。我想她也许是羞于让我近距离地瞧见一个羸弱不堪的老妇人，头发被剃掉了一半，头上还有一条难看的刀疤。也或许她是想最好让我代表她去与克里曼交涉，因为我觉得，她是极度重视隐私的洛诺夫的守护天使，她害怕洛诺夫早年生活的方方面面被公之于世。

我等了一个多小时——为了以防万一她还会现身，我拖延着点单，只是叫了一杯酒——才意识到，这里不是我们约定见面的饭馆。我是在不知不觉中来到皮尔鲁吉饭店的，我当然向她建议过在这里吃饭，可问题是我记不起来是否问过艾米她有什么喜欢的饭店没有。如果我问过，很显然我现在是说什么也想不起来到底是哪一家饭店了。一想到她也许孤零零地一直等在那儿，以为我是在故意放她鸽子——因为她把自己的面貌形容得惨不忍睹——我就赶忙冲下楼去给宾馆打了个电话，询问是否有人给我留言了。确实有一条：“我等了你一个小时，然后就走了。我理解的。”

那天早上我去了一家药店[1]，买了些我忘记从家里带过来的卫生

1 美国的药店同时兼营杂货。

用品。我付账的时候问那个售货员："你能为我把这些装在盒子里吗？"她茫然地望着我。"我们没有盒子，"她说。"我是指袋子，"我说，"请把它们装进袋子里。"虽说只是个小小的口误，可还是令人不安。如今我几乎每天都会像这样说错话用错词，尽管我勤勤恳恳地在记事簿里做记录，尽管我坚持不懈地致力于集中思想，但不论是对于我正在做的事情还是我将要做的事情，我还是常常会忘记。打电话的时候，在我发现自己在犹豫不决地寻思着下一个合适的字眼之前我开始注意到那些好心的人们会尽量帮助我弥补思路上的空白，或者他们会善意地假装没有听见我的口误，就像前两天我的清洁妇贝琳达那样，当时我在无意中把"全心全意"说成了"床心床意"，就像我把一位住在阿西纳的老友的名字张冠李戴，就像我在和某个人说话的时候突然想不起来此人的名字，只得一边保持沉默一边在心里拼命琢磨。我处处警惕却也于事无补，这感觉与其说是记忆的衰退不如说是意识的丧失，就好像有一个恶魔居住在我的大脑中，它的力量如此强大——一个催人健忘的精灵、魔鬼，面对它的破坏力我无力招架——它迫使我孤独地承受着记忆的空白，只是为了拿我的出丑取乐；把一个记忆力超强、用词精确的敏锐的作家戏弄成一个碌碌无为的俗人是它那愉快无比的终极目标。

（那就是为什么，不同于常人，我必须趁我还没遗忘的时候拼命写作，但无论我如何下笔如飞，我依然无法捕捉到真实，因为我要努力逾越的智力障碍迟早总会到来。一切都不再清晰，唯一说得准的是我只能在词语的迷宫中不断探索，为了将它们连接成句子，然后组成段落，直至完成一本书。永恒的探索就是此刻的主题，这样的探索远远超越于刚开始写作时为了要达到流畅所做的焦虑的探索。在我去年写那本小说的时候，就是最近我刚寄给我的出版商的那本，我发现我每天都必须与紊乱的思维做斗争。等我写完了——这已是第四稿，我已经无能为力了——我还是搞不清这是否是一部完整的手稿，是否因错乱的头脑而支离破碎，也或者我的手稿确实是完整的，而文字中反映出来的恰恰是我那错乱的头脑。我一如既往地将手稿寄给一位极其睿智的读者，他是好久以前我在芝加哥大学的同学，我绝对信任他的直觉。他在电话里向我汇报了他的读后感，我明白他放弃了一贯的坦率。出于礼貌，他掩饰说他不是这本书的最佳读者，并向我表示抱歉，因为他不能给我任何有价值的评论，因为他完全无法理解那个我与之意气相投的主人公；他没兴趣继续拜读，因而也无法给我有益的观点。

我没有强迫他，我甚至都没有吃惊。我明白他隐瞒观点不说的策略，尽管那样，我依然明白我的朋友对这本书是持否定态度的。因为他的评论从来也不会无的放矢，除非我还是个天真的孩子，否则我无法对他的评论无动于衷。他没有建议我重新写第五稿——因为他从第四稿已经推测出要想让我按他的想法对原稿进行改头换面的大手术，对于像我这样的榆木脑袋来说实在是个过分的要求；他觉得最好还是归罪于他自己的局限性，虽说那实际并不存在，譬如说缺乏想象力，缺乏同情心等等，他不知道他说的这些恰恰是此刻的我所缺乏的。如果我对他的反应的理解是正确的话——如果，他在阅读时和我感觉一样痛苦，我相信是这样的——我该拿我这本写了将近三年，完成后立刻觉得不尽人意的书如何是好呢？我以前从未遭遇过如此的困境——在过去，我总能够汇聚起我的创造力，全力以赴地奋斗到底，直到我满意了为止——我琢磨着那两位最最杰出的美国作家会怎么办，在他们发现自己的写作能力在衰退的时候，或者是在发觉某本书写得很糟糕却又固执地不愿意修改的时候。我可以按海明威的做法——不仅仅在他生命的晚期，当他那强悍的生命力、积极的生活态度、对暴力冲突的嗜好遭遇到肉体伤痛、酒精中毒、精神疲倦、因沮丧而导致的自杀倾向等等的沉重打击，而且在他的盛年里，那时候的他好像有用不完的力气，他意气风发，对什么都跃跃欲试，而且他那卓越的散文风格已经为他在全世界建立起了声誉——把手稿丢在一边，或者等以后再尝试修改，或者让它永不见天日。或者我也可以按照福克纳的做法，不管三七二十一把完成的手稿交给出版商，让这本耗尽心血的书得以出版，既然他已无法再修改这本书了，那就不管它的完成度如何，就这样让它与公众见面。

我需要一个可以忍受和坚持下去的策略——谁不需要呢？——因此，不论好坏，不论对错，我选择了后者，尽管我心里明白这种做法对我未来的写作不产生不良影响的希望是非常渺茫的，但愿在我的才华已到了日薄西山的今天，这种做法不至于让我太丢人。而且，那还是在我的挣扎不像现在这么痛苦的从前，我的状况在不断恶化，已发展到了连最起码的防御都做不到的地步——我不仅会在过了一两天之后就忘记前面写的那一章的细节，而且会在仅仅过去几分钟之后，简直不可思议，就把上一页的大部分内容忘得一干二净。

在我决心去纽约寻求医疗救助的时候，我所体验到的失落已不仅仅来自我的阴茎，也不仅仅来自膀胱括约肌的功能失灵——不是在未来等着我的是被阉割的命运那样的危机感，即使那样我还是能指望除了身体外我别无损失。这次的问题是出在我的头脑里，而且这次我的预感也不是什么一时的心血来潮，尽管我知道，这预感也不比心血来潮强多少。）

我找了个借口告别托尼，饭也没吃就回到了宾馆。可到了房间里，我却无论如何都找不到艾米的号码。我肯定是写在床头柜上的一张便笺纸上的，可它不在那里，也不在床上，也不在柜子上，也不在地毯上，我特意跪下来用手指仔仔细细地在上面检查过。我还检查了床底，可那儿也没有。我检查了我带过来的每一件衣服的口袋，连我还没穿过的都查了。我几乎是在房间里来了次大扫荡，连那些毫无可能的地方——譬如小冰箱——也没放过，最后才想起把皮夹子掏出来看一看，那张写有电话号码的纸片就在里面——它一直就在那里。我并没有忘记带上她的号码去皮尔鲁吉饭店，可我却忘记了号码一直在皮夹子里。

电话上的灯光在闪烁。我想也许是艾米再次发来更长的留言，就拎起电话听了起来。是比利·大卫多夫从我自己家里打过来的。“内森·祖克曼，这个地方太好了。虽然小，却很适合我们居住。我还拍了些照片，希望你不会介意。看见这幢房子、这个池塘、纵横的沼泽地、这里的一切，杰米一定会乐得合不拢嘴。罗布·马西真是个活宝。让我们赶快把手续办完吧。不管需要什么书面资料，我们都可以拟定。罗布说等你安定下来他就会开车把你的东西送过去，不过如果你有什么东西急要，我今晚就可以帮你带过去。我在这里还要待一小时，如果你回电的话。待会再聊。谢谢你。能住在这里真是天大的幸事。”

他的意思是，对杰米那是天大的幸事。一切都为了杰米。如此情深意笃，能给予杰米快乐就是他的快乐。比利想要什么呢？只要是杰米想要的。什么会让比利快乐呢？只要是让杰米快乐的。什么吸引古道热肠的比利？杰米！杰米！至高无上的杰米！我祝福这份不可思议的崇拜永不落幕，真是幸运的一对！可万一哪天她对他的细心呵护不耐烦了，对他的行为举止不再表示嘉许，对他的热情不再有积极的反应，这个可怜的、脆弱的、温柔的男人又该如何是好呢！没有她，他的日子简直一天也过不下去，他每天都要把她想上五十遍才算够。她永远都可以随便欺负这个死心塌地的俘虏。他到死都会想着她。即便是躺在临终的床上，他脑子里还会想着她。

比利是在八点半打来电话的。如果他在那里再待一个小时，那么他在半夜十二点之前是不可能赶回西七十一街的。我可以打电话给她，借口说要安排一下换房的具体日期，虽然我已经无意换房了。我也可以打电话过去对她实话实说："我想要见你——不能见到你令我无法忍受。"直到午夜，这个我一共才接触过三次的年轻女人——而且每次都来去匆匆——都会和她的猫咪一起坐在家里，或许还要加上克里曼。

快打消这个自我折磨的念头吧。上车，打道回府吧。伟大的探险就此结束。

第二条留言是来自克里曼的。他问我是否愿意为了他去和艾米·贝莱特谈一谈：她在手术前答应他的，可现在她又变卦了。他只拿到了洛诺夫那本幸存的小说前半部分的手稿复印件，如果他读不到后面的部分，那么这些材料就是毫无用处的，而仅仅在两个月前她还向他保证过会让他读到的。她还给了他一些洛诺夫的家庭照，并且祝愿他写作顺利。“如果你愿意，祖克曼先生，请帮帮我。她不是以前的那个她了。是手术的关系。人家把她掏空了，她受到了伤害。手术后她得了严重的精神障碍。不过，也许她会听你的。”

克里曼？这个人简直不可思议。你这个臭虫，你这个老不死，这些话还在余音绕梁，他就又打来了电话，甚至连道歉都不说，直接要求我帮助他！难道我之前没有告诉过他我会千方百计阻挠他的计划吗？他是个勇往直前的人呢，还是个思路混乱的人，或者是那种只要是他们认准了就绝不会放手的厚脸皮？对这样的人，无论你如何回绝，你就是摆脱不掉他。无论你怎么做，他们都不会放弃竭力从你的身上得到他们想要的。无论他们做什么，无论他们说出怎样可怕的脏话，他们永远都不会认识到自己的生活习性是如何不可救药地逾越了做人的底线。是啊，一个高大、强壮、英俊的小伙子——他对自己俊秀的脸蛋满是自信——是毫无忌讳地侮辱别人之后仍能若无其事地回来。

会不会是我忘记了我们之间还有过进一步的接触呢？如果有，是在什么时候呢？“也许她会听你的。”如果他知道我们只见过一次面，他怎么会以为艾米·贝莱特会听我的呢？他会不会根本不知道这个情况呢？克里曼不可能知道我们曾经见过一次面。除非我告诉他。也许是她告诉他的。一定是她——一定是她告诉他的！

我把艾米的号码摆在电话机旁边，拨通了电话。她接起电话，我对她说了类似于我原本想对杰米·洛根说的话。“我想去你那里和你见面。我现在就想和你见面。”

“你刚才去哪里了？”她问。

“我把饭店给搞错了。对不起。告诉我你的地址。我想和你谈谈。”

“我住在一个糟糕的地方，”她说。

“告诉我你住哪里，拜托你了。”

她告诉了我，我随即叫了辆出租车赶往她在第一大街上的家，因为我必须弄清楚别人对洛诺夫的非议是否属实。别问我为什么必须弄清楚。我也不知道。这种刨根究底的精神虽然荒谬，但我就是想弄清楚。不管多么荒谬，我就是想。一个上了年纪的人，他的奋斗早已结束，可是突然间来了一阵冲动……为了什么冲动呢？人生里的种种激情都已经历过一遍，难道还不够吗？人生的神秘莫测都已经历过一遍，难道还不够吗？难道还要再次去经历无常的命运吗？

去她家的路并没有我想象中的那么糟糕，尽管这个地区似乎很不适合这样一个女人——她可是一位杰出的作家的伴侣——居住，也很难把这幢大楼称为是她的家。临街的底楼有一家意大利面馆，旁边还有家爱尔兰小酒吧，大楼的正门没有上锁，通往楼梯井的腰门也是如此。一只瘪塌塌的铁制垃圾桶硬是被塞进了楼梯旁一个黑暗的壁龛里。我摁下在一排信箱旁边的门铃，看见有一只信箱上面连锁都没有了，开了条细口的信箱门微微张开着。我怀疑我摁的门铃已经损坏，因此楼上传来的艾米的声音让我吃了一惊。“小心点上来，楼梯的台阶松动了。”

天花板上几只光秃秃的电灯泡把楼梯井照得通亮，可是过道上却漆黑一片。大楼的内部走廊里弥漫着一股臭味，也许是猫屎，也许是鼠粪，也许两者都有。

她在三楼等着我，依然是我上次见到的那个老妇人，头上剃去了半边头发，余下的白发简单地打了一个髻。为了点缀些喜庆的色彩，她穿了条难看的浅黄色长裙，可是与那件被她改造成便装的病号穿的长袍比较起来，此刻的她更显凄楚。然而，她似乎完全忘记了自己的外表，带着孩子般的笑容迎接我的到来。她向我伸出一只手来，可我没有和她握手，而是亲吻了她的双颊，只要能使她高兴我一定会全力以赴，我多么想重回到一九五六年啊。吻她的感觉宛如奇迹，看哪，她就在这里，货真价实，千真万确，尽管容颜的改变已使她判若两人。她劫后余生与我相逢在这幢阴沉的大楼里，真是个灰暗的奇迹。我到此地来看她，我终于见到了她，见到了这个五十年前我无比倾心的女子，似乎就是我冥冥中来到纽约的缘由，也是我在冲动下决定留下来的缘由。经过了这么漫长的一个时间跨度，我们居然还能再次相逢，此时的我已经得了癌症，她也一样，我们曾经年轻聪慧的头脑都因岁月的蹉跎而衰竭——也许这就是为什么我会激动得发抖，而她会穿上这件喜庆的黄色长裙，真是难以置信，半个世纪就这么悠悠而逝了。我们俩都沉浸在对遥远的往昔的无限怀念之中。时间——强大无比的时间——和穿在她羸弱不堪的身体上的这条岁月沧桑的黄裙，都已抹上了死神的阴影！假设我此刻回过头去正看见洛诺夫从楼梯上走来，我会对他说些什么呢？“我依然仰慕你”？“我刚刚把你的大作重读了一遍”？“我又回到了对你无比崇拜的青年时代”？他会说什么呢——我能听见他在说话——他说的是：“好好照顾她。看她遭了那么多罪，叫我于心何忍。”他比生前胖多了。他在坟墓里长了肉。“我明白，”他接着说，语气飞快地转变为一种温和的嘲讽，“你已经不是当年那个对她一往情深的人了。那样事情就简单了。”

“肉体上受到的损害，”我答复道，“并不会使事情变得简单。我尽力而为吧。”我皮夹子里有几百块钱可以现在就给她，等回到宾馆我可以开一张支票在一早上寄给她，不过我必须要记住在离开前确认一下她的信箱不是那只没有锁的。如果是的话，我就要另想办法让她拿到这笔钱了。

“谢谢你，”在我跟在黄裙子后面走进房间时洛诺夫说，狭窄的车厢式公寓[1]里有两个靠里的房间——一个书房和在拱形入口后面的一个厨房——都没有窗户。在公寓的前端，就在第一大街的车流和饭馆之上，有一个装了两扇格栅窗的小客厅，后面有一间更为狭小的房间，只装了一扇格栅窗，不过因为房间里只放了一张窄床和一只床头柜，所以这点大小也足够了。总共只有三扇窗户。洛诺夫在伯克希尔山的农庄肯定有二十多扇窗户，而且从来也无需关窗。

这间卧室朝向一个通风井，后面有一条狭窄的走道，走道下面是饭店的垃圾堆放场。我发现厕所只有一只立柜一般大小，就在厨房水斗旁边的一扇门的对面。厨房里还放了一只四脚的小浴缸，正好放在冰箱和烤箱之间，只留出了几英寸的空当。公寓的前面非常吵闹，因为第一大街上的车水马龙进行曲永不落幕，而后面也是同样地嘈杂，因为饭店厨房间里的锅碗瓢盆奏鸣曲永无宁日，为了通风，饭店的后门一年四季敞开着，艾米只好把我带进相对安静的灰暗的书房，我们

1　纵深排列的狭窄公寓，因类似列车车厢而得名。

挤在靠墙的塞满纸张与书本的书架间落座，面前是一张兼作书桌的丽光板[1]贴面的餐桌。桌子上的台灯是这个房间里的唯一照明。它是一盏又宽又高的棕色半透明的瓶状台灯，电线穿出去连接着灯泡，上面罩着如扇子上的皱褶一般的灯罩，其形状如一顶宽大的太阳帽。我上一次见到它是在四十八年前。它是洛诺夫用的朴素的台灯。在远处的一角，我又看见了一个出自洛诺夫的书房的老古董，那是一把宽敞的、暗棕色的、马鬃做的安乐椅，经过了数十年的岁月侵袭，它那结实的骨架也已轮廓模糊——我觉得，它身上留下了他思想的烙印和他那斯多葛派[2]的生活作风的痕迹。想当年，他就是坐在这把已破损不堪的椅子上威严地向我发问，直截了当地质问我这个初出茅庐的小辈志在何方，胆怯的我被他问得晕头转向。我想到，“什么！你在这里吗？”随即记起来那正是艾略特的《小吉丁》[3]里的诗句，诗里描述的是诗人在拂晓前的街道上漫步，遇见了“一个混合型的鬼魂”，他告诉诗人他将要遭遇到的是怎样的痛苦。“因为去年的话属于去年的语言/而明年的

1　商标名，一种高温压薄的塑料合成树脂，由于其耐高温抗腐蚀的性能，常被用作桌子与柜台的贴面。

2　古希腊的一种哲学流派，追求淡泊、自然的生活，以清贫为乐。

3　参见原籍美国的英国著名诗人托马斯·史特恩斯·艾略特（1888—1965）所写的长诗《四个四重奏》的第四章《小吉丁》的第二节，以下引文也全部出自该小节。

话在等待另外一种声音。”艾略特的鬼魂是从何而来呢？真是讽刺。“让我打开为老年人保留的礼物。”为老年人保留的。为老年人保留的。想到这里，我的思维短路了。接下来应该是个可怕的预言，可我想不起来了。等我回到家里，我要查一下那本书。

幽幽地，我把一个刚刚钻进我脑子里的想法告诉了洛诺夫：“你不再是一个比我大三十多岁的长者，我已成为一个比你大十岁的长者了。”

“你吃过了吗？”她问。

“我不饿，”我对她说。“和你在一起我太激动了。”这次会面如此出人意料，我激动得都不知说什么好了。不论最近我的思维变得如何暧昧模糊，我对艾米的记忆——这个我在遥远的往昔才有过一面之交的人——依然如一九五六年时一般鲜活又清晰，那时我觉得她是我生命里特别重要的人。回想当年，我甚至异想天开地为她构思出一部内容翔实的文学作品。利用欧洲出版的安妮传记里的恐怖的背景资料，我大胆地把她想象为安妮·弗兰克，但在我构思的情节里，安妮并没有在二战的欧洲丧生，而是作为一名来自荷兰的外国孤儿，隐姓埋名地从欧洲来到美国，成为新英格兰的一名大学女生，先当了 E. I. 洛诺夫的学生后又成为他的情人。在她二十二岁那年——之前她独自去了一趟曼哈顿，为了去看《安妮日记》在美国的首次出版——她对洛诺夫吐露了她的真实身份。当然啰，如今的我已没有了年轻人的雄心再把这篇华丽的虚构作品继续进展下去。在我二十多岁时那种要将我的想象力发挥到极致的感觉早已不复存在，随其一同消逝的还有犹太社区里那些杰出的长辈们强加给我的道德教条。我首次出版的故事集遭到了他们的批评，他们认为我的那本书是一份代表了“犹太人的自我诋毁”的恶毒宣言。他们那种犹太人式的自恋情结和令人苦恼的正义感深深地刺痛了我，我带着无比的厌恶奋起反抗了，我的反抗手段就是把洛诺夫的艾米变形为牺牲的安妮，而且——这里有一丁点的讽刺——我还虚构说我想要和她结婚。作为一个年轻活泼的犹太人里的圣人，艾米成为我虚构出来以抵御悲观厌世的犹太情结的精神堡垒。

“你要喝点什么吗？”她问。“要来杯啤酒吗？”

即使是来杯烈酒我也不会介意的，但我现在除了在用晚餐的时候喝一杯葡萄酒以外一概滴酒不沾了，因为酒精会加重我的精神恍惚。“不要，我感觉很好。你吃过了吗？”

“我不吃东西，”她说。*我不吃东西*。那不也正是我的一曲悲歌吗？

“你好吗？”我问。

“好的。我已经连着几个月感觉良好了。可他们刚刚告诉我那糟糕的状况又卷土重来了。就是那么回事——无情的命运一直就躲藏在你的背后，指不定哪天就会跳出来对你喊一声‘嘘！’在我第一次得肿瘤但对病情还一无所知的时候，我做了一些耻于向人提起的事情。我踢了邻居家养的一只狗。那是一只小狗，整天待在走道上汪汪叫，喜欢舔过路人的鞋子，真是只麻烦透顶的小狗，它根本就不应该待在那里挡别人的道，我光起火来狠狠地给了它一脚。我开始给《纽约时报》写信。我在公共图书馆里歇斯底里地发作了一场。我真是彻底疯了。我是去图书馆看 E. E. 卡明斯[1]的展览的。当我第一次来这里求学时，我就喜爱上了他的《我满心喜悦地为奥拉夫高歌》一诗。我离开卡明斯展览会后，在走廊上看见了另一个展览，它沿墙排列着，规模更大，更具冲击力，这场展览名为‘现代文学的里程碑’。大幅的作家照片挂在陈列着他们原版装帧的初版作品的玻璃柜上方，都是些愚不可及的所谓政治路线正确的傻玩意。要是在以前，我可以不去理睬它继续走我的路，然后在乘地铁回家的路上把一切告诉曼尼。他是个手法老道的煽风点火者——老练、机智、耐心。人性的愚蠢从不会令他诧异。虽说他已不在人世，但他依然能给我很大的安慰。”

“都过去四十年了还依然如此吗？这四十年里难道就没有一个可以给你安慰，可以在你的生命里占据重要位置的人吗？”

1　E. E. Cummings（1894—1962），美国杰出的诗人。

“怎么可能呢？”

“怎么不可能呢？”

“在他之后怎么可能？”

“他去世时你才三十岁呀。要把这一个时期定义为你的一生……你那时还太年轻了。”我克制着没有发问“是不是以后出现的一切都叫那短短的几年给毁了？”因为答案到如今早已一目了然。一切，所有的一切。

“这无关紧要”是她对我实际说出来的话的答复。

“那么，你做了些什么呢？”

“做了些什么？这是什么话呀。做了些什么。我翻译了一些书：把挪威语翻成英语，把英语翻成挪威语，把瑞典语翻成英语，把英语翻成瑞典语。我就做了这些。不过我做的主要还是随波逐流。我随波逐流，一再地随波逐流，在不知不觉间就到了七十五岁。这就是我如何达到七十五岁的原由：不断地随波逐流。不过你没有随大流。你的生活是有的放矢的。你有工作。”

“那是我如何达到七十一岁的原由。不是这种方式就是那种方式，不是随波逐流就是有的放矢，不管是哪一种你都同样会走到尽头。你后来再也没有和别人一起去过佛罗伦萨的别墅吗？”

“你怎么知道佛罗伦萨的别墅？”

“是他在那天晚上跟我说的。他说得很含糊，好像有些想法在他脑子里还未成形。接下来，”我坦言道，“我无意中听到了你们俩的谈话。就在那天晚上，我冒昧地偷听了你和他之间的对话。”

“你是怎么做到的呢？”

“我当时就睡在你的下方。你肯定不记得了。他安排我睡在书房的一张长沙发上。我爬上书桌把耳朵贴在天花板上偷听。我听见你说：‘哦，曼尼，我们可以去佛罗伦萨过快活的日子。’”

听我这么说她开心极了。“哦，我的天！你真是个调皮的孩子。还听到什么？还听到什么？发生在这么多年前的事情居然会有一个见证人——真是天大的喜讯！把你偷听到的都告诉我吧，坏小子！不要有任何遗漏！”

告诉我吧，她对我说，请告诉我，告诉我当时我与这个我爱着的人在一起度过的亲密时刻，这个如今已去世但在我的生命中无人能取代他的地位的人，告诉我吧，就在我知晓了我的肿瘤又复发了所以我已是来日无多的今天，就在为了庆祝我们的重逢我特意穿上了这条黄裙子的今天！

“我但愿我能做到，”我说。“可我也记不住许多了。我记住了佛罗伦萨，是因为他也说到了那里——佛罗伦萨的别墅，与一位年轻姑娘在那里共沐爱河会使他拥有一份美丽的新生活。”

“‘美丽的新生活’——他是这么说的吗？”

“我想是的。你后来去过佛罗伦萨吗？”

“你是指和他一起吗？没有。我一个人去过。在他死后，我独自去了那里，并在那里滞留了一段时间。我把他花瓶里的花修剪了一下。我在那里写日记。我在那里散步。我还租了辆汽车去兜风。连着几年，每年的六月，我都会带上我的翻译工作去那里的一家膳宿公寓居住，在那里履行我的各项仪式。”

“而你从不敢和别人一起去那里。”

“我干吗要和别人一起去呢？”

“一个人怎么能如此之久地沉浸在记忆里呢？”

“事情并不像你认为的那样。我一直都在和他交谈。”

“他也和你交谈吗？”

“哦，是的。我们非常成功地回避了因他的离世而造成的困窘。我们是如此的与众不同，我们又是如此的彼此相似。”

她的话给我带来了情绪上的冲击，我探究地瞅了她一眼，为了证实一下她说的究竟是她的本意呢还是故意地夸大其词，或者是因为她的大脑里缺少了什么而使她意外地说出了这么些话。我只能看见一个没有任何人保护的老妇人在我的面前。我只能看见克里曼所看见的一切。

“对你这样的生活现状他会有什么想法呢？”我问她。“他会不会希望你再找一个爱人呢？对你一个人孤苦伶仃地生活了这么些年他会有什么想法呢？”接着我又补充说，“关于这些，他是怎么对你说的呢？”

“他从没提起这些。”

“对你如今生活在这里，在这个地方，他是怎么想的？”

“哦，我们根本不谈这种事情。”

“那么你们谈什么呢？”

“谈我看过的书，我们谈论书本。”

“就没别的了吗？”

“还有日常生活中发生的事。我把图书馆那件事告诉了他。”

“他怎么说？”

“他说的还是那几句话。他笑了笑，说道：‘你把这种事看得太顶真了。’”

“对你的脑瘤他说了些什么？”

“他叫我不要惊慌。他说虽然病情很恶劣，但我也不必惊慌。”

“你相信他说的吗？”

“我们交谈的时候，疼痛就会暂时离开我。”

“因为爱。”

“是的，绝对的。”

“你告诉了他在图书馆里发生的什么事呢？你还没有把发生的事全部告诉我呢。”

“哦，我在走廊上暴跳如雷，对着那些代表了现代文学的伟大里程碑的作家们的照片吹胡子瞪眼睛。我歇斯底里。我大呼小叫。有两个警卫赶忙冲过来，不一会儿我就被他们赶到了图书馆外的台阶上。他们一定以为我是个从大街上溜进来的疯女人。我自己也这么认为。一个发疯的、恶毒的女人，脑子里满是恶毒的念头。从那时起我就会啰哩啰嗦地讲个没完。如今还是这样。有时我甚至会叽里咕噜地自言自语一大通。你知道，那时我还不知道我的肿瘤又恶化了。我刚才跟你说过的。但它已经在我的大脑后面全面开花了，已把我弄得神经兮兮的。在我的一生中，只要我遇到不知该如何是好的事情，我就总能提示我自己说如果曼尼碰到这种情况会怎么处理呢？面对这么荒谬的事态，曼尼会怎么做呢？在我的一生中，他一直在我的前方为我引路。我爱上了一个伟大的男人。我的爱至死不渝。可是肿瘤接踵而来，我听不清他的话语了，因为喧闹声不绝于耳。”

“你听见许多噪音吗？”

“不是，我应该说‘乌云’的。是一团乌云，就在你的大脑里，有一大团雷云。”

“那些愚不可及的所谓政治路线正确的傻玩意都有些什么呀？”

她笑了起来，脸上顿时布满纤细的皱纹，再找不出一丝曾经美丽的痕迹——这张脸确实在笑，可是因为剃光了半边的脑袋上又新长出一层绒毛，再加上那道奇丑无比的刀疤，这样的笑简直比哭还难看。“你猜得着的。在展出里有格特鲁德·斯泰因[1]，却没有欧内斯特·海明威。有埃德娜·圣文森特·米蕾[2]，却没有威廉·卡洛斯·威廉斯[3]、华莱士·史蒂文斯[4]和罗伯特·洛威尔[5]。就是这种傻玩意。这种风气是从大学开始的，可现在已蔓延成燎原之势了。有理查德·怀特[6]、拉尔夫·艾利森[7]和托妮·莫里森[8]，却没有福克纳。”

“你是怎么大呼小叫的？”我问。

“我喊着‘E. I. 洛诺夫在哪里？你们怎么敢把 E. I. 洛诺夫给漏掉了！’我原本是想说‘你们怎么敢把威廉·福克纳给漏掉了！’可我脱口而出的却是曼尼的名字。我的发作吸引了很多人围观。”

“你是怎么发觉那里有肿瘤的呢？”

1 Gertrude Stein（1874—1946），美国著名作家，代表作有《三个女人》。
2 Edna St. Vincent Millay（1892—1950），美国著名剧作家兼诗人。
3 William Garlos Williams（1883—1963），美国著名诗人。
4 Wallace Stevens（1879—1955），美国著名诗人。
5 Robert Lowell（1917—1977），美国著名诗人。
6 Richard Wright（1908—1960），美国著名作家，代表作有《土生子》。
7 Ralph Ellison（1914—1994），美国著名作家，代表作有《隐形人》。
8 Toni Morrison（1931— ），美国著名作家，代表作有《宠儿》。

“我觉得头痛。头痛得非常厉害，甚至会呕吐起来。你会帮助我甩掉这个克里曼的，对吗？”

“我会尽力。”

“这事情又卷土重来了。我刚才说过这句话吗？”

“说过的，”我说。

“必须有人出来保护曼尼，挡住这个家伙的魔爪。无论他写出怎样的传记，那都将是代表了一个自卑的男人的夸大了的憎恨。尼采的预言变成了现实：艺术被憎恨消灭了。在我得知我得了肿瘤之前，他来拜访过我一次，就在我在图书馆出洋相之后不久。那时我已经是个唠哩唠叨的人了。我给他倒了杯茶，他的举止很是得体。在我得了肿瘤的情况下，我觉得他讲的曼尼的故事十分精彩。在我得了肿瘤的情况下，我觉得他是个单纯的文艺青年，一个哈佛毕业的热诚的小伙子，一心想要重建曼尼的文学地位。我的肿瘤觉得这个克里曼很迷人。”

“呃，你本该觉得那只小狗很迷人，而对克里曼来上一脚的。你知道诊断结果后有什么反应吗？”我问。

“我昏过去了。我只知道那天我把水壶放到灶台上，然后旋开了煤气，再醒来时我已经躺在了雷诺克斯山医院的抢救室里，看见有两个警察站在我的病床旁。大楼管理人闻到煤气味道，后来就在那里发现了我”——她指了指在我们身后的摆着浴缸的厨房——“我倒在地上，他们还以为我是想要自杀呢。这种想法叫我生气。一切都叫我生气。我曾经是个优雅、甜美的姑娘，不是吗？”

“我觉得你的举止非常优雅。”

“呃，但愿那两个警察也这么认为。”

自我在皮尔鲁吉等她以来，我还是头一次想到，走错饭店的人不是我，而是艾米。肿瘤的复发让她再次陷入神思恍惚——肿瘤的复发促使她形成了这么一种精神状态，那就是强迫自己在肿瘤的面前克制住惊恐。今天她已经两次跟我提起肿瘤的复发，感觉不像是因为她在白天得到了这个要命的消息而到了晚上还在反胃；她每次说起的时候就好像她不过是在说有一张支票还没能清账，因为她透支了她的账户。

我们默默地在那里坐了一会，然后她说道：“我留着他的鞋子。”

“我不懂你的意思。”

“我终于把他的衣物全部清理掉了，可我舍不得把他的鞋子丢掉。”

“它们摆在哪里？”

“在我卧室的壁橱里。”

“我可以看一下吗？”我这样问只是因为我觉得她希望我这样问。

“你真想看吗？”

"当然。"

卧室非常狭小，壁橱的门只能开一点点，不然就会碰到床的一侧。一根头上已磨损的绳子从壁橱里垂下来，她拉了一下，点亮了一只瓦数很低的灯泡。在挂在里面的十多件衣物里，我第一眼就注意到了那条被她从病号袍改制过来的裙子。然后，我在底下看见了一字排开的洛诺夫的鞋子。一共四双，都尖头朝外，都是黑色的，都已破旧。一个死人的四双皮鞋。

"它们摆得就跟他生前一模一样，"她告诉我说。

"你每天都要去看一看它们吗？"我问。

"每天早晨，每天晚上。有时次数更多。"

"看见它们摆在那里，你不会觉得怪吗？"

"一点也不觉得怪。还有什么能比他的皮鞋更让我觉得欣慰的呢？"

"他没有棕色的皮鞋吗？"我问。

"他从来不穿棕色皮鞋。"

"你穿过这些鞋子吗？"我问。"你把脚伸进过这些鞋子里去吗？"

"你怎么知道的？"

"我们都是凡人，都过着平凡的人生。"

"它们是我的宝贝，"她说。

“如果我是你，我也会珍藏的。”

“你要一双吗，内森？”

“你已经保存了很长时间，不应该放弃的。”

“我不会放弃。我是要让它们传承下去。如果我死于肿瘤，我不希望一切都成为泡影。”

“我认为你该保存它们。未来的事情谁也说不清。也许你还要在这里照看它们好多年呢。”

“这一次，内森，我很可能会死的。”

“你把这些鞋子都保存好了，艾米。为了他，把它们都好好地保存在原地。”

她拉了下绳子，关掉电灯，关上橱门。我们穿过厨房，回到了她的书斋。我感觉很是疲惫，就好像刚刚以最快的速度跑完了十英里。

“你记得你和克里曼谈了些什么吗？”我问她，现在可以问了，既然鞋子也看过了。“你记得在那次和他见面时你告诉了他什么吗？”

“我好像什么也没告诉他。”

“关于曼尼，关于你自己，你什么也没说吗？”

“我不知道。我不能确定。”

“你给过他什么东西没有？”

"怎么啦？他说了我给过他东西吗？"

"他说他有半部曼尼的小说手稿的影印件。他还说你答应过把余下的半部也给他。"

"我从来不会那么做的。我不可能那么做的。"

"肿瘤会不会使你那么做了呢？"

"哦，天哪。哦，上帝。哦，不要。"

桌上有几张零碎的纸头，她不安地拨弄起它们。"这些也是小说里的吗？"我问。

"不是。"

"小说在这里吗？"

"我把原稿放在波士顿的一个银行保管箱里了。这里有复印件的，是的。"

"他不能写这种主题的。"

她警觉起来。"你怎么知道的？"

"是你这么说的。"

"我说过吗？我不知道我做了什么。我不知道这是怎么回事。我希望没人来问我那本书的事情，我希望没人来打搅我。"接着，她看着手上的纸，愉快地笑了起来，说道："这是一封我写给《纽约时报》的了不起的信。我写得实在太出色了，他们永远都不会登在报上。哦，我不在乎。”

“你什么时候写的？”我问。

“几天前。上个礼拜。他们报上登了一篇讲海明威的文章。也许是在一年前。也许是五年前。我搞不清了。这篇文章就在这里的某个角落里。我把它剪了下来，后来有天晚上我把它翻出来，读完后觉得非常来气，所以就坐下来写了这封信。一个记者去了密歇根，为了找出海明威写的密歇根北部半岛的故事的真实原形。所以我写信过去告诉了他们我对这件事情是怎么看的。”

“作为写给报社的一封信，它似乎太长了些。”

“我写得比这还长呢。”

“我可以看一下吗？”我问她。

“哦，不过是一个疯老婆子的喋喋不休。除了废话还是废话。”她突然走到厨房里去打开了煤气灶，为了给我们弄点吃的，把我一个人留下来看她的信。信是用圆珠笔写的。起初我以为它一定不是在一夜间写成的，而是一点一点花了几天，或几周，或几个月的时间写的，因为即使在同一页上油墨的深浅也会变化许多次。接着我又想到那应该是在一天里写的——它毕竟是对也许是写在五年前的一篇文章的回应——油墨的浓淡不一恰恰证实了在写这封信时她的内心充满了困惑。然而，信里的句子还是前后连贯的，而且从信中表露出来的思想来看也根本不是她大脑里的废话中的废话[1]。

致编辑：

在过去，知识分子们把文学视为思想的手段。可这样的时代已经走到了尽头。在数十年的冷战期间，苏联及它的东欧附属国驱逐了许多写作严肃作品的作家，禁止他们发表作品；而现在，在美国，遭到驱逐的是文学本身，因为它反映出人们对生活的看法，其影响是十分严重的。如今，文学的主要功能是被使用在启人心智的文化类报纸上和大学的英语系里，在那种地方人们总是在争论不休，关于虚构文学的意义，关于文学可以给一个思想开放的读者带来多大的收获，而这种争论给文学带来的是破坏性的影响，以至于人们认为文学最好不要再具有任何大众的用途。

你们的报纸就是那种文化新闻类型的——你们报道得越多，情况就越糟糕。一旦你进入了这种文化新闻领域的理想化的简约模式与传记体的还原模式，文学的虚构本质也就失去了。你们的文化新闻不过是伪装成对“文艺”感兴趣的小道消息，而它报道的一切也都是有违于

1 原文是 the excrescence of her brain’s excrescence，“excrescence”除了废话外也有瘤的意思，所以也可理解为“瘤中之瘤”，在这里显然有双关的意思。

真实的。谁是名人，能赚多少钱，到哪里去找丑闻？这个作家有没有越矩的地方，不是出于文学审美上的必要，而是针对他或她的女儿、儿子、母亲、父亲、配偶、情人、朋友、出版商，或者宠物？你们根本不懂文学的想象力天生就是超越了规矩的，文化新闻永远只关心虚伪的仁义道德："作家有权利胡说八道吗？"数千年来，人们对文学可能侵犯到个人隐私这个话题高度敏感，可同时又疯狂地出版那些揭人隐私的非虚构类作品。只要讲到是小说，那些文艺新闻工作者对保护隐私的看法简直可以叫人大跌眼镜。

海明威早期的短篇小说将背景设定在密歇根北部半岛，于是你们的文化记者就赶去北半岛那里寻找一些据说是海明威小说人物的原型的当地人。令人怪之又怪的是，这些人或他们的后人都觉得自己被欧内斯特·海明威给利用了。这些无凭无据的、孩子气的或者是直接来自于想象的感觉，比海明威的小说本身更受到重视，因为你们的文化记者可以拿它来大做文章，而对小说本身他们却无话可说。从没人质问记者们得到的消息的可靠性，人们只是一味地追求作品的真实性。作家们长年累月在孤独中写作，在这份事业里投入了他或她的全部心血，为了一个简单的句子可以反复琢磨六十二遍，然而收获的却是对文学的极度无知无觉，对文学的全然不理解，对文学意义的漠视。在他们的眼里，作家精心构造的一切，煞费苦心写出来的一句句一段段，不是噱头就是谎言。作家们因此失去了文学动力。刻画现实的兴趣也因此降低到零点。作家们主要的写作动力总是来自于他们自身，而且一般都不会很大。

值得欣慰的是，事实证明这些作家们根本不像他们自己以为的那样比我们优越——他们其实还不如我们普通人呢。这些悲惨的天才们哪！

严肃的文学会尽量去回避解释与声明——那是为了启发人们去**思考**——这一点实在让你们这些文化记者头痛。在你们这些懒惰的记者眼中，只有假设的原始素材才值得重视，只有**那个**才是真正的小说。海明威早期的小说里呈现出来的独特的想象（在字里行间，想象变形为一个个短篇故事和美国式的散文）是不被你们文化记者理解的，而你们通过自己的写作将真诚的英语转变为废话。如果你对一个文化记者说："只允许你研究小说本身"，那他就会哑口无言的。有想象力吗？没有。有文学性吗？没有。所有精致的部分——甚至不那么精致的部分——全都消失不见了，只剩下这些因海明威的行为而觉得感情受到了伤害的人们。海明威有权利怎么怎么吗？任何一位作家有权利怎么怎么吗？在你们这种报纸对"艺术"尽心尽责的伪装下，是一帮江湖艺人在竭力摧残文化的野蛮行径。

如果我有斯大林那样的权力，我不会把它浪费在镇压富有想象力的作家身上。我会把那些对富有想象力的作家说三道四的家伙镇压掉。我会下令禁止在报纸、杂志和学术期刊上公开讨论文学。我会在全国范围内下令禁止在任何一所小学、中学、大学和学院里上文学辅导课。我会把书友会和互联网上的书评都宣布为非法，会让警察去监督书店以确保没有一个店员敢与顾客谈论书籍而且顾客之间也没人敢相互交流。我要让读者们与书本待在一起，让他们通过书本本身去了解书本的意义。为了给这个被你们的废话污染了的社会消毒，我必须把这项工作坚持好几百年。

艾米·贝莱特

如果我是个不认识艾米的人，读了这封信，我也许会在表面上接受她的观点，会带着些许同情地理解她的怒火，尽管我把自己排除在她所谓的“文化记者”的范围之外，因而从来也无需像她那样去思考去议论，那真是天大的幸事。在现在这样的情形下，我觉得这封信的焦点及我的兴趣所在集中于第二段里的几个句子，艾米在厨房里准备面包吐司、果酱和茶水的时候，我把这部分重读了一遍。“这个作家有没有越矩的地方，不是出于文学审美上的必要，而是针对他或她的女儿、儿子、母亲、父亲、配偶、情人、朋友、出版商，或者宠物？”“同父异母的姐姐”没有出现在这份越矩的名单上，是因为她还没有完全意识到是什么使她勃然大怒的，还是因为她非常清楚这一点，所以在行文里句句小心，以防“同父异母的姐姐”这个字眼在得了肿瘤的脑袋里不知不觉地溜出来呢?

我觉得她这封写给时报的信主要是因为理查德·克里曼的缘故。

她拿着一个装了食物的托盘从厨房里走出来，我说：“曼尼给你这么雄辩这么辛辣的句子打了几分呢? ”

“他没有给我打分。”

“为什么不打? ”

“因为它不是我写的。”

“那是谁写的? ”

“是他写的。”

“是吗? 可你刚才告诉我这是一个疯老婆子的喋喋不休呀。”

“我说的不太真实。”

“那么真实情况是怎样的呢? ”

“是他口述的。这些是他说的话。他说，‘阅读和写作的人们，我们完蛋了，我们是见证了文学时代没落的鬼魂——把我的话记下来。’我照他说的做了。”

我一直坐在那里听她讲话，直到午夜都过去了许久。我几乎一言不发，听她说了许多。我相信她说的大部分内容都是真实的，我也能够理解她的意思。就我的观察来看，她一点也没有故意要误导我的意思。只是因为她语速飞快地把过去的大量存货一下子倾倒了出来，使得她说出来的许多细节都彼此纠结在一起，所以你有时会觉得她完全被肿瘤控制住了。或者是因为肿瘤轻而易举地颠覆了通常由习俗和规矩建立起来的禁忌。或者是因为她已是一个病入膏肓、孤独绝望的女人，这么多年来从没有一个男人对她感兴趣，而此刻她又能陶醉在一个男人关心的目光里，这样的一个女人，在五十年前，与一个了不起的爱人共同生活了宝贵的四年，在她的眼里，作为一个作家和男人，这个男人的真诚就代表了他最为高贵的品质，而如今却因遭到“一个自卑者的不明原因的憎恨”的威胁而面临倒塌，这个人竟然还自诩为是她的爱人的传记作者。也许这如洪水爆发般的语言恰恰揭示出她承受的苦难太深太久，在没有他的世界里她已生活得太久了。

看着一个人的大脑思维一会儿兴奋一会儿消沉是很有意思的一桩事情。有时她会令人忧虑地沉默下来，在滔滔不绝了数小时后，她疲惫地望着我，目光里也许有我没能察觉出来的睿智，问道：“我曾经嫁给过你吗？”

我笑着说：“我想没有吧。不过，我曾这么想过。”

“想我们做夫妻吗？”

“是的，那时我还是个孩子，当我们在洛诺夫家初次见面的时候。我当时想要是能娶到你就太棒了。你是一道耐人寻味的风景。”

“是吗，真的吗？”

“真的，你看上去温柔贤淑、高贵典雅，不过你显然不是一个普通人。”

“我搞不懂我在干什么。”

“是指那时候吗？”

“那时，现在，永远如此。我没有想过和这个年纪比我大一大把的男人待在一起要冒多大的风险。可他让我无法抗拒。他是个了不起的人。我为赢得了他的爱而感到自豪。我是如何办到的？我很骄傲自己不怕他。而同时我又很担心：担心霍普会有所举动，担心我给霍普带来了很大的伤害。我一点也没想到我在他身上烙下了伤口。我本该嫁给你的。可霍普放弃了婚姻，随后我就和 E. I. 洛诺夫私奔了。我当时真太天真了，什么也不懂，以为我是在做一个女性的伟大而勇敢的冒险，我仿佛回到了我的少女时代，内森。事实是，我从来也没有告别过我的少女时代。我到死都是一个少女。”

她这么说是因为她和一个年龄可以做她老爸的人同居吗？是因为她活在他的影子里，永远都在崇拜地仰望着他吗？为什么这份痛苦的结合一定要粉碎掉她许多的幻想，为什么这种力量如此强大使她永远也无法摆脱自己依然是个少女的想法呢?“你的意思不是说你还是个孩子气的人,”我说。

“不是,你说对了。”

“那么,我就不明白了,你说自己还是个少女是什么意思呢?”

“我必须解释给你听,对吗?”

我在一九五六年时赋予她的传奇色彩接下来就将被真实取代,如果说那时我自己的想象[1]并不具有多少夸大的道德涵义,那么这种真实实际上与我创造出来的东西也没什么区别。那肯定是这样的,因为一切都发生在同样不幸的大陆里的同样不幸的一代人身上,因为他们都是同样不幸的优等民族之敌。将我对她的变形还原回来并不能抹去她的家庭也曾遭遇过与弗兰克家同样悲惨的无处藏身的命运。这是一场空前的大灾难,没有一个智者可以把它的方方面面全部复述出来,没有一种想象可以将它化为乌有,即使肿瘤也无法抹去对它的记忆,除非肿瘤夺去了她的生命。

我现在了解了艾米不是来自荷兰——我曾把她藏身于阿姆斯特丹大运河上的一个仓库的封闭的阁楼上,后来那里成为一座烈士陵园——而是来自挪威——来自挪威,来自瑞典,来自新英格兰,来自纽

1 指把艾米想象为安妮·弗兰克。

约——也就是说，在今天已没多大区别，就像任何一个不是出生于美国而是出生于欧洲的犹太孩子，在二战时奇迹般地死里逃生，尽管他们的青春年华因希特勒的崛起而蹉跎。这就是我接下来要了解到的痛苦的背景，而且这种痛苦会伴随着愤怒与怀疑在现实中一再出现。这样复杂的情绪只出现在听众身上。而讲述者本身却唯有冷漠。而且肯定也没有怀疑。她把不幸描述得越深刻，就越是表现出一种欺骗性的想当然。就好像这所有的失落永远都无法收拾。

“我的外婆是立陶宛人。而我父亲一边则来自波兰。”

“他们为什么会选择在奥斯陆定居，而不是别处呢？”

“我的外公外婆是准备从立陶宛到美国去的。他们到达奥斯陆后，我的外公被强制性地留了下来。是美国官员扣留了他，因为他没有证件。我妈妈和我舅舅是在奥斯陆出生的。我父亲以前在美国，可以说过着一种年轻人的冒险生涯。第一次世界大战爆发后，他计划回波兰去。他首先来到英国，可他不想回国去参军。所以他就在挪威留了下来。那是一九一五年的事。后来就遇见了我妈妈。本来挪威是不允许犹太人移民的，不过有一位非常知名的挪威作家为了犹太人的权利挺身而出，结果在一九〇五年犹太人移民获得了认可。我的父母在一九一五年成婚。我们兄妹一共五个人，四个兄弟，就我一个女孩子。”

“你的家人都没事吧？”我做了个乐观的假设，问道。“你的爸爸妈妈，还有你的四个兄弟？”

“我的爸爸妈妈和我的大哥哥都没能逃过此劫。”

于是我问：“怎么回事？”

“一九四〇年，德国人刚来的时候，他们没有采取任何行动。一切看上去都很正常。可是到了一九四二年的十月，他们把凡是超过十八岁的犹太人统统抓了起来。”

“是德国人还是挪威人干的？”

“德国人下的命令，可具体执行的是挪威的纳粹分子，是那些卖国贼。一天早上五点钟，他们冲进了我的家。我妈妈说：‘哦，我还以为是救护车来了呢。我刚给医生打了电话。我老公心脏病发作了。他现在正躺在床上。你们不能碰他的。’而我们小孩子都在哭。”

“是她编出来的吧？”我问。

“是的。我妈妈很聪明的。她反复哀求他们，他们终于同意说，我们十点钟再来看他走掉没有。于是她给医生打电话，我爸爸就给送进医院里去了。在医院里，他计划着要逃到瑞典去。可他担心一旦他们发现他逃掉了，就会来把我们抓起来。所以他等了将近一个月，然后有天早晨医院打电话给我们说医院里来了盖世太保。就是在电话里也听得见有人在嚎叫。我们就住在医院附近，于是我妈妈和我兄弟还有我就赶忙往医院跑。那时我十三岁。我爸爸躺在一张担架上。我们求他们别把他带走。”

“他病了吗？”

“没有。他没有病。病没病反正都是一回事。他们带走了他。那时是十一月份，我们回家去为他拿了暖和的衣物，就去了纳粹司令部。我们尽力向他们诉说，我们苦苦哀求，我们告诉他们他在生病，他只穿了一件医院的长衫，可无论说什么都无济于事。我们说那我们先回家去，明天再来，可他们说，‘你们不能回家，你们被捕了。’我妈妈说不行。我妈妈强硬地说，‘我们和别人一样都是挪威人，你们没理由逮捕我们。’她拼命和他们理论，过了会儿他们终于放我们回家了。外面天已经暗了。漆黑一片。我妈妈说我们不能回家，因为她肯定他们明天一早就会来家里抓我们的。

“于是我们就在黑暗的街道上徘徊，就在那时来了一场空袭。在空袭的混乱中，我的一个哥哥走散了。我的大哥，他刚结婚不久，就躲到他老婆家去了。这样就只剩下我妈妈、我的两个弟弟，还有我了。等到空袭结束，我对妈妈说，‘开花店的太太很喜欢我的。我知道她不支持纳粹的。’我妈妈说给她打电话。然后我们找到一个公用电话，我给她打电话说，‘我们能上您这儿来开个派对吗？’她明白了我的意思，她说好的。‘来的路上尽量小心，’她说。就这样我们去了她家，她收留了我们。可是我们不能在地板上随意地走动——我们都必须挤成一团坐在沙发上。她和走道对面的那家邻居很要好，第二天早晨她去看他们。那家人家和抵抗组织有联系。他们是非犹太挪威人，男主人是出租车司机，他告诉我们他们要把所有的犹太人都集中到一个地方，然后再带他们逃出去。那天晚上他和另外两个人来了，他们带走了我的两个弟弟，分别是十一岁和十二岁。他们说其余的人必须等。他们也会来接我们的。其余的人就是我妈妈和我了。可等他们再来的时候，他们说他们一次只能带走一个人。我对妈妈说，‘如果我走了，你会来找我吗?’‘绝对会的，’她说。‘我永远都不会叫你失望的。’我后来才知道就在那天晚上，有几个持枪的男人来把她接上了一辆出租车。他们是抵抗组织成员，正准备离开奥斯陆。他们一路上又接走了一个女人和一个男孩子，那是一对母子，我妈妈知道这个女人的名字。奥斯陆是个小地方。大多数的犹太人都相互认识。总之，他们开车离开了奥斯陆，此后我就再也没看见过他们。同时，他们带我上了一辆火车。火车上有一个戴着卐字臂章的纳粹军官。他们告诉我等他下车的时候，他会朝我眨一下眼睛，我就跟在他后面下车。我肯定这是个陷阱。他在靠近瑞典边境的地方下了车，我跟着下了车，然后他把我交到另一个男人的手上。我们开始穿越一片树林。我们不停地走。这个带我走的家伙认识树上的记号。我们走了很长的一段路，总有五六英里。我们朝着瑞典走，穿过树林，来到了一片田野。那个在空袭的那天夜里走散的哥哥——来接我的正是他——他原以为再也见不到家人了。后来我的两个小弟弟来了，在他们之后是我。不过到此为止了。我们等着妈妈和我那位已婚的大哥，可他们再也没有来和我们会合。”

等她说完，我说道：“现在我明白了。”

“请告诉我，你明白什么啦？”

“对大多数人来说，说我一辈子都停留在少年时代是意味着我保持着童真的天性，意味着在我的眼里一切都很美好。而对你，说我一辈子都停留在少年时代则意味着我活在这个悲惨的故事里——一辈子都沉浸在这个悲惨的故事里。这意味着在我小时候经历了太多的苦难，不论我如何努力，我都将永远活在它的阴影里。”

“多多少少是的，”她回答。

等我回到宾馆已经很晚了，我立马开始工作。我要把我能够记得起来的艾米对我说的话都记录下来，关于她从占领国挪威逃亡到中立国瑞典，关于她和洛诺夫同居的那几年，关于他未能完成的小说，关于他们先是住在剑桥，后来去了奥斯陆，再后来又回到剑桥，那里也成为了他生命的终点。如果在三四年前，我就能连着好几天把她那大段的独白都记在脑子里——自打小时候起我就有很强的记忆力，而且由于职业的关系，我有把所有零零碎碎的小事都记录下来的习惯，这样就使我的记忆力更为锦上添花。可如今，我离开艾米还不到一个小时，就不得不耐心地等待我的记忆，为了最好地将她吐露给我的一切串联起来。一开始，这是一场苦斗，我总觉得孤立无援，总在想我为什么还要坚持这件我显然已经力不从心的事情。然而，她的故事和她的困厄大大地刺激了我，而且我早已习惯于写作而无法自拔，我无法抵御引领着我的思想的那股力量，而正是我的思想使得我成为我自己。到凌晨三点，我已经填满了十五页宾馆里的信纸，正反两面都写满字。我全力以赴回想出艾米的磨难，一边写还一边想，这些故事中有哪一些她告诉过克里曼，而他又会对它们进行怎样的完全是出于他自己意图的加工，他将如何混淆、如何歪曲、如何误导、如何误解它们，想着在他利用她颠倒黑白、将一切都搞糟之前，我该怎么做才能把她从他的魔爪里解救出来。我还在想着其中有哪些故事是被她自己加工、混淆、歪曲、误导、误解过。

"他开始用一种完全不是他自己的风格写作，"她曾这么告诉过我。"以前，他把能省略的文字尽量省略掉。而现在，他把能增加的文字尽量加进去。他认为，以前那种简洁的风格成为了他的绊脚石，然而他又很讨厌他现在的写作风格。他说，'这样写很无聊。简直长得漫无边际。既没有风格，也没有结构。'我说，'这种东西你不能强求的。到时候它自己会成形的。'‘什么时候？等我要死的时候吗？'他的口气如此苦涩，又如此刻薄——他完全变了，不论是作为一个作家还是作为一个男人。可他必须赋予他剧变的生活以某些意义，于是他开始写小说，一连几个礼拜都埋头苦干，然后说：‘我永远也不能让它出版。没有人想看我写的这种东西。即使没有它，我的孩子也已经够恨我的了。'我一直都很明白，他后悔和我私奔。因为我，霍普把他赶出门去。因为我，他的孩子和他形同陌路。我根本就不该留下来的。然而眼看着我长久以来的愿望终于实现了，你叫我怎么割舍得下？他甚至叫我走。可我不能。他一个人是怎么也活不下去的。不过他还是没能逃脱死神的怀抱。"

在我走到门口准备告辞的时候，艾米对我发出了恳求，这就是那天晚上的高潮部分。在此之前，我问她要了一个信封，一个寄信的信封。我把身上所有的现钞都塞了进去，只留下了回宾馆所需的出租车钱。我想这种方式对她来说比较容易接受一点。我把信封递给她，说道："拿着。过几天我再给你寄一张支票。你拿去兑现就好了。"我在信封的正面写下了我在伯克希尔山的地址和电话号码。"我不知道该拿克里曼怎么办，可我能在经济上帮助你，我也很愿意这么做。曼尼·洛诺夫在我还只是个出过几篇短篇小说的无名小卒的时候待我不薄。那封欢迎我去他家的邀请信要比这信封里的东西有价值一千倍。”

我并没有遭到料想中的拒绝，她只是伸出手来，把信封接了过去，然后，她终于忍不住流出了眼泪。“内森，”她说，“你就不能为洛诺夫写传记吗？”

“哦，艾米，我会无从着手的。我是个写小说的，不是写传记的料。”

“难道那个糟糕透顶的克里曼就是写传记的料吗？他只是个滥竽充数的。他会把所有人和所有事都糟蹋完的，他会用捏造来取代事实。他想要毁掉曼尼为人正直的名声——他甚至意图也不在此。他就是想那么干——暴露作家的隐私，让公众来对其指责。用写实的风格虚构出他的每一件罪行。破坏别人的名誉就是这些无名鼠辈们争名逐利的手段。做人的价值、义务、操守和准则其实只是一种掩护，只是隐藏住底层的淤泥的一种伪装。是不是因为罪行具有巨大无比的力量才使得我们对它如此着迷呢？是不是血肉之躯的人注定有某种虚伪呢？哦，内森，我得了该死的肿瘤，所以我的判断力发生了问题。我以为他是个好人，即使说是因为肿瘤也无法原谅我对他的轻信。如今我无法摆脱他了。曼尼也摆脱不了他了。曾经在 E. I. 洛诺夫的世界里存在着的自由与奇特的想象将一去不返——一切都会被摆在乱伦的聚光灯下接受审查。他会带着这种偏见去处理曼尼的每一本书、他写下的每一个了不起的字，那样就没人会对真实的曼尼有丝毫的了解，不会了解他的写作有多么辛苦，有多么一丝不苟，不会了解他的追求与抱负。他会把一个正直、负责、对自己的错具有高度反省意识的作家，除了呕心沥血创造出不朽的作品外别无所求的一个作家，塑造成一个卑鄙小人。那就将是曼尼在这个世界上获得的全部成就——人们唯一能够记住的将是罩在他身上的这块破烂！他将遭人唾弃！因为那个，一切都将被摧毁！”

“那个”，是指乱伦。

“要我再多待一会吗？”我问。“我可以再和你谈谈吗？”然后，我们回到了她的书房。她在书桌前坐下，随即说出一句让我瞠目结舌的话——如今她不会为此再流一滴眼泪了——“曼尼和他的姐姐确实有乱伦的恋情。”

“持续了多久？”

“三年。”

“他们是如何隐瞒住三年的？”

“我不知道。也许是情人的狡猾吧。也许是运气。隐瞒恋情与偷情同样刺激。这样的恋情里没有丝毫折磨的成分。我也爱上了他——她为什么不可以呢？我是他的学生，年龄比他小一半还多——他接受了我。所以，他也接受了她。”

原来这就是他的小说主题，因为那是个不可以写出来的禁忌，所以他会说永远也不能让它出版。自从他与霍普结婚以来，艾米告诉我说，他从没对任何人提起过他有一个姐姐，对他们之间那段不合法的青春期的私情更是只字不提。在他家的一个朋友发觉了他们的私情后，这个丑闻就在罗克斯伯里[1]一带传开了。弗里达被他们的父母带到更道德更纯洁也更荒凉的犹太复国运动下的巴勒斯坦去开始新生活。曼尼被认为是有罪的一方，人们谴责他是个魔鬼，勾引了他的姐姐，给家族蒙上了耻辱。于是他被这个家清除在外了——在十七岁的年纪便被一个人留在波士顿自谋出路。如果他维持与霍普的婚姻生活，他就会一直写他那出色的、简洁的短篇小说，永远也不会去和暴露隐秘的耻辱沾边。“不过，当他因和一个年轻的姑娘同居而再次遭到家庭的唾弃时，”艾米解释说，“当混乱再次打乱曼尼的生活准则时，他的一切都破灭了。他一个人被遗弃在波士顿时才十七岁，身无分文，一个被诅咒的人。然而，尽管这样的遗弃极其冷酷，他还是坚强地活了下来，并通过努力证明了自己不是一个该遭受诅咒的人。可第二次，是他自己放弃了他的家人，而他已是年过半百之人，想要从头再来已不可能。”

1 波士顿近郊一地名。

"得了，这些是他写下来的他十七岁时的情形，"我对她说，"而不是他亲口告诉你的他十七岁时的情形。"

我的断言令她慌了起来。"我为什么要对你撒谎呢？"

"我只是怀疑你陷入了困惑的陷阱。你是在告诉我他亲口告诉了你这些，并且在他开始写那本书之前你就知道了，是吗？"

"在那本书开始要把他逼疯的时候我才知道的。不对，我以前从来也不知道。在他的生活圈子里也没有一个人知道。"

"那么，我就不明白了，他为什么要告诉你，他为什么不这么对你说，'它要把我逼疯，是因为我无法很好地理解它。它要把我逼疯，是因为我强迫自己去想象我无法想象的东西。'他想要胜任一件他无法完成的任务。他想象的并不是他实际做下的事，而是他永远也不可能做的事。这样的作家并非只有他一个。"

"我知道他对我说了些什么，内森。"

"真的吗？把当时的情形向我描述一下，曼尼是怎么告诉你他正在写一本书，一本与他此前写的书都迥然有别的书，因为这书直接来自于他的亲身经历。为了我，请你回忆一下他说这话的时间与地点。回忆一下他说的原话。"

"这些都差不多是一百年前的事了。我怎么可能还回忆得起来呀？"

“可如果这是他最大的秘密，如果它纠缠在他的脑海里如此之久——或者甚至可以说是压抑了如此之久——那么他对这件事的陈述就会像拉斯柯尔尼科夫对索尼娅所做的坦白[1]。在那么多年的守口如瓶之后，他的坦白一定是令人难忘的。请告诉我，告诉我他的坦白是怎么个样子的。”

“你为什么要这么逼迫我？”

“艾米，没人逼迫你的，我肯定不会逼迫你。你听我说，”我特意选择了在洛诺夫的那张安乐椅上（搞什么！你在这里吗？）坐下来，对她说。“曼尼写的那个乱伦的故事并非来源于他的亲身经历。那是不可能的。这个故事来自于纳撒尼尔·霍桑的经历。”

“什么？”她大声喊道，就好像是在睡梦中被我惊醒了。“我是不是听错啦？谁在说什么霍桑？”

“是我说的。而且有充分的理由。”

“你彻底把我搞糊涂了。”

“我不是故意的。听我说。你不会搞糊涂的。我是要把一切都为你梳理清楚。”

“哦，我的肿瘤会喜欢听的。”

1 参见陀思妥耶夫斯基的长篇小说《罪与罚》。

“听着，拜托了，”我说。“我不能为曼尼写传记，可我能为那本书写传记。你也能。那就是我们接下来要干的。你知道一个作家的脑袋有多么复杂。他会调动一切因素。他会把一切都来个改造变形。这本书是如何产生的再清晰不过了：曼尼对一些作家的生平耳熟能详，尤其是新英格兰地区的作家，因为他和霍普在那里生活了三十多年。如果他早个一百年在伯克希尔山出生的话，霍桑和梅尔维尔就会是他的邻居。他是读着他们写的书长大的。他常常读他们之间的书信，对其中的一些部分熟记在心。他当然知道梅尔维尔是怎么说他的好友霍桑的。他说霍桑隐瞒了一个‘天大的秘密’。他也知道那些离经叛道的学者们从这句话、从霍桑的家人或朋友口中听到的其他话、从霍桑本人的三缄其口中牵强附会出多少意思。曼尼知道针对霍桑和他姐姐伊丽莎白所作的那个狡诈的、无法证实的学术性推论，于是，为了编织出一个不可能发生在他自己身上的故事——为了要体验一种全新的、令人惊愕的激情，这激情改造了他，正如你所说的，把他变成为一个与过去的他完全不同的人——他把人们推测的发生在霍桑和他那位美丽动人的姐姐之间的故事占为了己有。对这位不会写任何形式的自传的作家来说——他具有将事物变形的天赋——这样的选择几乎是命中注定的。这个故事不但能帮助他表现出他那进退维谷的困境，还能回避掉他个人的问题。对他而言，小说从来也不代表着复述事实。它是在叙述的形式下的一种沉思。他是这样想的，我要把这个故事变幻为我的真实。”与此同时，我的想法其实也和他如出一辙：我要把这个故事变幻为我的真实，这个关于艾米、关于克里曼、关于所有人的故事。我就这样口若悬河地又说了一个多小时，雄辩地证明了我的逻辑，直到最后连我自己都相信了我说的这一套。

第四章

我的大脑

他：为什么像你这样的一个女人会在二十四五岁的时候才结婚？在我的时代，一个女人在二十四岁或二十五岁——甚至二十二岁——的时候就有了孩子是理所当然的事。可如今……告诉我……我对你们这一代一点也不了解。我见少识寡啊。

她：好吧，除了那些显而易见的理由，比如我遇见了一个让我心仪的男士，他也疯狂地爱上了我，他是……反正除了这些明显的理由，如果要说和你认为的完全相反的理由的话，那是因为在我这个时代没人会这么做的。如果你在我这个岁数时大家都这么做的话，那我就将是我大学班级里的唯一一个，我学友们中唯一一个念完哈佛后搬去纽约，（笑了起来）唯一一个在二十五岁才结婚的人。我们俩走到一起似乎是一种荒唐的冒险行为。

他：（不太相信她说的）是真的吗？

她：真的。（又笑了起来）我为什么要撒谎呢？

他：对你的结婚，你的朋友们是怎么看的呢？

她：他们……没人觉得吃惊。大家都觉得开心。可我是第一个这么做的。我就是敢冒险成家。我喜欢做第一名。

他：可你还没有孩子。

她：是的，还没有。反正，现在不要。我想，我们俩都同意等到事业上更稳定一点后再要孩子。

他：写作的事业。

她：是的，是的。那也正是我们要北上的部分理由。我们需要坚持不懈地写下去。

他：这里为什么不行呢？

她：我们不要在这个地方写作，不要被局限在一个闹市的公寓里，走到哪儿都能撞上彼此，走到哪儿都能遇见我们的朋友。我最近感觉很是紧张，简直坐立不安。我无法写作。我什么也干不成。所以我觉得只要我们能摆脱这个困境，我就会更有作为的。

他：可你为什么选择和这个小伙子结婚呢？他是你遇见的最有趣的人吗？你说你想要冒险。我碰见过他。我也喜欢他，就在刚刚过去的二十四小时里他还对我表现出无微不至的关怀，可我认为嫁给克里曼才算是个冒险。他是你大学时的情人——对吗？

她：我不可能嫁给理查德·克里曼的。他是个精力旺盛的人。他更适合别的领域。我为什么选比利？因为他聪明，他有趣，我们可以一口气交谈好几个小时，他不会让我觉得无聊。他是个好人，而人们一般总认为好人都比较枯燥。当然，我知道他也有不少欠缺：他缺乏热情，他不是一颗燃烧弹[1]。可谁想要和一颗燃烧弹结婚呢？他很有绅士风度，他很可爱，他还仰慕我。他绝对地仰慕我。

他： 那你仰慕他吗？

她： 我非常爱他。可那与他对我的崇拜是不同的。只因为我想，他就搬到马萨诸塞来住了一年。他自己并不想来。如果换成我，我可能不会为他这么做的。

他： 可你有钱呀。他当然会为你这么做啰。你们俩的生活开销是靠你的钱的，不是吗？

她： (被他的率直吃了一惊)你为什么会想到这个？

他： 呃，你在《纽约客》上发表过一篇小说，而他迄今为止未在任何商业杂志上发表过作品。你们的房钱是谁埋单的？是你家。

她： 好吧，可现在那就是我的钱。它虽然来源于我家，但现在就是我的钱。

他： 所以他是靠你的钱生活的。

1　原文是 fireball，在口语中指干劲十足的人。

她：你是在说那就是他会和我一起搬来马萨诸塞的理由吗？

他：不是，不是。我是说他受惠于你这一点是极其重要的。

她：也许吧。

他：你不觉得这样的形势对你相当有利吗，因为你有钱而他没有？

她：我想，是的。有许多男人会觉得这样很不爽。

他：也有许多男人会觉得这样很爽。

她：是的，许多男人愿意这样。（笑）这两种人他都不是。

他：你有很多钱吗？

她：钱不成问题。

他：幸运的姑娘。

她：（几乎是在惊叹，就好像她每次想到这点都会觉得诧异）是的，非常幸运。

他：是靠石油赚来的钱吗？

她：是的。

他：你父亲是小布什的父亲的朋友吗？

她：不是朋友。老布什要比我爸爸年龄大一点。他们之间有生意往来。（加重语气）他们不是朋友关系。

他：他们投他的票。

她：（笑）如果只有布什的朋友投他的票，那我们的日子就会好过多了。不是吗？还是那个世界。相同的世界。我爸爸——和我（她坦言），我想——也有小布什和他爸爸那样的利益关系。不过他们不是朋友关系——至少我不那么认为。

他：他们不一起参加社交活动吗？

她：有些派对他们俩都参加的。

他：是乡村俱乐部吗？

她：是啊。休斯顿乡村俱乐部。

他：那是个贵族专用的俱乐部吗？

她：是的。十九世纪的贵族老爷。老一辈休斯顿人。许多成年礼舞会都在那儿举行。参加舞会的姑娘们还要举行大游行。那时你眼前就会出现一片雪白的漩涡。其余的人则在那里跳舞、喝酒、呕吐。

他：在你还是小姑娘的时候，你会去那个乡村俱乐部游泳吗？

她：夏天里，我几乎每天都在那儿游泳、打网球，除了不营业的周一。有一个澳大利亚的职业网球手在那儿教我和我的一个朋友打球，他上课时我们帮他捡球。那时我十四岁。我的朋友比我大两岁，穿着也比我时髦得多，她还和那个教练睡觉。那个教练的助手是俱乐部里某个会员的儿子，人长得很可爱。他是杜兰大学[1]网球队的队长。

1　该大学位于美国南部路易斯安那州的新奥尔良市。

我虽然没和他睡觉，但除此之外几乎什么都干了。他是条冷鱼[1]。我没觉得享受。青春期的性爱实在糟糕。你根本不懂，你不过是想试试看自己是否能行，而你一点也不觉得那是种享受。有一次，他那玩意在我的喉咙里戳得太深了些，我呕吐起来，还算运气，我吐了他一身，

他： 那时你还是个小姑娘。

她： 四十年代的姑娘们不会像这样吧？

他： 完全不同。在我的中学时代，露意莎·梅·奥尔科特[2]是个闭门不出的大家闺秀。你会在外面胡闹吗？你参加过成年礼舞会吗？

她： 哦，你是在探究我那肮脏的秘密。（坦诚地大笑）是的，是的，是的。我参加了。太糟了。我对它厌恶透了。我妈妈对这事可热心了。为此我们争执不断。在整个高中阶段，我们一直口角不断。不过我还是为她去参加了。（此时她的笑声更为柔和——她的笑容真可谓变化万千，那也表明她在骨子里是个安逸之人）她为此很是感激我。真的。也许我这么做是对的。在我去上大学的头一年，我那出生在萨凡纳[3]的妈妈对我说："要和那些东部的女孩子好好相处，杰米·哈里。"

他： 你在哈佛的时候和其他参加成年礼舞会的姑娘们交朋友

1 冷鱼是指性情冷漠的人。

2 Louisa May Alcott（1832—1888），美国著名的女作家，代表作为《小妇人》。

3 美国佐治亚州东南部一城市。

了吗?

她：在哈佛，我们大家都把对成年礼舞会的热情隐藏起来。

他：是吗?

她：是的。我们不谈论它。我们把这个肮脏的秘密埋在自己的心里。(他们俩一起笑了起来)

他：那么，你是和哈佛里的有钱姑娘交朋友啰?

她：和她们中的有些人。

他：怎么样?是什么样的情形呢?

她：你想知道些什么?

他：我什么也不知道。我们的时代不同，上的大学也不同。

她：老实说，我不知道该说些什么。她们是我的朋友。

他：她们是否像比利那样——有趣，从不让你觉得厌烦呢?

她：不是。她们都很漂亮，很会穿着打扮，很有优越感。她们，不，我们就是这么认为的。

他：对谁而言有优越感呢?

她：对那些披头散发、衣着随便、理科学得很好的来自威斯康星的姑娘们。(笑)

他：你哪一门学科学得出色呢?你想要成为一个作家的想法是从哪儿来的?

她：我很早就这么想了。我觉得我在高中的时候就有这个想法了。此后就一直努力向那个方向发展。

他：你很擅长写作吗？

她：我希望如此。我总觉得我是有那方面的才能的。只是我的幸运日还未降临。

他：你在《纽约客》上发表过小说呀。

她：那是桩了不起的事。我以为我从此可以一鼓作气攀登高峰了，可没想到——（用一只手比划出一根抛物线）噗——……

他：那是多久以前的事情？

她：是五年前。那时我真是快活。我结了婚。我在《纽约客》上发表了我的第一篇小说。可随即我就失去了自信，我的思想没办法集中。你知道，集中注意力就是一切，或者说是关键所在。我觉得很是绝望，那就更加剧了我的问题，使我更加不自信起来。我觉得自己离一个可以有所作为的人渐行渐远了。

他：所以你想和我谈谈。

她：你是怎么把这两个问题联系起来的？

他：也许你并不像你想的那样缺乏自信。你看上去不像是一个没有自信的人。

她：我和男人待在一起的时候是不会没有自信的。一般来说，我在和人打交道上是有自信的。我是对我的电脑越来越没有自信了。

他：等到你住进我家，面对周围那一大片的沼泽，凭窗远眺，只有高高的芦苇丛和盘旋的苍鹭与你为伴……

她：那正是我想要的一部分。在那里，我不会有男人，不会有那些男男女女，不会有派对，那样我就不会从人们的口中听到我所要的消息，我就不会那么疲惫不堪，满怀希望地[1]，我也不会那么紧张兮兮，满怀希望地，我的状态就不会那么糟糕了，满怀希望地，我想——

他："满怀希望地"，这种说法不对。

她：（她笑了起来。接着——令他吃惊地——她害羞地问道）有吗？是吗？

他：应该说"我希望"。也可以说"如果运气好"。在过去，在出身良好的姑娘被强行要求口交的时代之前，你从不会听到"满怀希望地"一词被如此错用。人们有时会用"in the hope of"来取代标准的说法"in hopes of"[2]，不过我在你这种岁数想成为作家的时候，对这种小小的不规范就已经忍无可忍了。

她：别这么做。你昨天也这么做过，不要再这么做了。

1 原文是 hopefully，意思是满怀希望，但在口语中作"希望如此"解，虽然有许多语言学家至今不认同这种用法，但在口语中已被广泛使用。

2 这两个词组都是"带着希望地"的意思，现在已没有标准和不标准之分。

他：我不过是在纠正一些英语用法上的小问题。

她：我知道。可是不要。如果你想谈，我们就该好好地谈。如果是我把写好的作品交给你，想要你看一下，那么你可以纠正我的英语。可我们现在是在谈话——不是在英语考试。如果我把这场谈话视作英语水平测试，那么我就不会这么畅所欲言了。所以，请不要这么做。（停顿）现在言归正传，我的想法是如果我在社交生活中缺乏自信，那么我就该去努力工作，通过它再去建立自信，满怀希望地。不要嘲笑我。

他：我笑是因为你，觉得比披头散发的威斯康星姑娘有优越感的你，也会有语法错误。而且还不愿意纠正错误。

她：因为我感兴趣的是我的思想，我不在乎你是否认同我或我的用词。

他：你认为，我为什么要对你这么做呢？

她：为了显摆**你的**优越感吗？

他：就用“满怀希望地”一词？那我实在太蠢了。

她：是的，（大笑）你实在太蠢了。

他：我觉得我怕你。

她：（长长的停顿）我有点怕你。

他：你是否想到过我也许会怕你？

她：没有，我没有想到你会怕我。我想到过你也许会喜欢我，也许会喜欢和我待在一起，但我从没想到你会怕我。

他：我真的怕你。

她：为什么？

他：你认为是为什么呢？你是个作家呀，满怀希望的作家。

她：（笑）你也是呀。（停顿）我只能想到因为我年轻，因为我是女的，因为我长得漂亮。可我不会永远年轻的，到人老珠黄的时候谁还会来在乎你是个女的呢，至于长相漂亮嘛——难道这一点真那么重要吗？不过也许还有我不知道的别的什么理由。你认为是为什么呢？

他：我实在想不出来。

她：如果你哪天想到了别的什么理由，请你一定要告诉我。如果你想来想去也还是那三条理由，那你就没必要告诉我了。可如果你想到其他理由，也许那对我是很有帮助的，所以请你务必要告诉我。

他：你洋溢着自信。你坐在这里双臂交叉摆在头上的姿势，用手把头发往上拢起来的姿势，让我明白了这种姿势也很美。这种姿势完美地展现出你的个性。你在微笑时也洋溢着自信。你的一举一动、你的玲珑曲线，无不洋溢着自信。你对自己的身体一定充满了自信。

她：是的。不过与沼泽和苍鹭为伴，我的身体是不会给我自信的。所以我必须在这里找到我的自信。（她把头翘了起来）

他：在你的头脑里，而不是在你的胸部。

她：是的。

他：你对自己的胸部有自信吗？

她：有。

他：你说给我听听。

她：关于我对胸部有自信的事吗？我知道我的身上有人家喜欢的东西，有能引起别人嫉妒的东西，有人家也希望有的东西。拥有自信就意味着有人需要你——那就是自信的意义。自信就是有人赞成你，有人对你很是欣赏，有人渴望能拥有你。如果你懂这些道理，那么你就会是个拥有自信的人。我知道与此相关的有——

他：你的胸部。

她：我的胸部。我对它很满意。

他：你真是个独特的人，杰米。在你身上很难找到别人的影子。

她：你明白了人家需要什么，你明白了人家被什么吸引，你给他们吸引他们的东西，你就会得到你要的东西。

他：那么，你觉得我被什么吸引呢？我需要什么呢？还是你根本不在乎吸引我呢？

她：哦，我非常愿意吸引你。我很崇拜你。你是个伟大的神秘人物，你知道。你是魅力的源泉。

他：为什么觉得我有魅力呢？

她：因为除了在你的窗外盘旋的苍鹭之外，没人知道你的任何事情。大家都这么想：只要你是个名人，别人就会知道你的一切。可是你的情况不同，你写的东西使你在某个特定的圈子里出了名，但你不是汤姆·克鲁斯。（笑）

他：汤姆·克鲁斯是谁呀？

她：他是个红得发紫的人，你简直搞不懂他是何方的神圣。那就是汤姆·克鲁斯。如果你日复一日沉迷于明星杂志上对那些名人的报道，虽说你其实并不了解他们的一切，可你会感觉自己很了解他们了。但没人会觉得自己了解了你的一切。

他：每当我的书出版了，人家就会以为他们了解了我的一切。

她：这样认为的人都是傻瓜。你是个有神秘感的人。

他：你想要吸引一个神秘的人。

她：是的。是的，我想要吸引你。那么什么东西能够吸引你呢？

他：你的胸部吸引我。

她：告诉我些我不知道的东西。

他：你整个的人都吸引我。

她：还有别的吗？

他：你的大脑。我知道你会以为我是按二〇〇四年的生存法则这么说的，可我的生活并不遵循那些法则。

她：那么，我的大脑是不是真的吸引你呢？

他：到目前为止是的。

她：还有别的吗？

他：你的美丽。你的迷人。你的优雅。你的直率。

她：好吧，我把这些都给你好了。

他：你把这些都给了比利。

她：是的。

他：你说比利仰慕你是什么意思？他是如何仰慕的？

她：我们去得克萨斯的时候，他想去我小时候玩过的地方看看。他想要在我四岁时保姆摇过我的秋千上坐一坐，他想要玩一玩我和保姆玩过的跷跷板。他让我带他去看我的学校，金凯德学校，那样他就能看见我们在那里搅拌黄油的三年级教室和用皮氏培养皿做科学实验的四年级教室。我还带他去了校图书馆，因为我是图书馆俱乐部的会员，那是专门为优等生设立的俱乐部。站在图书馆的窗口，他凝视着校园里一片葱翠的校舍，就好像一个浪漫派的大诗人看见了天上的彩虹。他一定要看看我们的大操场，四年级的运动会上我在那里参加了高跷竞走，那简直就像中世纪的庆典活动，紫色和金色的旗帜在四面八方迎风飘扬，我实在太激动了，离开起跑线没走了几步就摔了个嘴啃泥，尽管我在这个项目上非常拿手，原本是指望获取优胜的。他一定要开车从我在里弗奥克斯的家出发，沿着我上学的那条路开，那样他就能看见在司机开车送我去五英里外的金凯德的一路上可以看见的草坪、树木以及房舍。在休斯顿，他哪里也不去，光在我十五岁时常常散步的那条路上慢跑。比利永远都对这种事乐此不疲。我的那个自我就是吸引他的磁极。如果我梦见自己在做爱——每个人都会做这样的梦，不论男女——他就会嫉妒我的梦。如果我去了卫生间，他就会嫉妒卫生间。他嫉妒我的牙刷。他嫉妒我的发夹。他嫉妒我的内衣。他每条裤子的口袋里都放着我零零碎碎的内衣。我是在把他的衣服拿去洗衣房时才发现的。想知道更多吗，还是到此为止就可以了？

他：看来，仰慕不仅仅意味着他爱上了你，还意味着他爱上了你的生活。

她：是的，我的历史对他来说就是个奇迹。我整天听他在我耳边说那些疯狂的甜言蜜语。不论是我在穿衣服还是脱衣服的时候，我总是感觉自己站在一扇窗户后面，而他正把自己的脸紧紧地贴在窗户上。

他：曼妙的曲线当然比跷跷板更引人入胜啰。

她：当我置身在卧室里幽暗的光线下，他会对我的背影赞不绝口。当我穿着短裤在厨房间准备早餐的咖啡，他会跑过来从后面搂住我的胸，亲吻我的耳朵，一边还对我朗诵济慈的诗句："有的叹息表示是，有的表示不，/有的叹息表示我已无法忍受！/哦，我们该怎么办，是去还是留？/哦，摘下甘甜的苹果，让你我一同分享！"[1]

他：呃，能够吟诵出济慈写的情诗，看来，比利真是他那一代人里的珍稀动物。

她：是的。他确实是的。他对我引用过许多济慈的诗。

他：他引用过他写的书信吗？他引用过济慈的最后一封信吗？他写那封信时比你还年轻五岁，但已是病入膏肓。几个月之后，他就死掉了。"我有一种已成为习惯的感觉，觉得我的现实生活已经结束，"他在信里写道，"我是在过着一种幽灵般的生活。"

她：不，我不知道他的书信。至于说什么幽灵般的生活，我没听他说过这句。

他：告诉我，作为一个被疼爱的对象，你是如何找到力量来承受住这份爱妻崇拜的？

她：哦，（柔柔地微笑）我知道该如何处理的。

他：你身上具备了所有的性魅力，然而你还是觉得不安与绝望。

她：我们常常做爱。可是对一方来说是兴奋之源的性爱，对另一

1 引自英国著名浪漫派诗人济慈（1795—1821）的《分享夏娃的苹果》一诗。

方却并不总是那么回事。只有在开始的时候，双方的感受基本上相同。

他：你的话让我想起了过去。

她：你最后一次与女人发生情事是在什么时候？

他：在你参加成年礼的时候。

她：这么长时间没有和女人发生过关系你觉得难受吗？你真的这么长时间没有过性爱了吗？

他：是的。

她：难受吗？

他：从某种角度来说，一切都让我难受。

她：但那种事特别难受的。（他们的声音都轻了下去，有辆车在窗下经过，几乎听不清他们的话语）

他：那是让你觉得特别难受的事情之一。

她：干吗要这样？我知道你住在乡下，住在一个前不着村后不着店的地方，可那儿一定也……嗯，你说过附近有所大学的。我知道你的岁数，但那儿一定也有读过你的书、被你的书大为感动的女孩子。干吗要这样？干吗要放弃那个，干吗要放弃城市的生活？

他：是它们放弃了我。

她：什么意思？

他：就是这个意思。

她：我不明白。

他：你不会明白的。

她：如果你不告诉我，我当然明白不了。你曾经考虑过要改变一下放弃性爱的想法吗？

他：我正在改变。所以我还留在这儿。

她：呃……你过奖了。如果你确实是这么多年都没有过，那我觉得实在是荣幸之至。

他：杰米。杰米·洛根。杰米·哈里·洛根。你会说几国语言吗，杰米？

她：说不好。

他：你的英语说得很好。我喜欢你的得克萨斯口音。

她：（笑）我在念大学的时候还拼命想改掉我的得克萨斯口音呢。

他：是吗？

她：是的，真的。

他：我还以为你会充分利用这个优势呢。

她：这和我不愿意告诉任何人我参加过成年礼舞会是一个道理。和我不愿意告诉别人我和老小布什参加的是同一个乡村俱乐部也一样的。

他：可那毕竟是事实呀。

她：呃，我尽量隐瞒这样的事实。除非是出于嘲讽的目的。我刚去哈佛的时候真的是一口完美的“伙计们”[1]，可我很快就改掉了。

他：太糟了。

她：哦，我谁也不认识，而且我才十八岁。我刚到威格尔斯沃思[2]的时候，大家都看着我，我就说：“嗨，伙计们。”他们以为我是个最傻帽的阿乡。后来我就再也不这么说了。与那里的大多数新生比起来，我算是很天真的。与那些在曼哈顿上过大学预备班的孩子比起来，我**就是**个老土。他们让我觉得害怕。如果说我今天有得克萨斯口音，那是因为我今天有点神思恍惚。也许今天比平时更严重一点。每当我神思恍惚的时候，我的口音就会溜达出来。

他：你说话真的是滴水不漏。随便什么事你总有理由的。

她：是啊，我了解我自己。非常了解。我认为。

他：这是三联句式。我了解我自己。非常了解。我认为。

她：你知道谁喜欢这么说吗？康拉德。

他：三行联句。

她：是的。康拉德的三行联句。你注意过没有？（**她拿出压在玻璃**

1 原文是 y'all，即标准英语里的 you all，是南部方言的显著特征之一。
2 哈佛大学一新生宿舍。

茶几上一本杂志下面的平装书给他看）我搞到了这本《阴影线》。你上次提到这本书后，我就去巴恩斯-诺布尔书店[1]找，结果买到了。你对我背诵的句子几乎一字不差。你的记性真好。

他：只是对书本，只是对书本。你的结论下得太早了。

她：你听听。三行联句，富于戏剧性的三行联句。第三十五页，他刚刚被任命为船长，因而有点欣喜若狂。"我飘下了楼梯。我飘出了庄严的办公楼大门。我继续飘向前方。"第四十七页，他依然陶醉在欣喜中。"我想着我那条素昧平生的船。这实在让人开心，实在让人烦恼，也实在让人费尽心思。"第三十五页，描写大海。"这个广袤的世界既不接受任何感动，也不保留任何记忆，对生命的价值更是不屑一顾。"这本书里这样的句式比比皆是，尤其是在结尾的地方。第一百三十一页。"可我要告诉你，吉尔斯船长，我的感觉。我觉得我老了。我一定真是老了。"第一百三十页。"他宛如一个精致而可怖的稻草人，竖立在死亡之船的船尾楼上，吓走了来吃腐尸的海鸟。"第一百二十九页。"生活对他来说是一种恩惠——虽然活得朝不保夕、无比艰辛——他常常如此告诫自己。"第一百二十五页。"伯恩斯先生绞着双手，突然喊了起来。"接着，一："没有水手干活，先生，船怎么进港呢？"下

1　美国最大的一家连锁书店。

一段，二：“我无言以对。”下一段，三：“呃——大约在四十个小时后，这问题居然解决了。”接下来也全都是这种句式。同样在第一百二十五页。“我永远也不会忘记那最后一夜，那个黑沉沉、刮着风、星光闪烁的夜晚。我掌着舵。”这一段后面还有许多句子，接下来是第二段。第二段的开头就是，“我掌着舵……”

他：（一切都仿佛是在调情，也包括引用康拉德）完整地念给我听。

她：“我掌着舵，太疲倦了以致不能发愁，太疲倦了以致不能进行连贯的思考。我的心头时而涌起一阵辛酸的喜悦，时而又骤然下沉，因为我想到在黑暗的甲板的另一头，船艏楼里正挤满被热病击倒的船员——他们中的有些人已到了奄奄一息的地步。都是我的错。可现在没工夫去琢磨这种事。没工夫去后悔。我必须掌着舵。”如果你想，我可以再多读点给你听。（放下书）我喜欢读给你听。比利不喜欢听我读书。

他：掌舵。我必须掌舵。你还看过康拉德别的小说吗？

她：我过去常常看。看了不少。

他：你最喜欢哪一本呢？

她：你看过他写的《青春》吗？写得棒极了。

他：《台风》[1]如何？

1 《青春》和《台风》都是康拉德的短篇名作。

她：也很棒。

他：你在得克萨斯的时候，你和那些靠石油发财的百万富翁的女儿们穿着比基尼在乡村俱乐部里游泳的时候，也看书吗？

她：你怎么提起这档子事，你真有趣。

他：你是她们中唯一一个喜欢看书的人吗？

她：是的，你说对了。你知道，在我更年轻的时候，在我还是个小姑娘的时候，在某种程度上喜欢看书让我变得很可笑。有一次我被逮住了，我觉得那实在太尴尬了，就不再那么做了。我常常把书卷在《十七岁》[1]杂志里，那样就没人知道我在看什么书了。不过我克服了那种心理。被人逮到的尴尬要比看书本身来得有劲得多，所以我就不再那么做了。

他：你把什么样的书藏在《十七岁》里？

她：我是在十三岁时被人家逮到的，那时我把《查泰莱夫人的情人》[2]一书藏在《十七岁》里读。人家纷纷取笑我，可如果他们读过这本书，他们就会明白它要比《十七岁》这种杂志有趣得多。

他：你喜欢《查泰莱夫人的情人》吗？

1　美国的一本时尚类杂志。

2　英国作家戴·赫·劳伦斯（1885—1930）的长篇小说，由于其直露的性描写而长期遭禁。

她：我非常喜欢劳伦斯，但《查泰莱夫人的情人》不是我最喜欢的一本书。我不想让你失望，但在那个年龄段我实在是看不太懂。在我十五岁的时候，我看了《安娜·卡列尼娜》。后来，我还有幸把它重读了一遍。那时，我总是读那些我还理解不了的书。（笑）不过，那对我没有坏处。对了，这是个很好的问题，我在十四岁时看什么书呢？哈代。我看哈代的书。

他：哈代的哪些书？

她：我记得我看了《德伯家的苔丝》。我记得……还有一本叫什么来着？很有趣的那本。不是《无名的裘德》。究竟叫什么呢？

他：那本书里面是否有个红土商人？不会是《远离尘嚣》吧？

她：对呀，就是《远离尘嚣》。

他：还有一本书里也出现过这个红土商人。那本书叫什么来着？主角是个女的，是个悲剧的女性。哦，我的记忆力。（可是，她没有听到他的这句抱怨。她正热衷于回忆着她的十四岁。而且回忆起来不费吹灰之力）

她：是《呼啸山庄》。我喜欢《呼啸山庄》。读那本书的时候我年纪还要再小一点，大概十二三岁。我是在看了《简·爱》之后才知道那本书的。

他：真了不起。

她：（轻轻地打了个哈欠，感觉已与他很熟了）你是在给我面试工作吗？

他：是的，我是在给你面试工作。

她：什么工作？

他：这个工作就是离开仰慕你的丈夫，去和一个你能对着他大声朗读的男人一同生活。

她：呃——你一定是疯了。

他：是的，可那又怎么样呢？我疯狂地想要待在这里。我疯狂地想要待在纽约。我来纽约就是因为我疯了。我坐在这里和你说话也是因为我疯了。我昨天离不开你，今天也一样，所以我要面试你，要给你一份离开你的小丈夫、去和一个七十一岁的老头过一种幽灵般的生活的工作。让我们继续面试。跟我谈谈你的男人们。

她：（现在柔和下来，几乎处于一种神思恍惚的状态）你想知道些什么？

他：（尽量柔声细语地）我想要死于嫉妒。告诉我你拥有过的每一个男人。你已经告诉过我那个杜兰网球队的小伙子，你说在你十四岁的那年夏天这个家伙把他的鸡巴插到你的喉咙深处，然后你就吐了他一身。尽管这样的话题叫人难以消化，但我还想听更多。是啊，再多说点。把一切都告诉我。

她：好吧，先说说我的初恋。我的第一个情人。他是我的老师。高中老师。那是在我高二的时候。他当时二十四岁。他是个——他引诱了我。

他：你当时多大呢？

她：那是在三年后。我十七。

他：十四到十七之间没有内容要汇报吗？

她：有啊，不过都是些进一步的青春期的性灾难。

他：都是灾难吗？就没有一次觉得有劲吗？

她：有几次蛮有劲的。有一次，在庄严肃穆的休斯顿乡村俱乐部里，有个成年人撩起我的T恤衫亲了我的奶头，真有劲哦。我当时被吓得目瞪口呆。这件事我谁也没告诉。我等他回来，再来亲我。可他自己也一定吓坏了，因为我接下来见到他的时候，他表现得就好像我们之间啥也没发生过。他是我大姐的一个朋友。三十刚出头。而且，他刚与我姐姐的一个最漂亮的女友订了婚。我哭了个昏天黑地。我以为他不回来是因为我有什么地方不对头。

他：你那时多大？

她：那还要早一点。我十三。

他：接着说。说说你的那位老师。

她： 他是个完全我行我素的人。他不想吸引住任何人。（笑）不过那时，他不是高中学生。他是个成年人。所以对我来说，他很有些吸引力。

他： 对**你**而言，他是个岁数很大的人，对吧？告诉我，十七岁的姑娘感觉到的二十四岁的小伙子的那种老，是否比三十岁的女人感觉到七十一岁的老头的那种老更老呢？十三岁的姑娘感觉到的三十岁的男人的那种老，是否比三十岁的女人感觉到七十一岁的老头的那种老更老呢？我们早晚都要碰到此类问题的。

她： （**长长的停顿**）是的，我觉得那个老师很老很老。他是缅因人。缅因州对我来说简直是异国他乡。似乎很有异国情调的。他不是得克萨斯人，他也没有钱。所以他要做这个工作。他一直致力于教书工作。大学毕业后他已经参加过两年"为美国而教"[1]的活动。参加这种活动是没有一分钱进账的。

他： 什么叫"为美国而教"？

她： 哦，天哪，你**真是个**老古董。那是一项志愿者活动，内容是大学毕业生自愿地去美国最缺乏教育资源的学校服务两年，去教所谓

1　美国政府的一个教育组织，其性质类似于我国派遣教师志愿者去贫困地区帮助教育。

的“特权阶层以下的人”[1]——

他：“特权阶层以下的人”这个字眼叫你心烦了。

她：（开怀大笑）我不喜欢这个字眼。

他：为什么？

她：呃，这个字眼有什么意义呢？特权阶层以下的人。你要么是有特权的人，要么是没特权的人。如果你处在特权阶层以下，那就代表你没特权。特权这个词本身就已表示凌驾在贫穷之上了。我讨厌这个字眼。

他：你自己就是个很有特权的人。人家甚至可能认为你这个人特权过剩呢。

她：好吧。你这么说是为了惩罚我不是像露意莎·梅·奥尔科特那样的人吗？是为了惩罚我在十四岁的时候为一个年轻的网球手口交呢，还是在我十三岁的时候有个男人亲了我的奶头而让我觉得兴奋呢？

他：我不过是在问你是否是那个理由使你觉得这个字眼不正常。

她：我只是觉得这个用法是错的。错误的英语用法。就像“满怀

1 原文是 underprivileged，意思是下层人士，为了上下文的连贯，所以这么翻译。

希望地”。

他：你真是让我爱得死去活来。我对你又是爱来又是恨。

她：因为我告诉了你我的初恋吗？你想要爱我爱到死去活来吗？

他：是的。

她：这是个很好的开始。总之，那就是“为美国而教”的意思——一个类似于和平队[1]的国内组织。他参加了这项活动，这个年轻的理想主义者。不过他也需要还清一些大学里的贷款，而他又不想放弃教书，不想改行从事金融业，于是他选择了到休斯顿的一家贵族学校去教书，因为那里的收入相当可观。他在那里一门心思教书——与那里的社交圈子全无瓜葛。他对此不感兴趣。实际上，他对此还相当厌恶。在学校的停车场里，有学生开来上学用的宝马，有教职员工开的小汽车，本田之类的，还有一辆是他的车——一辆已经行驶了十二年的到处都是斑斑锈迹的车，挂着缅因州牌照，后门是靠拉一根绳子来关住的，因为把手已不知去向。如此彻底的特立独行，这样的人我以前从未碰到过。他对金凯德的等级制度毫不在乎。他是我的历史老师。我们班是学校里唯一一个有时事讨论小组的班级。

他：这段感情是怎么开始的呢？

1　1961 年在美国成立的一个旨在服务海外的志愿者组织。

她：怎么开始的？我每个礼拜都要去他的办公室聚会。他为我打开了一个我从来不知道其存在的思想世界。我一到他那里，我们就会起劲地谈个不停，久而久之我对他有了那种感觉，尽管此前的那些经历都叫我无比困惑——不管你知不知道，这种事在今天早已司空见惯了——我毕竟还是个女孩子，只是个女孩子，我还不懂那种感觉就是性意识。（莞尔一笑）可他懂的。这段往事太美妙了。开始就是这样的。

他：这段感情持续了多久？

她：整整一年。在我去上大学的时候，我们计划好了要同居在一起。可我们没能在一起，我当时真是伤心欲绝。大学的第一学期我简直是泡在泪水中度过的。可我已经不是十三岁的小丫头了。这次我靠自己的力量**走出了困境**。我和大学里的姑娘小伙们打成一片，我又重新建立起自信。我过得很快活。就这样，我去上了大学，他也不再给我回电，我过得很快活。

他：这个年轻的理想主义者肯定是又找到了一个十七岁的小姑娘。

她：你讨厌他，就像讨厌那个网球手一样。

他：要猜到这一点，对一个**从幼儿园到十二年级**[1]**都在金凯德上学**

1　相当于高中三年级。

的姑娘来说简直不费吹灰之力。

她： 一年后他给我写了封信，那时我终于已经把这件事抛在了脑后。他说他甩了我是为了我好，他说他当时觉得很困惑……不过，你也许是对的。

他： 我觉得我再也受不了这样的故事了。

她： 怎么啦？（浅浅地一笑）我不过才告诉了你一桩事情。

他： 你不过才告诉了我三桩事情，可我已经明白了故事大意。你在很小的时候就具备了性魅力。

她： 你吃惊了吗？

他： 没有，可我觉得苦恼极了。

她： 为什么？

他： 哦，杰米。

她： 你不想说吗？

他： 说什么？

她： 说你为什么会觉得苦恼。

他： 因为我疯狂地爱上了你。

她： 呃……我就是想听这句。

他： （停顿很长时间，他感觉到的更多是痛苦，而她感觉到的更多是新奇）那好。为了这份离开你的丈夫去和一个很老很老的老头子同居的工作而进行的面试到此结束。我会打你电话的。

她：真的吗?

他：我会打电话告诉你你的面试结果。

她：好。

他：你随时都能开始工作吗?

她：如果我得到这份工作，我就要看看我能否把我的生活安排好，那样我才能安心工作呀。然后**我**才会给**你**答复。

他：这不公平。我失去了权威。

她：你感觉怎么样?

他：我来的时候充满了权威感。可我走的时候一点权威感都没有了。

她：你感觉好吗?

他：过去以为自己对样样事情都非常了解的一个男人，现在却只剩下了一团困惑。我要走了。

她：你和我待在一起是不会有任何好处的。

他：对的。

她：我们的关系越是好，我们的情形就越糟糕。

他：是的，确实如此。

（他起身离开。屋外，站在公寓大楼的台阶上远眺着对面的教堂，他想起了什么：《还乡》，这就是那本里面有红土商人的哈代小说的名字。对于书本，他的记性很好吗？不对，他对书本的记性也不好。他到现在才刚刚想起那个悲惨的女主角的名字，过去他一直觉得这个名字很好听：尤苔莎·维尔。他没有移步走向大街，而是拼命地抑制住想要返回去揿她的门铃、想要告诉她那是《还乡》里的尤苔莎·维尔的念头，如果他再上楼去，他就又能单独和她待一会了。他们从来没接过吻，他从来没爱抚过她，什么也没有发生：这就是他的爱情的最后一幕。他的记性只有这一次让他失望了。在整个这段对话中，只有一次。不对，还有一次：在她问起他独居有多久了的时候。这个问题会不会是她上一次问的？或者会不会她根本就没问过这个问题？得了，她没必要对他的健忘有更深一步的了解，她已经了解得够多了。就算他们从来没接过吻，就算他从来没爱抚过她——又怎么了呢？他觉得难受吗？又怎么了呢？是他的爱情的最后一幕吗？随它去吧。别介意了。没工夫后悔的。）

第五章

莽撞的时刻

电话铃把我吵醒了。我是躺在床上不知不觉睡着的，衣服也没脱，旁边摆着那本我在里面划过很多线的《阴影线》。我猜着，“艾米、杰米、比利、罗布”——可偏偏在这张名单上把克里曼给漏掉了——他们都有可能找个理由往我宾馆打电话的。我在写字台前一直忙到将近凌晨五点，现在觉得自己像个头天晚上喝了太多酒而第二天感觉宿醉的人。我做了一个梦，我现在想起来了，是一个小小的迷梦，梦里尽是孩子气的胡思乱想。我梦见自己在给妈妈打电话。“老妈，能帮我个忙吗？”她嘲笑我的天真。“我的宝贝，我会为你做任何事。要我做什么，亲爱的？”她问。“我们可以乱伦吗？”“哦，内森，”她说，再次笑了起来。“我已是一具腐烂的尸体了。我躺在坟墓里呢。”“可我还是想和你做乱伦的事。你是我的妈妈，我独一无二的妈妈。”“我听你的，亲爱的。”然后她来到我的面前，她不是什么坟墓里的尸体。她的到来令我颤栗。她是一个苗条、美丽、活泼的二十三岁褐发姑娘，就如我父亲当年娶她的时候一样。她是一个轻盈的小姑娘，她的声音甜美柔和，没有一丝严厉，而我已经到了现在这种岁数——我才是那个该永远入土为安的人呢。她牵着我的手，仿佛我还是个天真无知、对未来满怀憧憬的小孩子，我们从墓地走到我的卧室，梦境终止于我的欲望登上巅峰，终止于一间有着光秃秃的大窗户的房间里放射出金光万丈。她说出最后一句激动人心的话语："我的心肝，我的宝贝——诞生！诞生！诞生！"还有哪一位母亲像她那般温柔慈祥呢？

"嗨，"克里曼说。"要我等在下面吗？""干吗？""吃午饭呀。""你在说什么呀？""是今天，就是今天中午。你说过今天中午可以和我一起吃午饭的。""我从没说过。""你肯定说了，祖克曼先生。你想要听我告诉你乔治·普林顿[1]的追悼会的事情。""乔治·普林顿死了吗？""是的，我们以前说起过的。""乔治真的死了吗？什么时候死的？""就在一年多前。""去世时他多大？""他七十六。他是在睡梦中心脏病发作而死的。""你以前什么时候告诉过我了？""在电话里告诉你的，"克里曼说。

1 George Plimpton (1927—2003)，美国著名记者、编辑、演员、作家，文艺杂志《巴黎评论》的创办人之一，以擅长描写体育赛事著称。

不消说，我不记得有过这样的电话。然而忘记这个电话似乎又是匪夷所思的——就像乔治的死一样匪夷所思。我是在二十世纪五十年代末遇见乔治·普林顿的，那时我刚从部队退役，直接去了纽约，靠每月七十块钱过日子，租了间在地下室的有两个房间的公寓，并开始在他新创办的文艺季刊上发表我在服役期间利用晚上的时间写的那些小说；此前这些小说遭到了我寄过去的每一家出版社的退稿。那时我二十四岁，乔治邀请我去吃午饭，为了让我见见《巴黎评论》的另外几位编辑，他们都是些接近三十或三十刚出头的小伙子，大多数人如他一样出身名门贵族，这样的家庭往往把他们的子女送去私立的大学预备学校，然后就去上哈佛，在战后不久的年代里，就像在战前的数十年里一样，哈佛代表了为社会培养精英人才的大本营。他们在那里彼此相识，如果之前他们在暑假里没有在纽波特、南安普敦、埃德加敦[1]的网球场或游艇俱乐部碰见过的话。我对他们的世界或者他们那久远的老祖宗的世界的认识，局限于我在芝加哥大学读书时读到过的亨利·詹姆斯[2]和伊迪丝·华顿[3]的小说，还有那些在大学里教授们要我们对其

1 纽波特：美国罗得岛州一海滨城市。南安普敦：美国宾夕法尼亚州一城市。埃德加敦：美国马萨诸塞州一城市。

2 Henry James（1843—1916），美国著名作家，代表作有《一位淑女的肖像》。

3 Edith Wharton（1862—1937），美国著名女作家，代表作有《纯真年代》。

心怀崇敬的书，诸如《天路历程》[1]或《失乐园》[2]，但我总觉得这些书与我们在美国的生活关系不大。在我遇见乔治和他的同事前，我对他们那种人长啥样说啥话全无概念，就像一个孩子在收音机里听到FDR[3]的讲话或在新闻片里看到他一样——对这么一个孩子来说，对这个上夜校的犹太足医的儿子来说，罗斯福并不代表什么阶级或地位，而只是一个特立独行的政治家，一个民主党的英雄，在美国的大多数犹太人，也包括我那个不断壮大的家族，都认为此人的出现是美国的一大幸事。乔治那种不可理喻的说话腔调在我看来似乎是一个有头有脸的人物的富有喜剧色彩的夸夸其谈，你甚至会荒谬地误认为他是一个缺乏教养、没有文化、粗鲁无礼的年轻人，说起话来一口那种富裕的新教徒阶层所特有的抑扬顿挫的英国腔，这个阶层在当年曾主宰过波士顿和纽约的社交界，而我自己的那些可怜的老祖宗们那时还在东欧的犹太人区里受着拉比[4]的统治呢。乔治看我的第一眼里就透露出优越感和优越感带来的无比恩惠——他似乎就是无所畏惧、一身清白、公正无私、十全十美、刚毅勇猛、坚忍不拔的化身，他身上呈现出

1 英国作家班扬（1628—1688）所写的一部著名的寓言小说。

2 英国诗人弥尔顿（1608—1674）所写的一部著名的史诗。

3 即富兰克林·德拉诺·罗斯福（1882—1945），美国第三十二任总统。

4 在犹太法律、仪式及传统方面受过训练的人，并被任命主持犹太教集会，尤指在犹太教堂中担任主要神职的人员。

一个饱学之士的风采，他可以轻而易举地就做到对任何人都开诚布公。如果不是我那个辛苦劳作的家庭对我苦口婆心的教诲，教诲我做人必须认清目标、坚持不懈，那我简直无法想象自己能够取得任何成绩；而乔治是个一生下来就明白了他这辈子只需自动服从命运安排就好了的人。

在他东七十二街的舒适的公寓里举办的派对上，我几乎遇见了生活在纽约的所有年轻作家，其中有些人已是功成名就。我垂涎三尺地盯住那些围着他转的流光溢彩的年轻姑娘们看，她们中有初入社交场的美国姑娘，有来自欧洲的模特儿，有《凡尔赛条约》签定后被迫举家迁往巴黎的公主们。在过去，我见过不少无足轻重的杂志编辑，我很能理解他们对写作爱恨交加的心情，因为写作是一份随时都可能触礁的艰难事业，因为对那些像我这样的人来说，写作的不易正是上帝折磨我们的把戏。那天下午，我还在位于第八大街上的破旧的斯蒂尔曼健身房里亲眼目睹了他那非凡的勇气，他竟然敢与当时的次重量级拳击世界冠军阿奇·摩尔拼死搏斗三个回合，他从这场比赛中得到的收获是一个出血的破鼻子和为《体育画报》写一份报导的素材。我也曾在位于中央公园南边的我的一个朋友家里做过客，二十世纪六十年代的乔治就是在那里头一次结婚的，有好几个夏天我与一百多号人一起坐在长岛水车镇的黑魆魆的大沙滩上，观看由乔治主持的一年一度的极其奢华的独立日[1]烟火表演，所以说他身上还保留着一个小伙子的冒险精神，即使在他怀着一颗游戏的、善良的、充满好奇的心在这个世界上争名逐利的时候；他做过记者和编辑，偶尔还去客串影视表演。那是在一年多之前（现在我可想起来了，这事就发生在他去世前的几个礼拜），乔治曾给我打来电话，在电话里他的口气非常一本正经，就好像他从来也不认识我，可同时因为他的天性，他又热乎得好像我们前天晚上刚在一起用过晚餐一般——那时我们至少也已经有十年没见过面了——他邀请我去纽约在《巴黎评论》的募捐晚会上发言。我之所以能够清楚地记得我们在电话里交谈的内容，不仅是因为我们在电话里聊得感觉良好，还因为它促使了我在接下来的数周里花了好几个晚上重温了那些他的"参与式新闻"[2]的名作——这些书通过记录下他作为一个踉踉跄跄的业余选手在和强大的职业选手对抗时所遭遇到的不幸和失败，向世人揭示出他那神秘而迷人的生活——和几本他写的短篇集，在书里他把自己描写为一个文雅、睿智、有文化、有贵族气质的绅士，正是这些品质使得熟识他的人们认为他是个人物，而不是一个只知道趺趺撞撞的小丑。

1　美国的独立日为每年的七月四日。

2　指普通大众主动地参加到新闻传播活动中去，在当今尤指通过网络直接参与新闻传播的方式。

你瞧，他的风度（他记录下曾带着九岁的女儿去看哈佛对耶鲁的橄榄球赛，带女诗人玛丽安·摩尔[1]去扬基体育馆[2]），他那抒情的文字（他为烟火表演写下热情洋溢的赞歌），他对长辈的尊敬（在他为他父亲写的悼词中可见一斑），这些都证实了他是一个优秀的散文作家，拥有一流的写作技巧，能够栩栩如生地描绘出赛场上的情形，而不是一个为了写体育故事而胡编乱造的蹩脚作家。在这些书里，他一再地重复自己在扮演着如同被献祭的童男一般的角色，反复提到了别人指手画脚地斥责他缺乏才华，他长篇累牍地描述了自己因为被人指责在从事着自己力所不逮的事业而体味到如受虐般的羞耻。他戏仿杜鲁门·卡波蒂[3]的风格，描写了自己是如何在社会上出人头地的，而卡波蒂则是戏仿了欧内斯特·海明威的风格；在猛烈抨击詹姆斯·芬尼莫尔·库柏[4]的文章里，他的那种疾风骤雨般的讽刺风格简直就和马克·吐温[5]如出一

1 Marianne Moore（1887—1972），美国现代派女诗人，1952年的普利策诗歌奖获得者。

2 位于纽约布朗克斯的一座历史悠久的体育馆。

3 Truman Capote（1924—1984），美国著名作家，代表作有《蒂凡尼早餐》和《冷血》。

4 James Fenimore Cooper（1789—1851），十九世纪美国著名作家，代表作有《最后一个莫希干人》。

5 Mark Twain（1835—1910），美国著名幽默作家，代表作有《哈克贝利·芬历险记》。

辙；的确，在观察他人的愚蠢行为而不是自己的愚蠢行为时，他的目光极其敏锐。是啊，我记得一年前的那天晚上，我们在电话里谈得甚欢，还有接下来重读他的著作所感到的愉悦，可我不记得克里曼来过电话要和我边吃午饭边聊乔治的死。

我也不相信乔治已经死了。“乔治还没有死”这个想法总是会固执地冒出来，再说他就这么死了，与他那对“形形色色的人生”充满永不枯竭的好奇心也不相符呀。乔治就是喜欢使用“形形色色的人生”这样的字眼，尤其是在他愉快地把自己想象成一只非洲的水鸟的时候，但凡看见什么有翅的、有爪的、有蹄的、有毛的、有鳞的、有皮的生物，这只水鸟都会毫不留情地将其攫入湍急的河流。克里曼的意思肯定不是指要和我谈谈乔治·普林顿的死，因为如果有人问我，“在你的同代人中谁会活得最长？在你的同代人中谁会长命百岁？在你的同代人中谁非但不会死，而且会用机智、精确、谦逊、迷人、困惑的文笔写出那不朽的成功，实现了永恒的生命的成功？”唯一可能的答案就是“乔治·普林顿”，就像《永别了，武器》[1]里和弗雷德里克·亨利打了一局台球的那个九十四岁的老伯爵。弗雷德里克在与他告别的时候

1 《永别了，武器》是海明威写的长篇小说，弗雷德里克·亨利是该小说的男主人公。

说道："我祝愿你能永远活下去，"而他的回答是："我会的。"乔治·普林顿自打一生下来就在朝着永远活下去的方向迈进。乔治对死亡毫无概念，就和，比如说，和汤姆·索亚[1]一样；他的这种想要永生的想法其实与他敢和那些最优秀的运动员较量一番是一样道理的。我担任纽约扬基队[2]的投球手，我参加底特律狮子队[3]的比赛，我在拳击场上与阿奇·摩尔搏斗，都是为了权威地记录下如何在比你优秀的人中间谋生，如何去摆脱随时准备着要毁掉你的一切强敌。

当然，在那些书里隐藏着更多潜在的东西。多年前的一个晚上，我和乔治在一起吃饭。餐桌上的他显得十分小心谨慎，而我则一直在思考着他那隐秘的写作动机。我觉得对社会阶层的关注最为深刻地激励了他去以独特的体育题材为主题进行创作，他在体育比赛中小心翼翼地冒险，其实就是将自己置身在一个剥夺了阶级优势的形势之中（除了他那上流社会的风度还依然故我，在这个完全陌生的世界里，如果说人们对他那良好的家庭出身并未表现出敌意，那他至少知道这种风度在这些人看来只会是一种不合时宜的笑料。）"Me"[4]是他自嘲的

1 马克·吐温的长篇小说《汤姆·索亚历险记》中的主人公。

2 美国纽约的一支职业棒球队。

3 美国底特律的一支职业橄榄球队。

4 我（I）的宾格形式。

第二个自我——即一个工薪阶层的记者——他卸下了因出身名门而无法回避的优越感的重负，他甘愿做一个手法老到的记者，他干这一行乐此不疲。勿庸置疑，他的优越感——具体体现在被他自谦地称为是“东部沿海地区的全球化口音”中，但确切地说那其实是东部沿海地区濒临灭绝的统治阶级的口音，这口音使得他这个敢于挑战的业余人士成为了职业运动员眼里的笑柄。然而，他并没有在《纸狮子》[1]或《业余棒球手》[2]里尝试他那令现代社会茅塞顿开的富于洞察力的“参与式新闻”。在这些书中出现的是另一个乔治，一个操着绅士口音的乔治，这个乔治无论走到哪里都会去关心社会差异的问题，哪怕这个问题是微不足道的。他在这些书中不遗余力地描绘出了他自己的《巴黎伦敦落魄记》[3]。就像奥威尔一般，普林顿尽力直面世事，用朴素的语言描写出他的所见所闻，为读者阐明了社会的运行方式，也牢牢地把握住了社会的现实。然而，他毕竟没有在巴黎的肮脏、燠热的小餐馆里干过最最下等的活，没有在那些喧嚣的猪圈里被改造成为一个野蛮的奴

1 乔治·普林顿出版于1966年的非虚构类作品，讲述他参加底特律狮子队的职业橄榄球比赛的经历。

2 乔治·普林顿出版于1961年的非虚构类作品，讲述他参加职业棒球赛的经历。

3 乔治·奥威尔（1903—1950）出版于1933年的非虚构类作品，描述了当时的巴黎和伦敦的贫困状况。

隶，没有在极度的贫困中认识社会的现实，他甚至也没有像奥威尔那样去尝试一番，奥威尔在英国四处流浪，为了亲眼看一看最底层的生活是什么样子的。相反，他进入了一个一点都不逊色于他自己世界的绚烂多彩的世界，一个职业体育的世界，一个主宰一切的美国流行文化的世界，一个统治阶级的世界。《棒球联赛落魄记》、《橄榄球联赛落魄记》、《篮球联赛落魄记》。通过招摇他在与职业选手比赛时遭遇到的尴尬、失态和无能，乔治实际是在最大程度上张扬了他的风采，而不是损毁它，对他的这个策略我钦佩无比，因此我读他的书时总觉得津津有味。这些以笨拙的业余选手挑战全能的职业选手为广告的书，实际上是关于一个出生在美国最古老的精英阶层的装备精良的业余选手，是如何去吃力地挑战那些美国最新潮的精英阶层——体育界的超级明星们——的装备豪华的职业选手。在《业余棒球手》中，这个镇定自若的大师表现得有些过火，他居然会去羡慕一个沉着冷静的扬基队球童；在《纸狮子》中，他假装自己在担任底特律狮子队的四分卫时连如何控球都不甚了了，可是我清楚地记得在西切斯特的草坪上进行的那场触身式橄榄球赛[1]，当时乔治给他的一位密友传出了一个完美的曲

1 一种通常在临时场地上进行的不穿防护衣的橄榄球运动，在比赛中不是用扭抱而是用触碰来使带球者失球。

线球，那个传球简直是专业得不能再专业了。海明威也被他骗过去了，以致于把他这种挑战职业选手的冒险行为形容为“一个爱做白日梦的人[1]的阴暗面”。那是身为乔治·普林顿的阳光一面，他别出心裁地选择了一份令人倍感身心愉快的职业。他告别了一个光彩夺目的古老的特权世界，进入到一个光彩夺目的崭新的特权世界，只有在美国世界里他才有可能找到另外一种途径来取代他曾经拥有过的特权。那就是乔治真正出色的地方，他能够通过在球场上的拼搏来巧妙地跨越阶级阻隔，通过把自己变成——按他自己的说法——“一个笑柄”，而不用像乔治·奥威尔那般在“残羹剩饭”中勉为其难地求生，在巴黎做个可怜的洗碗工，在伦敦做个身无分文、饥肠辘辘的流浪汉，总之，做一个可怕又悲惨——还怀着致命的热诚——的下等人。乔治摆脱了他往日的辉煌，却没有因此失去辉煌，在那些似乎是自我批判的自传性的书里，这样的辉煌反而得到了进一步的升华。在拳击场上与阿奇·摩尔的肉搏，对于他来说，只是在以一种精致的形式来实践贵人的高尚品德，而且，这种形式还是他独创的。如果人家说“我想要活得开心”，那么他也可以说“我想要成为乔治·普林顿”：因为他在很多方

1　这里原文是 Walter Mitty，是美国作家詹姆斯·瑟伯（1894—1961）的小说《沃尔特·米蒂的秘密生活》中的主人公，后专指爱做白日梦的人。

面都取得了成就，因为他开开心心轻轻松松地就取得了这些成就。

没有人有那样的好运可以随意地与那些有权有势、功成名就的人来往，没有人会像他那样对语言和行动如此着迷如此亢奋，对他来说会因此而遭受致命打击似乎是天方夜谭，没有人像乔治那般受到如此众多的人的爱戴，也没有人像他那般建树广博，没有人能够像他那样不论对谁都能侃侃而谈……我可以一直这么说它个没完没了，所以说与我们这般亲密无间的乔治有一天也会寿终正寝这样的想法，简直就是《体育画报》上的一则小道消息。

我从床上爬起来，从我写了大半夜的书桌上拿起记事本，一边倒翻着书页寻找与克里曼有约在先的记录，一边在电话里对他说："我不能和你一起吃午饭。"

"可我拿着它呢。我把它带来了。我很愿意让你看一下的。"

"看什么？"

"看小说的前半部分。洛诺夫的手稿。"

"我没兴趣。"

"可是，是你叫我把它带来的呀。"

"我没说过，再见。"

宾馆的便笺纸依然摆放在书桌上，两面都填满了我和艾米待在一起的那个夜晚的回忆，以及他和她之间的精彩对话，所有的这些内容都是在我从艾米家回来到我和衣入睡梦见了我妈妈之间写成的。五分钟后克里曼会再次来电，而在这间隔的五分钟里我正好把我的记录重温一遍，重温我当时是怎么和艾米谈论克里曼以及传记的。我向她保证了我会阻止他写洛诺夫的传记。我向她着重指出了洛诺夫的小说灵感并非来自他的真实生活，而是来自学者们对纳撒尼尔·霍桑的生活所做的很值得怀疑的推断。我还给了她一些钱……我重新看了一遍我的一言一行，可我无法立即确定我的全盘计划，如果那时我确实有什么计划的话。

克里曼从大堂里打来电话的时候，我怀疑会不会就是他在十一年前给我和那个评论家寄了那些死亡威胁的恐吓信。他在那时候干下了那桩事是完全不可能的——然而如果真的是这样呢？如果真的是一个大学新生的狂热的恶作剧造成了我的不幸呢，如果我过去十年的生活方式和生活地点都是因为他的恶搞呢？如果这是事实就搞笑了，然而此刻我只得相信那是真的，就因为它的荒谬。我要离开繁华的都市从此再也不回去的决定是可笑的，就像我相信正是这个理查德·克里曼迫使我做出了这个决定一样可笑。

“我过会儿就下去，”我对他说，“我们一起去吃午饭。”我要粉碎你的全部野心，我要毁了你。

我会这样想是因为我必须这样。我不能仅仅谈论这件事，或仅仅把它写下来。在我告别曼哈顿回家之前，我必须控制住克里曼，如果没有节外生枝的话。控制住他是我对文学应尽的最后一份义务。

乔治怎么可能死了呢？我忍不住要反复琢磨这件事。乔治在一年前的去世使一切都显得荒诞。这件事怎么可能发生在他身上？过去十一年里发生在我身上的事怎么可能发生？永远也不要再看见乔治——永远也不要再看见任何人！我是为了那个原因做出这样的决定的吗？我是为了这个原因做出那样的决定的吗？我是为了那场意外或那个人或那个荒谬的小事件而决定去过离群索居的生活的吗？我显得如此不可理喻，而那都是因为乔治·普林顿的去世，我甚至都不知道此事。霎那间，我的生活方式失去了可信的理由，而乔治就是我的——我想说哪个词来着？就是影子[1]的反义词。霎那间，乔治·普林顿就代表了所有被我挥霍掉的生活。我竭尽全力从生活中撤退，直退到属于洛诺夫的山头，我放弃了五光十色的生活，在洛诺夫的山头找到了一个避风港。"这是我们的时代，"乔治对我说道，他那独特的声音带着饱满的自信在我耳边回响。"这是我们的人性。我们也不得不投身于其中。"

1 原文是德语 doppelgänger，意为面貌极其相似的人。

克里曼带我走进第六大道边上的一家咖啡馆，我们刚点好餐他就开始对我讲起乔治的追悼会。过去我习惯于有规律地调整我每天的例行公务，将每个小时都以我认为合理的方式进行安排，而现在我发现自己穿着几乎三十个小时都没有脱下来过的衣服，我还意识到我那弹力内裤里的尿垫自昨天晚上起就没有替换过。我坐在桌子前吃午饭，对面是一股决心要控制住我的难以预料的力量。是不是就因为这股力量，我才会在喝橙汁之前就已经感觉到了沉重的包袱呢？这力量在向我示威，与我的威胁和警告正相反，我不是他的对手，他就是比我有优势，我是无法控制他的，他的力量简直漫无边际。我想，犹太人是注定这个样子的。就像埃迪·康托尔[1]、杰瑞·刘易斯[2]、阿比·霍夫曼[3]、莱尼·布鲁斯[4]，等等。当一个犹太人激情饱满的时候，他是无法与任何事或任何人建立起一种平静的关系的。我会设想这种样子的人在他那一代人中几乎已经消失了，而温和讲理的比利·大卫多夫那样的人才更符合现代的标准——所以我只能认为，克里曼是现代社会

1 Eddie Cantor（1892—1964），美国演艺人员，尤以其在滑稽歌舞和百老汇巡演中的充满活力的瞪眼表演著称。

2 Jerry Lewis（1926—2017），美国喜剧演员、歌手、电影导演、制片人、作家。

3 Abbie Hoffman（1936—1989），美国社会活动家、政治家。

4 Lenny Bruce（1925—1966），美国著名喜剧演员、社会评论家、作家。

里最后一个煽动者和挑衅者。我已经好久没有和他那样的人打交道了。我已经好久没有和许多事情有联系了，不仅仅是出于我对鲜活的生命力的拒绝，而且是出于我必须永远忠实于我自己，必须躲避那个被天真的读者通过我的小说虚构出来的一个虚幻的我，这是一种陈腐的苦劳，所幸我已经从它的乏味中解放出来了。因为我也曾经是一个挑衅者。乔治·普林顿出版的第一本书就是以一个挑衅者的姿态写成的，当时没有人会像他那么做。可我想，现在不会再有这种事了。不，我不是在观看一九五九年的斯蒂尔曼拳击场上乔治与阿奇·摩尔之间的对决，而是我自己在二〇〇四年的曼哈顿的一个不知名的拳击场上与一个擅出怪拳的小子进行对决。

“那差不多就在一年前，在去年的十一月份，”克里曼说，“在圣约翰大教堂[1]。巨大的教堂里挤满了人，座无虚席。共有两千人参加了这场葬礼。也许还不止。开始是一组人在那里唱福音。乔治曾在某地见过这群人，他喜欢听他们唱福音，所以他们被请到了这里。他们的领唱是一个身材颀长、相貌堂堂的黑人，此人被如此隆重盛大的景象所刺激，于是他们刚一开唱，他就放开嗓门吼了起来。‘这是一场庆祝

1 位于纽约阿姆斯特丹大道与西112街的街口，自1892年动工以来，至今只完成了三分之二的建筑，一旦完工，它将成为全世界最大的教堂。

会！这是一场庆祝会！’我想到，哦，天哪，你瞧，有人死掉了，可这是一场庆祝会。‘这是一场庆祝会！大家都说这是一场庆祝会。告诉你的邻居这是一场庆祝会！’于是，所有的白人都随着音乐不合拍地摇头晃脑起来。这么对你说吧，如果乔治亲眼目睹了这一切，他是不会太满意的。接着是牧师做祷告，再接着是发言者一个个登台演讲。第一个发言的是乔治的姐姐，她讲到他把他们位于长岛的家里的他的房间弄成了一个博物馆，他在那里收藏了各式各样的兽皮和鸟类的标本，他是一个热衷于这种事的孩子，而他收获到的那些藏品也着实叫人称奇。她的语气全无热情，有一种奇怪而绝对的超然和冷漠，只有纯粹又老派的 Wasp[1] 才可能用这种语气说话。接着是一个名叫维克多·艾曼纽的得克萨斯人，大概五十来岁，或许更老一些。他是个鸟类学的专家，因为他们对鸟类都极其感兴趣，所以他和乔治成为密友。他认识每一种鸟。此人的发言相当简单，就说了他和乔治在一起研究鸟类，说了为了观察鸟类他们还一同做过几次旅行。所有的这些发言都是在上帝的殿堂里进行的，尽管特意提到上帝的只有那位牧师和那帮福音歌手。对于这个话题大家都保持沉默，天，就好像这个话题与大伙儿毫不相干。大伙儿不过是碰巧聚在了这里。接着是诺

1　祖先是盎格鲁-撒克逊人的白种新教徒。

曼·梅勒[1]。简直是交了狗屎运。我以前从未看见过银幕下的诺曼·梅勒。他那时八十岁，两只膝盖都已不中用，走路要靠两根拐棍，每跨一步不会超过六英寸，但他拒绝被人搀上讲坛，甚至还只用了一根拐杖。他完全凭着自己的力气爬上了高高的讲坛。大家全都一步步向他靠拢过去。征服者[2]到了，高潮戏即将开场。诸神的黄昏[3]。他扫了一眼聚集的人群。他的目光穿越长长的中殿，一直望向教堂外的阿姆斯特丹大道；他的目光穿越了整个美国，一直望向遥远的太平洋[4]。他让我想起了《白鲸》里的梅布尔神父。我期待他以一句‘水手们！’为开场白，然后以约拿[5]的教训为题开始说教。可是没有，他也只是简单地说了些乔治的事。他已经不是那个总能引起巨大争议的梅勒了，然而他的每一句话还是清晰地展现出他的个性。他谈到了在最近这几年才发展起来的他与乔治之间的友谊，告诉我们他们俩会带上夫人一起去各地旅行，只要那里有他们合作的剧本上演，而他们又一同在戏里担任角色，他告诉我们他们两对夫妻相处得如何之融洽，而我想到的是，

1 Norman Mailer (1923—2007)，美国著名作家，代表作为出版于 1948 年的描写第二次世界大战的长篇小说《裸者与死者》。

2 原文为西班牙语。

3 瓦格纳的经典歌剧《尼伯龙根的指环》的最后一场名。

4 暗指梅勒的战争小说多以二战中的太平洋战争为背景。

5 《圣经·旧约》中的先知，被一条鲸鱼吞噬，三天后又被完好无损地吐出。

好吧，只要经过了漫长的时间洗礼，亲爱的美国，就连诺曼·梅勒也会站在讲坛上代表一个丈夫讴歌夫唱妇随的和谐生活。基督教正统派[1]人士听了他的赞歌一定会起鸡皮疙瘩的，他真是选对了地方来发表这样的高见。”

他一讲起来就没完没了。他意图要消除我们之间到目前为止的不和，要用他那华丽的口才征服我，而它也确实有效：我觉得随着克里曼自我陶醉的表演越来越花哨，我自己在不由自主地变得越来越渺小。梅勒不再能引起争议，连走路都有了困难。艾米不再美丽，连完全控制住自己的大脑都办不到。我也不再拥有完整的思维能力和性能力，连大小便都失控了。乔治·普林顿也已不在人世。E. I. 洛诺夫再也不能守住他那个大秘密，如果这个秘密确实存在。我们这帮人如今都已成为“往日的幽魂”，而兴奋的理查德·克里曼却相信他的心脏、膝盖、大脑、前列腺、膀胱括约肌，他的一切都完好无损，也就是说他，也只有他，还没有受到身体上的限制。对于一个二十八岁的小青年来说，要相信这一点也并非什么了不起的成就，当然不算什么啰，尤其是对那些一心向往永恒的人来说。他们不是“往日的幽魂”，他们没有失去健全的身体，没有失去自控能力，不会尴尬地感觉到心有余而力不

1　一种认为宗教信仰必须与尘世生活严格分离的信仰。

足，不会体会到发生在老年人身上的器官大造反和生命力的丧失；他们是“明日的栋梁”，他们做梦也不会想到从青春走到迟暮不过是一眨眼的工夫。

他的脚边放着一只破旧的公文包，我想洛诺夫的那半部手稿就在里面。也许里面还有艾米在肿瘤的影响下送给他的一些照片。不，要搭救艾米不会是桩轻松的事。无论如何努力地去说服，克里曼都不会轻易地败下阵来；我的劝诱只会使他更加意识到自己的重要性。我琢磨着请一个律师是否会达到目的，或者花一点钱，或者这两种手段都用上——用法律武器威胁他，再用金钱收买他。也许他原本的目的就是为了勒索钱财。也许，我想到，杰米不是为了躲避本·拉登而要离开此地的——也许是为了要躲避他。

她：理查德，我是个有夫之妇。

他：我知道。比利是你嫁的老公，而我是你的相好。你不是一直都这样对我说吗？“你的家伙真粗啊。它的根部粗壮结实，头部分外美丽。我就是喜欢这样的家伙。”

她：放弃我吧。你必须放弃我。我们必须结束了。

他：你不想再来了吗？你不想再要那种激情了吗？你再也不想要了吗？

她：我们不会再有这种谈话了。我们不会再像这样对彼此说话了。

他：你现在就想要吗，就现在？

她：不。你闭嘴吧。结束了。如果你再跟我说这种话，我就再也不搭理你了。

他：我现在就在和你说话呢。我想要你吮一吮我那美丽的龟头。

她：去你妈的。滚出我的公寓去。

他：野蛮的情人能让你来潮，而恭顺的情人不能。

她：我们现在不能再说这种话。我嫁给了比利。我不能和你在一起。比利是我的老公。你和我结束了。不管你说什么都没有用的。

他：投降吧。

她：不，该投降的是你。走吧。

他：我们之间不该这样的。

她：我们现在必须这样。

他：你爱我，所以你会对我投降的。

她：闭上你的臭嘴。别说了。快别说了。

他：我以为你的口才很好。我们玩游戏时你的口才真的很好。我们玩应召女郎和顾客的游戏时，你会说各式各样的邪恶的俏皮话。我们玩杰米遭到强暴的游戏时，你会发出各式各样的悦耳的声音。可现在你就只会说“闭上你的臭嘴”和“别说了”吗？

她：我告诉你我们结束了，真的结束了。你走吧。

他：我不走。

她：那么我走。

他：你要去哪儿？

她：远方。

他：得了吧，亲爱的。你有全世界最漂亮的阴户。让我们玩点新的花样。再说点邪恶的俏皮话。

她：离开我吧。请你马上离开。比利就要回来了。出去。快离开这里，要不我就报警。

他：我要等到警察看见你戴着那样的胸罩、穿着那样的短裤再走。他们要是看见了，也不肯离开的。你有最漂亮的阴户和最下流的本能。

她：不管我说什么你都要提到我的阴户吗？不论你怎样对人家解释，他们就是不听你的。

他：这么说让我觉得热火朝天。

她：让我觉得怒火冲天。我现在就离开这所房子。

他：瞧呀，瞧这儿。

她：不要！

（可他没有停止，于是她逃跑了。）

咖啡馆里的人们也许会轻易地误认为克里曼是我的儿子，因为我并没有制止他那自以为是、盛气凌人的滔滔不绝，还因为在关键时刻他都会伸出手来碰碰我——碰我的臂膀，我的手，还有我的肩膀——为了使我信服他说的话。

“那天大伙儿的表现都很出色，”他对我说。“其中最有意思的是一位名叫麦克唐奈的记者。他说了诸如‘我努力保持轻松愉快的心境，因为那是让我在这里不会发疯的唯一方式’这样的话。他说了许多故事来让我们了解乔治的为人。他说得热情洋溢，满怀着对他的热爱。我的意思并不是说别人的发言都是冷冰冰的。可你从麦克唐奈身上感觉到的是一种强烈的男性的爱。还有敬慕。还有对乔治的为人处世的理解。我想就是他告诉了我们关于乔治和他的T恤衫的故事，不过也有可能是那个鸟类专家说的。总之，他们是去亚利桑那找寻某一种鸟类的。他们在向晚时分进入了沙漠地带。他们知道那种鸟就是在黄昏时候出没的。可他们没能发现这种鸟。突然，乔治脱下他的T恤衫，把它高高地抛到天上。一群蝙蝠向它扑了过去，它们围绕着T恤衫直到它掉在了地上。于是乔治又把它往天上抛，一次接着一次，用尽力气把它抛得很高。越来越多的蝙蝠在它周围聚集，乔治大声喊道：‘它们以为它是一只巨蛾呢! ’这个故事让我想到了《雨王亨德森》[1]的末尾部分，亨德森在拉布拉多[2]或纽芬兰[3]下了飞机，我记不清到底是哪一个了，开始在冰天雪地里跳起舞来，带着他那非洲雨王的无限活力，这样生动的活力你在一万个有财有势的Wasp里只能找到一个。那就是乔治的胜利所在。那就是真正的乔治。一个活力无限的Wasp。我要是能记住更多那个了不起的家伙说的话就好了，因为他是个见多识广的人。可就在那时候，可恶的歌声再次响起。‘哦，赞美我主！赞美我主！’每当我听到‘赞美我主’这句，我都会在心里说，‘他不在这里，大家都知道他不在这里，除了你们。这里是他最不可能来的地方。’在那个演唱组里有各种体形各种尺码的黑人女子。有如柏油桶般的胖女人，有看上去足有一百岁的奇丑无比的光头小女人，还有瘦长、苗条、优雅、漂亮的姑娘，有些姑娘很是害羞，你看见她们的眼神就会明白当她们的主人回来拉上她们去野地里寻欢时她们会感到何等的恐惧。而那些高大的女人有的满怀自信，有的脾气暴躁，还有五六个油头粉面的黑人男子也在那里一路唱着，而我的脑子里不停地想着的是奴隶制

1　美国著名作家索尔·贝娄（1915—2005）的代表作。

2　加拿大纽芬兰的陆地部分，位于拉布拉多半岛的东北部。

3　加拿大东部的一个省，包括纽芬兰岛和附近岛屿以及拉布拉多的主要陆地和附属岛屿。

度，祖克曼先生。我以前和黑人在一起的时候从没有那么认真地思考过奴隶制的问题。因为他们的听众都是些白人男女，所以我觉得他们是一帮吟游歌手。在那个基督会堂里，我依稀看见了最后一点奴隶制的碎片。在他们身后，在环形殿的殿头，有一个金色的十字架，巨大无比，足可以把金刚[1]都钉上去了。我必须要告诉你——我最恨美国的两件东西就是奴隶制和十字架，尤其是当这两样东西纠缠在一起的时候，奴隶主们宣称上帝在圣经中告诉他们他们有权拥有奴隶。可那简直就是扯淡，我讨厌这种混账话。接着，又有人站出来发言了。总共九个人发言。”

午饭端上来了，他慢吞吞地喝掉了半杯咖啡，可我依旧保持沉默，我决心不发一问，等着看他下一步要如何来收拾我，如何来使我信服他是一个二十八岁的文学巨人，所以我不该挡他的道。

“你会好奇我是怎么碰到乔治的吧，”他说。“我是在他来哈佛妙文社[2]参加一个派对的时候认识他的。他和我的女友在一张桌子上跳舞。她是派对上最性感的姑娘，所以他把她挑了出来。他棒极了。他做了一个了不起的发言。乔治·普林顿是个了不起的人物。人家说就

1　美国三十年代拍摄的一部电影，其主角是一只巨大的黑猩猩，名叫金刚。

2　美国哈佛大学的一个出版社，其出版的讽刺性哈佛校刊就叫《哈佛妙文》。

是在临终的时候他也会把一切都安排得优雅别致。简直是放屁。他不过是没有机会和人干仗罢了。他是个好强的人。如果真的到了那么一天，他会用朝自己开一枪的方式来告别这个世界的。要叫他在晚上、在睡梦中平静地上路吗？连这么想想都觉得无聊。”

他说到这里我想起了乔治写过的一本书，在书里他采访了一些他在文学界的好友，采访的主题就是他所谓的“死亡的幻想”。等我回到家，我在书房里找到了这本书，它叫“业余拳击手”，书的开头描写的是一九五九年他和阿奇·摩尔在拳击场上的冒险，结尾写的是一九七四年的扎伊尔[1]，乔治去那里为《体育画报》采访穆罕默德·阿里对乔治·福尔曼的重量级拳击冠亚军决赛。《业余拳击手》出版于一九七七年，当时普林顿正好五十岁，他多数是在接近五十岁的时候研究并写下了这部作品，让别的作家来告诉他，他们是如何想象自己的死亡场面的，对他来说这一定是个有趣的工作——这样的内容，由他描述起来，总是会充满了喜剧感或荒诞感。专栏作家阿特·布赫瓦尔德[2]告诉他，他“想象自己在九十三岁的时候在温布尔登[3]男子网球决赛场的球

1 非洲中部一横跨赤道的国家。

2 Art Buchwald (1925—2007)，美国著名的幽默作家，《华盛顿邮报》的专栏作家。

3 英国英格兰东南部城市，位于伦敦附近，是著名的国际网球比赛地。

场中央暴毙而亡”。在金沙萨[1]的洲际大饭店的酒吧间，一位称自己是个“自由职业的诗人”的年轻英国女子对乔治说，“如果能在一个摇滚乐队里弹着电吉他时触电而死就实在是妙不可言了。”当时梅勒也在金沙萨，准备以那场决赛为题写一部作品，他似乎最喜欢被一头动物吃掉的死法——如果在陆地上，就死于一头狮子；如果在海里，就死于一条鲸鱼。而对于乔治自己来说，他会想象自己死在扬基体育场，“有时候作为一个击球手，被一个满脸胡髭的恶汉的一记投球打中脑袋；有时候作为一个外场手[2]，在飞奔中一头撞上了一根本来放在内场的标杆”。

真是幽默，真是奇特——乔治和他的朋友们在意识到自己也会死之前就是这样来想象死亡的，那时死亡对他们来说不过是可以拿来取乐的又一个对象。“哦，那样的死法多有趣！”可乔治·普林顿死得既不幽默也不奇特。也根本不是什么幻想曲。他没有穿着笔挺的细条纹西服死在扬基体育场，而是穿着睡衣死在梦中。他死得和我们大家没啥两样：不过是个业余爱好者。

我受不了他。我受不了他那顽童般的特大能量和自以为是的得意

1 扎伊尔首都，旧称利奥波德维尔。

2 棒球运动中在左场、中场、右场防卫的球员。

洋洋，以及透过那热情洋溢的夸夸其谈显露出来的傲慢。他那咄咄逼人的锋芒——乔治肯定也会受不了的。可如果我想竭尽全力来阻止克里曼写洛诺夫的传记，我就必须克制住起起落落的想要开车回伯克希尔山的冲动。我就必须等到看见他想要用来扩大他的战果的进一步行动。近年来，我已经完全忘记了该如何来缓解正面的冲突，我暗暗叮嘱自己不要低估对手的狡猾，因为他把自己伪装成了一泓饶舌的间歇泉。

他喝完第二杯咖啡，突然说道："洛诺夫和他的姐姐隐瞒了真相，不是吗？"

原来如此，杰米把告诉我的话也告诉了他。那是杰米又一个叫人不放心的地方。如果我把她作为我和克里曼之间的中间人，天晓得会发生什么事？"胡扯，"我说。

他弯下身去拍了拍公文包的侧面。

"一本小说不能成为证据的，"我说，"小说毕竟是小说，"一边继续吃我的午饭。

他微笑着再次弯下身去，这次他打开了公文包，取出一只薄薄的牛皮纸信封，打开信封，把里面的内容倒在了桌子上，就倒在盘子的中间。我们坐在小餐馆的窗户边，可以看见大街上过往的行人。我放眼望去，只见每个路人都在打手机。为什么我会觉得这些手机正是我想躲避的一切的化身呢？它们证明了科学技术的发展是不可避免的，然而，在这个人人一部手机的世界里，我清楚地认识到自己与那些行为方式大同小异的现代人之间相隔了怎样的千山万水。我想，我已不再属于这个世界。我的身份已然失落。走吧。

我拿起照片。总共四张已经褪色的照片，都是瘦高个的洛诺夫和一个瘦高个的姑娘的合影，克里曼让我相信这位姑娘就是他的同父异母的姐姐弗里达。其中一张是他们站在街道边上，后面是一幢没什么特色的木屋，木屋仿佛沐浴在灿烂的阳光里。弗里达穿着一条薄薄的白色连衣裙，一头浓密的长发编结成了大辫子。洛诺夫靠在她的肩头，感觉上是大太阳让他觉得疲软了，弗里达是个下巴宽阔的姑娘，她开怀大笑着，露出满口大牙，显得健壮结实、生气勃勃。洛诺夫是个英俊的小伙子，一头往后梳的乌发，清瘦的脸膛上显露出一种也许能使人相信他是个年轻的荒漠居民的表情，一半穆斯林，一半犹太人。另一张照片上，他们俩坐在一张野餐的毯子上，笑着望向某个看不清楚的东西，洛诺夫手指着一盘食物。第三张照片上他们俩都大了几岁，洛诺夫往空中举着一只手，弗里达显得更为强壮了，她把自己扮成一只狗，趴在地上乞求着。洛诺夫的表情很严肃，好像是在对她下命令。第四张照片上的弗里达肯定已经满二十岁了，不再在她那个同父异母的弟弟的恶作剧下扮演驯顺的女仆角色，她已经出落成一个高大壮实、不苟言笑的年轻女子；相比之下，十七岁的洛诺夫则显得天真幼稚，似乎除了无害的少年读物外任何诱惑都无法腐蚀他那纯洁的心灵。这样的照片除了克里曼那种狂热发烧的脑袋外任谁看了都会以为极其平常，大多数人都会合理地认为这对同父异母的姐弟在一起处得很开心，他们互相取乐，互相理解，这些照片不过是他们的父母或邻居或朋友在二十世纪最初的二十五年里为他们拍下的一些生活照而已。

“这些照片，”我说，“并没有什么特别的地方。”

“在小说里，”他说，“洛诺夫把弗里达写成是个挑逗者。”

“在小说里并不存在洛诺夫和弗里达。”

“你省点力气吧，别给我说教什么小说和现实之间存在着一道难以逾越的分水岭了。这里面有洛诺夫的亲身经历。这是一份痛苦的自白，小说的形式不过是其伪装而已。”

“如果你说这是一部伪装成痛苦的自白的小说，我倒还会相信的。”

“那为什么写这么一部作品会让他崩溃呢？”

“因为作家有可能由于写作的问题而崩溃。想象出来的生活也会有叫人崩溃的力量，有时甚至更厉害。”

“可我给你看了照片呀，”他说，好像我看的是一组黄色照片，“现在我再给你看看手稿，看你还敢不敢说以非现实的虚构为主题的写作手法就是这本书的原动力。”

“瞧，你的表现太糟了，克里曼。这条所谓的新闻根本就站不住脚，正如你自己想要通过制造轰动效应来在文学界[1]露脸一样站不住脚。”

听到这句话，他立即从公文包里抽出了文稿，将它摆在台子上，就摆在那几张照片上面——共有二三百页，中间绑着一根很粗的橡皮筋。

真是场灾难。这个横冲直撞、冷酷无情、恬不知耻、投机取巧的小青年，他对这本虚构作品所做的结论过于草率，与洛诺夫的初衷绝对是背道而驰的，仅仅因为他拥有了洛诺夫的这本未完之作的上半部分。洛诺夫自己的感觉是他把这部作品搞砸了，即使在他的有生之年完成了它，他也一样有可能不拿去出版的。

“是艾米·贝莱特给你的吗？还是你自己从她那里拿走的？”我问道。“是不是你从这个可怜的老妇人的鼻子底下偷走的？”

他的回答简直是直接吐到了我的脸上。“这是复印件。我是特意为你复印的。”

他还想着要尽量拉拢我。看来我对他是有用的。只要对人家说

1　原文为法语。

一句他给过我一份复印件，也许就对他有用了。我怀疑他觉得我是个软弱无能之辈，接着我就想到我一个人待在小屋里过着与世隔绝的生活使我成为了一个多么软弱的人。我为什么要到这里来坐在这张桌子前面？他告诉我的每一句话都不是真的，我们之间从来也没有发生过任何事——他没有给我打过电话，我们也没有约定共进午餐，我也没有要求他为我讲述普林顿的追悼会，也没有要求过要看一看洛诺夫的手稿。我现在确切地记起来到底发生过什么了。你身上有股腐烂的味道，老头，你像尸体一般臭不可闻！我又闻到了这股味道，这臭味从我的膝头往上升，非常像我在艾米住的大楼的走道上闻到的那股味道——而与此同时，这个曾经对我破口大骂的家伙就与我隔着几尺的距离在那里冷静地吃着他的三明治。我居然允许这样的会面发生，我觉得自己和艾米一样不懂得如何来保护自己，我觉得自己大脑进水的程度超出了我的任何想象，我觉得自己虚弱无力。

克里曼看出来了。克里曼故意扶持了我的软弱。克里曼早就对我的状况了如指掌了：谁会想到内森·祖克曼也会有受不了的一天？然而他无法忍受了，他完蛋了，他成了一个孤独渺小之人，一个脱离了粗俗尘世的精疲力竭的逃亡者，一个性无能的去势者，在过着惨不忍睹的生活。只要让他保持困惑，别去挑起他的斗志，这个哆哆嗦嗦的老混蛋就会自动败下阵来。再去读一下《大建筑师》[1]吧，祖克曼：别挡着年轻人的道!

我看着他，如此地高高在上，与我这等小人物屈居一室，不过是为了要宰了我。霎那间，我觉得他仿佛不是一个人，而是一扇门。我觉得坐在那里的克里曼代表了一扇厚实的木门。是什么意思呢？一扇通往哪里的门呢？一扇开在什么和什么之间的门呢？是在澄明与困惑之间吗？有可能的。我从来也没能搞清楚他说的是不是事实，或者是我遗忘了什么，也或者是他在编造谎言。一扇开在澄明与困惑之间的门，一扇开在艾米和杰米之间的门，一扇通往乔治·普林顿的坟墓的门，一扇就在我的面前开开闭闭的门。他对我来说还有更多的意义吗？我看他就是一扇门。

“有了你的认可，”他对我说，“我就可以为洛诺夫做许多事。”

我嘲笑他说：“你残忍地伤害了一个得了脑瘤的可怜的老妇人。我不知道你使用了何种手段，但反正是你从她那里偷到了这些手稿。”

“我没有做过这种事。”

“你当然做了。她干吗只给了你前半部呢？如果确实出于她的本

1 挪威著名剧作家易卜生（1828—1906）出版于1892年的带有自传性质的剧本。

意，她会把整部书稿都给你的。你顺手牵羊偷走了这部分。而那另外半部你要么是没有看见，要么是摆在房间里的某个你不易下手的地方。当然是你偷的——谁会给人家半部书稿的？而现在，”我赶在他反驳之前抢着说，“现在你又想来欺骗像我这样的老实人。”

他不慌不忙地说：“你的名誉不会受影响的。你已经写过许多书了。你也享受过了冒险的经历。而且，你也是个心狠手辣的人。”

“是的，”我说，希望这还是事实。

“乔治提到你时总是怀着很深的敬意，祖克曼先生。他崇拜你为激发才华百折不挠的奋斗精神。我认为他对你的崇拜是很有道理的。”

我说得尽量简明扼要，“那好，那么你别再去打搅她了，也不要再以任何形式与我联系。”我把这顿饭的饭钱摆在桌子上，向门口走去。

克里曼收拾东西稍微耽搁了一会，随即追了出来。“你这是在滥用职权。你自己身为一个作家，却想要禁止另一位作家出版他的作品。”

“我不支持你出版一本弄虚作假的书，并不等于我禁止你出版。就算是的话，等我哪一天两腿一蹬上了西天，我就不会再碍你的事了。”

“但是我没有弄虚作假呀。艾米·贝莱特自己也认为这是一段乱伦的关系。是她第一个告诉我这个的。”

“艾米·贝莱特的大脑在手术时被割除了一半。”

“可在我和她谈话的时候还没有。我们的谈话是发生在手术之前的。那时候她还没有动手术呢。那时她甚至连肿瘤都还没有诊断出来呢。”

“可肿瘤已经在她的大脑里存在了，不是吗？她的脑袋里满是癌细胞，不对吗？还没有诊断出来，你说的固然是事实，可肿瘤已经在那里侵蚀她的大脑了。是她的大脑，克里曼。她会晕倒，会呕吐，她被头痛和恐惧弄得失去了判断力，总之，这个女人根本就不知道自己跟任何人说过的任何话。因此上，她可以说是真正的言不由衷。”

“可是，这是显而易见的事实嘛。”

“没人觉得这是显而易见的事实，除了你。”

“我简直不敢相信自己的耳朵！”他走在我旁边喊了起来，给了我一张既困惑又愤怒的脸。他再也无法轻松面对我对他的蔑视，他要奋起反抗我对他的恶评，这个伪装成肆无忌惮的公牛[1]的下流乞丐终于露出了他的狐狸尾巴——除非连这个也是狡猾的奸计，如果是那样，那么自始至终我都是这里唯一一个被他牵着鼻子走的老傻瓜。“你的见识怎么会和普通人一般浅薄！男人都有一条阴茎，祖克曼先生。他的这条阴茎使他在他们的世界里犯了三年多的罪。然后，丑闻暴露出来，而他在接下来的四十年里一直隐瞒着这桩事情。然而，到了最后，他

1 指喜欢欺负别人的霸道者。

还是写了这本书。这本书称得上是他的杰作！艺术在痛苦的良心中升华！审美战胜了耻辱！他自己并没意识到这些——他太害怕了，太悲惨了，所以没法意识到这些。而艾米也被他的苦难吓坏了，所以也没法意识到这些。可是你怎么可能被吓坏呢？你是知道人都是永不知足的！你知道人一旦越界就会欲罢不能！这是一本伟大作家的罪恶的回忆录，这罪恶使他生命里的每一天都活得战战兢兢。这是洛诺夫与他的污点所做的最后的搏斗。这是他拖延了太久的一份努力，他终于克服了排斥的心理。这些你都明白的。别再对它排斥了！这是你的成绩，祖克曼先生。好吧，这是他的成绩。他努力地扛起了这副重担，面对如此英雄主义的行为，你怎么能扭过头去叫他失望呢！他给自己画的这幅肖像绝没有哗众取宠的意思，相信我！一个年轻的小伙子在沉睡了四十年之后终于苏醒过来！那实在是太棒了！它就是洛诺夫的《红字》。它就是去除了古怪的罪恶感和愚蠢的玩笑的《洛丽塔》[1]。如果托马斯·曼[2]能够超越自我，那他也会写出这种作品来的。听我说！你应该帮助我！在某种程度上，你该更加严肃地看待乱伦这个问

1 俄罗斯出生的美国作家弗拉基米尔·纳博科夫（1899—1977）的长篇小说代表作。

2 Thomas Mann (1875—1955)，德国著名作家，因《布登勃洛克一家》一书而获得 1929 年的诺贝尔文学奖。

题！你故意回避这个问题是毫无道理的，对你的名誉也没什么好处！对我的反感使得你对真相视而不见，先生！真相就是如此单纯：他放弃了和霍普在一起的那个家，而选择和艾米在一起过一种地狱般的生活，这都是因为他要从少年洛诺夫的悲惨的牢狱中把自己解救出来。我恳求你：读一读这份令人惊叹的文稿吧！”

他已经走到我的前面去了，此时他快速地退回来，把那份复印的手稿硬塞到我的胸口。我停下脚步，手放在两侧，一言不发。我一开始就应该用沉默来对付他的。我本该——这念头我已经动过一百次了——永远待在我那个家里不出来的。我在那里度过的这几年，我建立起来以防外敌入侵来滋扰我的写作的堡垒，以层层的怀疑为基础构建起来的铜墙铁壁——但我还是来到了这里，直视这双闪着狂热的灰色光芒的美丽的眼睛。一个喜爱文学的疯子。又一个。就像我，就像洛诺夫，就像会把自己最为激烈的感情献给一本书的那些人。为什么温柔的比利·大卫多夫不会想到要去写洛诺夫的传记呢？为什么极端无礼、热情洋溢的克里曼不能成为温柔的比利呢，为什么温柔的比利不能成为极端无礼、热情洋溢的克里曼呢，为什么杰米·洛根要属于这两个男人，为什么不能属于我呢？为什么我一定要得前列腺癌呢？为什么我一定要收到那些恐吓信呢？为什么一个人的生命力会消失得如此迅猛如此残酷？哦，希望生活能够获得不同的意义，不同于书本的意义！

陡然间，他的愤怒冲向顶点，但他并没有把手稿砸到我的头上——我还以为他一定会那么干呢，所以我本能地举起双手来保护我的脸——而是把它们直接扔在了纽约的大街上，就扔在我的脚前面一点点的地方。然后，他飞快地蹿进了车流中，在冒着蒸气的小汽车间狼奔豕突，此时我唯一的希望就是看见这个狂怒的、将要成为传记作家的人被汽车碾得粉碎。

在宾馆里，处理掉我那条浸满尿液的内裤，在洗脸池里擦了一把后，我给艾米打了电话。我想要搞清楚克里曼的手稿是从哪里来的。他给我的那份此刻就放在我的房间里。我从地上把它捡起来带走了。我是一直等到克里曼从我的视野里消失后才把它从地上捡起来带回宾馆的。除此之外我还能怎么做呢？我没有兴趣看这份东西。我不想进一步参与这出闹剧。在我比现在更为年轻、脑子更好使、更为圆滑、更为狡猾的当年，我已经参与过足够的闹剧了。我不想知道洛诺夫是怎么写他自己和他的姐姐以及他们那伟大的灾难的，我也不想再为了我的信念去争斗——我依然相信这场所谓的灾难根本就不存在。不管这个作家在我刚刚起步的时候是如何地吸引我，也不管就在几天前我还特意去书店买下了他的全集，尽管那些书我在数十年前就已经有了，我想要摆脱掉这份手稿，我想要彻底摆脱掉理查德·克里曼这个人，他和他的一切都是我无法评价的，都与我看重的任何事物迥然有别。尽管他的全盘努力感觉就像是在演戏，就像一个伪装成有学识、对文学满怀敬意的浅薄之徒在表演一出鲁莽、讨厌、幼稚的滑稽戏，但我还是觉得他是我应得的报应，就像他是洛诺夫的报应一样。如果我坚持去抵制这个滥竽充数的家伙的意图，他的这个意图是用他的精力、野心、执着和愤怒来支撑的，那么我只能预见到我的失败。在我与艾米通完话安排好怎样把这些手稿还到她的手上后，我要给杰米和比利打个电话，告诉他们我要取消合同。我要离开纽约，再也不去看那个泌尿专家了。我身上并没有克里曼无比佩服的坚韧不拔的精神，所以我起码不应该再进一步干预此事了。那个泌尿专家并不管用，我也一样不管用。在过去的四十多年里我写了一本又一本的书，这或许为我赢得了些许声誉，但我的才华已走到了尽头，我的自我保护也走到了尽头，我很清楚除了消失以外我并没有任何手段来保护我自己。我无法阻止那小子，即使我把艾米带回伯克希尔山或在她的门前放一个警卫，都是不管用的。

同样地，在他处理完洛诺夫之后，我也无法阻止他把他那火热的激情转投向我。一旦我翘了辫子，谁会来保护我的生活故事不被理查德·克里曼玷污呢？洛诺夫不正是把他引向我的文学跳板吗？那我的

“乱伦”又会是什么样子的呢？我会被描写成一个如何道德败坏的人呢？我那个伟大的、寡廉鲜耻的秘密。当然会有这么一个秘密的。当然还不止一个呢。这同样也是一件不可思议的事，一个人的英名，一个人的成就，可以在传记作者的不断探究下获得最大程度的认可，这种事情历来如此。一个一辈子都在和文字打交道的人，一个一辈子都在写虚构故事的人，在死后依然会被人家记住，只要为这个人编造一个故事，只要用铿锵有力、坚定明确的文笔来揭露出此人鬼鬼祟祟的肮脏生活，只要以严肃的态度来对待最为微妙的道德问题，同时也不要忘记要怀着其乐无穷的心态。

因此，接下来一定轮到我。为什么要等到现在才意识到这个明摆着的事呢？莫非我早就有这样的感觉了。

艾米的公寓里没人接电话。我给杰米和比利打了电话。铃声才响了一下录音电话就启动了。我说：“我是内森·祖克曼，我是从宾馆打过去的。号码是……”

突然，杰米本人接起了电话。我应该挂掉的。我根本就不该打这个电话。我应该做这个，我不该做那个，而现在我该做的是另外一桩事情！可我无法控制住自己的念头，只能被她那迷人的声音勾引过去。我没有从相信我能够改变现状的噩梦中解脱出来——无法改变的现实也发生了变化——相反地，我的想法没有植根于我的现实，而是植根于我的非现实：我的想法是我依然有能力在生命中再发挥一次余热。

“我喜欢和你说话，”我说。

“噢。”

“我想要你来我这儿说说话。”

接下来是一阵沉默，在沉默中我拼命克制住往日的阴魂逼迫着要我说出来的荒唐话。

“我想我来不了，”她说。

“我希望你能来，”我说。

“这个想法很有趣，祖克曼先生，可是不行。”

我能说什么来打动她呢？我这个疲惫的“往日的幽魂”，既没有惑人的魅力，又没有实战的能力。我就只剩下了可怜的本能：我想，我渴望，我要拥有。还有那想要行动起来的荒唐的决心。终于，我要行动了！

“到我的宾馆里来，”我说。

“你真让我吃惊，”她说。“我从没想到你会来电话。”

“我自己也没想到。”

“你为什么要打电话来呢？”她问。

“自从上次在你家会面后，我就情不自禁有了某种想法。”

“可我恐怕不会喜欢你的想法的。”

“来吧，拜托你了。”

“请你别说了。不需要费很大的力气就能叫我越轨的。你以为我是个好斗的人吗？怒发冲冠的杰米？咄咄逼人的杰米？我是个好斗的神经过敏者。你以为理查德·克里曼是我的情人吗？你现在依旧这么认为吗？你到现在应该已经很清楚了，我在性事上已与他毫无纠葛。你在幻想着的女人并不是我。你能明白遇见比利对我是多大的宽慰吗？当我不同意他的意见时我不会听到他一个劲地在那里大喊大叫。”

我能说什么来引诱她呢？我要说些什么才有可能来打动她呢？

“你现在一个人吗？”我问。

“不是。”

“和谁在一起？”

“理查德。他在另一个房间里。他刚刚把你和他之间发生的事告诉了我。我们俩在这里没干别的。他一直在说。我一直在听。就是这样。其余的情节都来自你的想象。你是个多么无可救药的病人，脑子里尽想着那些荒唐事。”

“拜托了，杰米，来吧。”在语言的汪洋大海里，这句话是我能找到的含义最为丰富的一句了，所以我不断地重复它。

“我很傻，”她说，“所以请你别说了。”

我看见了自己，我听见了自己，我的所言所行无不是在出自己的洋相，我讨厌我自己，我的绝望越深，我对自己的反感就越甚，可是多年前因为一场前列腺手术而被突然打破的与女性之间的性联系却因为杰米的出现而再次死灰复燃，我无法控制自己要假装没有做过这种手术的企图，我无法控制自己要表现出我早已不是的那个自我。

“我打电话给你，”我说，“本来是要说完全另一回事的。我并没有事先想好要说这些。我原本以为我已经完全摆脱了这档子事。”

“那可能吗？”她听上去像是在问自己，而不是问我。

“来吧，杰米。我觉得你能教会我一些我早就该学到的事情。”

“那只是你的幻觉。全部都是。不，我不能来，祖克曼先生。”接着，也许是出于好心，也许仅仅是因为想要甩掉我的纠缠，也或许其中确实有部分的真心，她补了一句：“以后再说吧，”说得就好像我和她一样拥有无穷的时间可以消磨可以等待似的。

于是我逃跑了，放弃了曾经是我的力量源泉的那股动力，它曾经挑起过我的勇气，也曾经激发出我的满腔热情和我对外界的抵抗力，也曾经唤起我对不论大小的一切事物的热切关注，并要求我在其中寻找出意义。我没有像从前那样留下来坚持战斗，而是选择了逃跑，我要甩掉洛诺夫的手稿和它激发出的全部热情，我要甩掉看到手稿边上克里曼写下的平淡又庸俗的笔记，看到他用愚蠢透顶的方式歪曲了一切之后必将产生的满腔愤慨。我不想再和他争论，我不是他的对手，我不想再陷入一场无谓的混战，于是——就好像这是一部我一辈子都不感兴趣的作家写下的作品——我把这部我连看都没看的手稿丢进了宾馆里的废纸篓，坐上汽车，在天刚黑的时候就回到了家里。在逃跑时，你会匆忙地做出决定要带上哪些东西，而我的选择是不仅丢弃这份手稿，而且连我在史特兰德买下的洛诺夫的六本书也一同丢下。我家里还有一套，是我在五十年前买的，要陪伴我度过余生，它已绰绰有余。

我在纽约的历险维持了还不足一个礼拜。在这个世界上没有一个地方比纽约来得更为世俗，待在那里的人们全都喜欢打手机、上饭店、偷情、找工作、看报、在政治中消耗自己的热情，而我还曾想要回到这个原本属于我的地方，想要继续住在那里重拾做人的感觉，想要重新唤醒我本已放弃的一切——爱情、欲望、争斗、同行间的倾轧，所有这些往昔世界给予我的剪不断理还乱的馈赠——然而，如同一部镜头不断跳跃的老电影，我只经历了短命的一瞬，就慌里慌张地打了退堂鼓。在这里发生的一切其实并未真正发生，可我还是匆忙地返回了原地，就好像经历了什么巨变。我并未真正地做过什么事，有几天我只是站在那里，不断地回味着我的挫折感，不断地回味着因往日幽魂与明日栋梁的偶遇而遭受到的无情打击。真是场令人倍感屈辱的经历!

如今我回到了适合我的所在，再也不会和任何人发生摩擦，再也不会去觊觎不属于我的东西，再也不会去人模狗样地四处招摇，再也不会去说服人家这个那个，再也不会去扮演已经逝去的时代里的某个角色。克里曼依旧会卑鄙下流地、大张旗鼓地去追究洛诺夫的秘密，艾米·贝莱特依旧无力去阻止他，就像她小时候无力阻止纳粹杀害她的父母兄弟，就像她现在无力阻止肿瘤要夺去她的生命。我会十万火急地给她寄去一张支票，然后每个月的一号给她寄一张，可她无论如何都熬不过今年了。克里曼会坚持到底，也许会因为华而不实地曝光洛诺夫所谓的恶行、自以为是地认为找到了所有问题的症结所在而在文学界红上几个月。他甚至也许会把杰米从比利身边偷走，如果她的生活里有太多的烦恼，如果她被他的花言巧语所蛊惑，如果她厌倦了逃避他那令人恶心的夸夸其谈。那么，就这样一路前行吧，就像艾米，就像洛诺夫，就像普林顿，就像在有生之年里英勇地完成了自己的使命如今平静地躺在坟墓里的所有人，我也会死的，尽管在我的死期来临之前，我要在窗台边的书桌前坐下，透过十一月清晨的灰暗的光线望向窗外，越过积雪泥泞的道路，看见沼泽地里那片微风拂动下的寂静的湖水，看见层层叠叠倒下的荒凉的芦苇，它那干枯的梗茎上已然结冰，就在这个安全的避风港里，在这个碰不到一个纽约人的地方，在我那每况愈下的记忆力彻底崩溃之前，我要写下《他与她》的最后一幕。

他：比利也许还在离这儿两小时车程的地方。为什么你不到我的宾馆里来呢？我住在希尔顿。一四一八房间。

她：(莞尔一笑)你上次走的时候说，这事让你伤透了脑筋，你再也不想见我了。

他：我现在真的想见你。

她：发生了什么变化吗？

他：绝望的程度发生了变化。我更加绝望了。你呢？

她：我……我……我觉得没那么绝望。你怎么会更加绝望了呢？

他：去问绝望本身吧，问它为什么要变得更加绝望。

她：我必须对你坦言相告。我想我知道你为什么会觉得更加绝望。而且，我想即使我去了你的宾馆也是于事无补的。理查德在我这儿。他到我这里来是为了要告诉我你们俩之前会面的情况。我不得不告诉你，我认为你犯了个很大的错误。理查德不过是想写出自己的作品，就像你一样。他显得非常沮丧。很明显，你也沮丧得很。你打电话过来，想在你的生命里添上一笔你并不是真心想要的色彩……

他：我想要你来我的房间。到我这里来，到我宾馆的房间里来吧。克里曼是你的情人。

她：不是。

他：他是的。

她：（加重语气）不是。

他：你前几天自己承认过。

她：我没有。你不是误解了我的意思，就是听错了。你完全搞错了。

他：看来你也会撒谎。好吧，很好。我很高兴，因为你也会撒谎。

她：你怎么会觉得我在撒谎呢？你是在说因为我曾经是他大学里的情人，所以我现在也必定是他的情人吗？

他：我说过我嫉妒你的情人。我把他视为你的情人。可你现在又说他不是你的情人。

她：是的，他不是。

他：那么，你的情人是另外的某个人。我不知道那样算更好还是更糟。

她：我宁愿你不再谈论我的情人。你想成为我的情人——你是那个意思吗?

他: 是的。

她: 你想要我现在就过去，现在是六点钟。我会在六点半赶到你那里。我最晚可以待到九点钟，我可以带点什么回家，就说我出去买东西了。那样我就必须去买点什么，或者你现在就去为我买点什么——那样我们就能再多待一会儿。

他: 你几点到呢?

她: 我正在算呢。你现在可以去杂货店里买点什么。我可以找个理由让理查德开路。然后我就打的过去。那样的话我应该六点半可以到你那里了。到八点半我必须走。我们有两个小时。你觉得这主意好吗?

他: 好的。

她: 那么你怎么说呢?

他: 我们可以在一起待两个小时。

她: 我今天真是疯了，你知道。(大笑)你是在占一个疯女人的便宜。

他: 我是在窃取大选的胜利果实。

她: (笑)是的，你是的。

他: 他们窃取了俄亥俄，而我要窃取的是你。

她：看来我今天需要一剂猛药。

他：很久很久以前，我是个上门推销猛药的。

她：这一切让我想起了峡湾。

他：你说什么？

她：休斯顿的峡湾地区。只要越过别人家的宅基地就能到那里了，我们可以找根绳子荡过去。在神秘的奶咖色的湖水里游泳，湖面上到处漂浮着干枯的老树干，那里的水非常浑浊，你都看不见自己的手，树干上沾满青苔，水面是烂泥的颜色——我不知道自己怎么会在这种地方游泳的，而且那是我的父母禁止我做的事情之一。第一次是我的大姐带我去的。她是个不怕死的，我不是。她是个被我妈妈的极度注重外表逼疯的人。她是个连我那严厉的爸爸都控制不了的人，更别提我的妈妈了。我嫁给了比利。他最糟糕的地方是他是个犹太人。

他：那也是我最糟糕的地方。

她：是吗？

他：快来吧，杰米。到我这儿来。

她：（轻巧地，飞快地）好的。再说一遍，你住在哪儿？

他：希尔顿。一四一八房间。

她：希尔顿在哪里？我对纽约的宾馆不熟悉的。

他：希尔顿在第六大道上，在五十三街和五十四街之间。在CBS[1]大楼对面。斜对面是沃里克宾馆。

她：噢，你说的就是那个又大又难看的宾馆。

他：对的。我只打算在这里住短短的几天。我来这里是为了探望我的一个病友。

她：我知道你的那个病友。我们别再谈这个话题了。

他：克里曼对你说了她什么？你知道他对一个得了脑瘤不久于人世的女人干了些什么吗？

她：他是想打听到她的故事。不仅是她的故事。还有一个她爱的人的故事，这个人的作品已经失落，名声也不再响亮。听着，理查德是个喜欢给自己施加过大压力的不幸的人。可你不该为这个而误解他。他是个精力充沛、喜欢强迫自己、富于献身精神、有趣的人，他专注于这个现如今已不太知名的作家，已经没人在看他的书了。他被他迷住了，他太激动了，他以为自己掌握了他的某个秘密，他以为这个秘密是读懂他的一个窗口，他以为这个秘密比一般的丑闻来得更加有趣。是的，他有一种想要为他写传记的既疯狂又贪婪的冲动。是的，他会毫不留情地去掠取他想要的东西。是的，他会不择手段。可如果他是认

1 即哥伦比亚广播公司。

真的，那有什么不可以呢？他想在美国文学中重塑他应有的位置，他需要她的帮助——讲述一个不会对任何人造成伤害的故事。不会伤害任何人。故事里牵扯到的那些人早已经作古了。

他：他有三个依然健在的子女。会对他们造成什么样的影响呢？你会喜欢别人把你父亲的那种事抖搂出来吗？

她：他与他同父异母的姐姐发生关系时只有十七岁——他情窦初开时年纪更小，才十四岁。就算这件事情性质很严重，他也是无辜的，他还是个小孩子嘛。这不能算是耻辱。

他：你真是宽容大度。你认为你的父母在读到洛诺夫小时候的这件事时会像你一样宽容吗？

她：我的父母在礼拜二投票支持了小布什，所以答案是不会。（笑）如果你想要得到他们的赞同，那你就干脆什么也不要出版了，我的父母从来也不懂得什么叫宽容。你没有一本书会被他们认为是适宜出版的，我的朋友。

他：那么你呢？如果你发现你的父亲也有过这档子事，你会对他宽容吗？

她：那确实不容易。

他：你有姑妈吗？

她：我没有姑妈。可我有一个弟弟。我没有孩子。可如果我有的话，如果我和我的弟弟也发生过这种事，我不会希望我的孩子知道的。可我想有些事比这个更重要……

他： 拜托，别跟我提什么艺术。

她： 那么，你又是为了什么奉献一生的呢？

他： 我不知道我为了什么奉献了一生。我做了我该做的，别的我不知道。你知道报纸上会怎么宣传这本书吗？你知道评论家会怎么议论这本书吗？他们要做的都将与艺术无关，更别提什么真理了，他们甚至不会想到这是一种可以理解的越轨行为。他们要做的只是挑逗起读者的购买欲。如果洛诺夫还活着，他会后悔自己学会了读书写字的。

她： 他已经死了。他不会后悔。

他： 他只会遭遇到恶毒的诽谤。这些人会有什么良好的居心吗，这些道貌岸然的假道学，这些言语刻薄的女权主义者，这些叫人作呕的、不可一世的文学渣滓，他们只知道恶意地诬陷。有许多好心肠的评论家会认为他是个伟大的性犯罪者。你现在在笑什么？

她： 你在讨我的欢心呢。你不是在想如果你提到“言语刻薄的女权主义者”，我也许会考虑在二十分钟内就赶到你的房间吗？你是不是以为像我这样有教养的姑娘听到了这句话也会放开胆子去干的？所以说，你不仅窃取了大选的胜利果实，还窃取了女权主义者的胜利果实。小布什和贝蒂·弗里丹[1]。(突然之间,她的口吻尖刻起来,就像电影里的女阿飞)听着,你想要我过去吗——你到底想不想要?或许你只想在电话里把理查德·克里曼唠叨死?

他: 我不相信你。我不相信你说的关于克里曼的话。我说的就是这个意思。

她: 好的,好的。这和我们俩在一起待上两个小时有关系吗?信不信我都随你好了,如果你不相信我,而且你也不想再叫我过去了,那没关系。如果你不相信我,可你还想叫我过去,那也同样没关系。如果你相信我,你也想要我过去,那还是没关系。你告诉我你想要什么吧。

他: 现如今,是不是你们这些三十岁的年轻女人都是这么超常的镇定自若?还是你们的耐心只能够维持这么点时间?

她: 都不是。

他: 那么就只是有文学野心的三十岁女子啰?

她: 不是。

他: 那么是出生在靠石油发财的休斯顿家庭里的三十岁女子吗?

1 Betty Friedan (1921—2006),美国著名的女权主义者,在 1963 年出版了《女性的奥秘》一书,并在 1966 年建立了国家妇女联合会。

是那些过于自信的年轻女子吗?

她: 不，是**我**。你是在和**我**说话呢。

他: 我爱慕你。

她: 你不了解我。

他: 我爱慕你。

她: 我看你是被我迷得发疯了。

他: 我爱慕你。

她: 你不会爱慕我的。你不会。这不可能。这句话毫无意义。我觉得你只是个一心想要冒险的人，可你自己还不知道。你，你这个把所有的经历都抛在脑后十一年之久的人，你这个除了写作和思考以外把什么都弃绝掉把自己封闭起来的人——你这个把自己的生活降低到柴米油盐的程度的人，你怎么还会去爱呢！不过是因为他发现自己回到了大都市，他发现自己想要重新回到生活中来，而要回来的唯一途径就是通过他那没有理由的、没经过大脑思考的……得了，他自己知道他被怎样一种没来由的冲动给彻底控制住了。我是在和一个原本非常有理性、非常讲原则的人说话，可这个人已经失去了所有的平衡，为了一个不明智的愿望而自告奋勇地奔向一个悲惨世界。然而生活本身就是这样的，不是吗?人们就是这样**铸造**自己的生活的。你知道，你的理由可以随时随地地证明这种说法——如果确实如此的话，生活原本就是这样的，波澜起伏**就是**人生的本质。我们每个人的命运都一样：波澜起伏。除此之外你觉得你爱慕我的唯一可能的理由就是，你是个此刻没在写作的作家。等到你开始下一部作品，全情投入地写作这部作品时，我们就会看到你有多爱慕杰米·洛根了。不说了，我马上过去。

他：你答应上我的宾馆里来，对我来说，意味着你是在自告奋勇地奔向一个大麻烦。莽撞的时刻。这就是你现在的状态。

她：莽撞的时刻会导致莽撞的遭遇。莽撞的时刻会导致危险的决定。你也许不会那么强烈地想要提醒我这点吧。

他：我想，在你坐上出租车到我这儿来的一路上，一定会这么提醒自己的。

她：好吧，我说了你是在利用大选的胜利果实。所以说是的，你说对了。

他：你正在穿越康拉德笔下的阴影线，首先是从少年到成年，再从成年到别的什么。

她：到疯狂。我一会就到了。

他：好啊，快点，快点投身到疯狂里来吧。把衣服脱掉，跳进这个峡湾里来吧。（他挂断电话。）跳进这潭奶咖色的、漂浮着干枯的老树干的死水里来吧。

（就这样，在顷刻间他更为疯狂——又疯狂又兴奋的一瞬——他把所有东西都塞进包里，除了那部还没有看过的手稿和那几本洛诺夫的旧书，拼了命地跑了出去。除此之外他还能干什么呢[他自己就老是喜欢说这句]？破碎就是他唯一的出路。她在往他这边赶，而他却走掉了。一去不返了。）

图书在版编目(CIP)数据

退场的鬼魂/(美)菲利普・罗斯(Philip Roth)著；
姜向明译.—上海：上海译文出版社，2019.1
(菲利普・罗斯全集)
书名原文：Exit Ghost
ISBN 978-7-5327-7912-3

Ⅰ.①退… Ⅱ.①菲… ②姜… Ⅲ.①长篇小说—美
国—现代 Ⅳ.①Ⅰ712.45

中国版本图书馆 CIP 数据核字(2018)第 142221 号

图字：09-2018-727 号

退场的鬼魂
[美] 菲利普・罗斯 著 姜向明 译
责任编辑/李玉瑶 装帧设计/胡枫

上海译文出版社有限公司出版、发行
网址：www.yiwen.com.cn
200001 上海福建中路 193 号 www.ewen.co
浙江新华数码印务有限公司印刷

开本 890×1240 1/32 印张 10.25 插页 5 字数 143,000
2019 年 1 月第 1 版 2019 年 1 月第 1 次印刷
印数：0,001—5,000 册

ISBN 978-7-5327-7912-3/I・4870
定价：53.00 元